LA FILLE DU FEU

Paru dans Le Livre de Poche :

LA BOURBONNAISE
LES DAMES DE BRIÈRES :
1. Les Dames de Brières
2. L'Étang du diable
3. La Fille du feu
LA PISTE DES TURQUOISES
LA POINTE AUX TORTUES
LE RIVAGE DES ADIEUX
LA ROSE D'ANJOU

CATHERINE HERMARY-VIEILLE

LES DAMES DE BRIÈRES
***

La Fille du feu

ROMAN

ALBIN MICHEL

© Éditions Albin Michel S.A., 2000.

À ma fille Yasmine, mon rayon de soleil.

« Il n'existe pas d'autre voie vers la solidarité humaine que la recherche et le respect de la dignité individuelle. »

Pierre Lecomte de Noüy.

1

L'été s'en est allé, ma Françoise, et avec lui une de nos vieilles chouettes du grenier partie mourir en cachette. À Brières, il pleut depuis une semaine et ta mère se fait du souci pour la récolte des châtaignes. Les saisonniers sont là, trois vieux et un jeune qui ressemble vaguement à cet Antoine Lefaucheux qui nous a fait tant de mal autrefois. Que Dieu lui pardonne !...

La main tremblante, Françoise laissa un instant errer son regard sur la surface du lac du bois de Boulogne. Le nom d'Antoine lui causait encore une émotion violente. Elle n'avait rien pardonné. Mais mieux valait ne pas se complaire dans les ressentiments. Brières était loin derrière elle et elle n'aurait pas la possibilité de revenir dans la Creuse avant le prochain été.

Pensive, la jeune femme reprit sa lecture. Les lettres de sa vieille gouvernante, sœur de lait de sa mère, réveillaient un univers de rites secrets, de mystères, d'envoûtements, les silences familiaux, la monotonie des jours, des haines comme des désirs jamais avoués et provoquaient toujours en elle un malaise qui ressemblait à de la souffrance.

Hier, ton père a émis le désir soudain de décrocher le portrait de madame Valentine du salon et de le remiser au grenier. Ta maman en a été très contrariée. Monsieur Paul prétendait que sa belle-mère avait jeté le mauvais œil sur le domaine et que de la voir tous les jours en face de lui peinte devant le Bassin des Dames comme une apparition maléfique lui donnait la chair de poule. Renée ne l'a pas ménagé, et si j'ai souvent un peu de peine pour ton papa qui se contente d'arrondir le dos, cette fois-ci je n'ai pu lui donner raison : madame Valentine a été la première Dame, celle qui a rendu son âme à Brières. Je suis sûre qu'en visitant le château à l'abandon aux côtés de monsieur Jean-Rémy, elle s'est aussitôt sentie chez elle. Et maman l'y attendait depuis toujours, depuis que, tout enfant, elle errait au bord du Bassin des Dames où nul au village n'osait s'aventurer. « Bernadette Genche, s'effrayaient les voisins, finira bien par s'y trouver nez à nez avec le diable. » Si maman ne l'a pas rencontré, je dois bien reconnaître qu'elle était quand même un peu sorcière. Que reste-t-il de ses secrets ? Je n'en possède, hélas, que quelques-uns et ta maman guère plus. Le portrait est resté là où il a toujours été, au-dessus de la cheminée du salon. Même quand madame Valentine s'est enfuie avec monsieur de Chabin, ton grand-père n'avait pas osé y toucher. Et pourtant après avoir tant aimé ta grand-mère, il avait fini par la haïr. Dès son retour, enceinte de ton oncle Jean-Claude, il n'a cessé de mûrir sa vengeance. Mais personne ne peut réduire à sa merci les Dames de Brières, cette certitude s'est vérifiée avec madame Madeleine. Tu sais que je n'ai jamais eu beaucoup de sympathie pour ta grand-tante et, cependant, lorsqu'elle est venue se réfugier ici à la fin de sa vie, usée par l'alcool, le tabac et ses inconduites, je n'ai pu m'empêcher de l'admirer. Sa fille lui ressemble. Ta tante Colette est une sacrée bonne femme et si je ne me fais pas à ses excentricités, l'amour qu'elle porte à Renée et à toi m'empêche de la mal juger. Si tu es avocate aujourd'hui, j'espère heureuse et équilibrée, c'est bien grâce à elle. À Brières, tu devenais une sauvageonne et nul ne pouvait plus te contrôler.

Mais je radote. Laisse-moi te parler plutôt de Laurent qui va partir en Algérie la semaine prochaine. Le pauvre petit ! Il fait ses malles et Renée est sens dessus dessous ! Tu connais ta mère, elle est peu expansive et semble encaisser les coups sans broncher mais, ayant grandi avec elle, je la comprends comme personne. Elle est une écorchée vive, jamais sûre d'elle, toujours persuadée qu'on lui en veut, que l'on cherche à lui faire du mal. Pourtant, tout le monde l'aime, même ton papa, j'en suis sûre, mais ce pauvre monsieur Paul est devenu neurasthénique : tu devrais lui écrire. Tu sais combien il t'aime.

Sinon, tout va bien, Rita, la chienne de Renée, a mis bas trois chiots. Arlette Le Bossu en veut bien un pour sa fille, on devra peut-être noyer les deux autres. Coquette a eu un veau, c'est un peu tard en saison, j'espère qu'il survivra. Écris-moi, dis-moi si tu sauves des innocents du bagne. Avocate, quel beau métier ! Et essaie de passer un coup de fil à Laurent.

De gros baisers de ta vieille Solange.

Laurent... De son frère, Françoise n'avait aucune nouvelle. Pourquoi ce silence à la veille de son départ ? Avait-il un secret ? Et s'il avait découvert le livre de la comtesse de Morillon ? La jeune femme esquissa un sourire. Comment les quelques lignes de Solange pouvaient-elles parvenir à la faire aussitôt céder aux fantasmagories de Brières ? Elle avait sa vie aujourd'hui, des dossiers à étudier, des clients à recevoir, de multiples démarches à entreprendre. Ses diplômes en poche, Françoise avait sans hésiter opté pour une carrière d'avocate d'affaires. Plaider aux assises n'était pas pour elle. La combativité nécessaire pour défendre des inculpés face à un tribunal lui faisait défaut. Sa tante Colette elle-même lui reprochait parfois son manque de sentiments. Le marasme algérien ne la touchait qu'à travers Laurent et les déclarations enflammées du général de Gaulle au siège du gouvernement d'Alger n'étaient parvenues qu'à lui faire hocher la tête. Tant d'intérêts, d'ambitions, d'orgueil, des mots si bien choisis pour soulever les foules ! Anges comme démons la faisaient fuir. Depuis son installation à Paris, quelques hommes avaient un temps occupé ses pensées à défaut de son cœur. Mais elle savait qu'à travers leurs attentions, une sensualité plus ou moins savante, elle tentait de poursuivre des ombres. Ne pas parvenir à aimer la rendait malheureuse. « Déjà six heures du soir, s'inquiéta la jeune femme, je vais être en retard. »

La pluie trempait l'asphalte de l'avenue Henri-Martin, arrachait aux marronniers leurs dernières feuilles. La 4CV contourna la place du Trocadéro, s'engagea dans l'avenue Raymond-Poincaré où le cabinet Leroy et Arnaud qui l'avait accueillie débutante était installé au premier étage d'un immeuble cossu. Tout en conduisant, Françoise se reformulait mentalement les conclusions qu'elle avait tirées du dossier Christian Jovart. Elle conseillerait à son client de jouer la carte du temps. Dépourvus de moyens financiers, ses adversaires allaient s'essouffler et devraient se résigner à interrompre leurs poursuites.

Comme chaque vendredi dès dix-huit heures, les bureaux du cabinet étaient déserts. « J'ai encore une dizaine de minutes devant moi », se réjouit la jeune femme. D'un geste décidé, elle extirpa le dossier Jovart d'un classeur. C'était dérangeant de penser à l'homme plutôt qu'au client. Françoise était mécontente d'elle-même. Marié, père de deux enfants, le jeune député-maire ne négligeait pas pour autant le jeu de la séduction. Sous des prétextes différents, il s'attardait après les rendez-vous, lui avait fait livrer une ou deux fois des fleurs pour la remercier de ses efforts. La pluie fouettait les vitres du bureau que Françoise avait arrangé avec une élégante sobriété. De passage à Paris, Colette avait dispensé quelques conseils : ici une aquarelle de Kandinsky ayant appartenu à Valentine, là une statuette phénicienne posée sur la console en bois laqué de Knoll, elle-même encadrée de deux charmantes bergères Empire recouvertes de cuir. Mais le bureau d'acajou, la lourde bibliothèque appartenaient au cabinet, et elle avait dû s'en accommoder.

La pensée de la jeune femme revint vers son frère. Son prochain départ pour la guerre accablait leurs parents, Paul surtout, maintenant septuagénaire, qui ne quittait plus le domaine de Brières. « Peut-être devrais-je quand même passer Noël auprès d'eux ? » s'interrogea soudain Françoise. Mais elle revenait toujours déprimée de la Creuse.

Sur un cliché pris lors du baptême de sa promotion à Saint-Cyr, Laurent semblait adresser à sa sœur un regard complice. Leur enfance de curiosité, de solitude, de peurs et d'émerveillements les liait l'un à l'autre au-delà de toute présence physique. Pendant près de deux ans, lorsqu'elle s'était réfugiée à La Croix-Valmer, Françoise n'avait pas vu son frère. Sa vie alors était une blessure non cicatrisée dont tout souffle, même léger, du passé ravivait la douleur. Laurent l'avait compris. « Il faut oublier, avait-il un jour écrit à sa sœur, attendre le renversement de la marée. Cette retraite que tu as choisie a une signification, comme mon désir de me donner corps et âme à mon métier d'officier. » Elle avait lu sa lettre sur la terrasse des Lavandins dans l'odeur charnelle du jasmin étoilé. La mer, au loin, s'étirait sous la lumière mordorée du soleil couchant. Comme tout ce qui touchait à Brières était lointain dans sa mémoire !

— Maître Dentu !

Un sourire charmeur aux lèvres, Christian Jovart se tenait sur le pas de la porte. Un instant, Françoise fut agacée.

— Asseyez-vous, le pria-t-elle d'un ton neutre. J'ai des nouvelles plutôt satisfaisantes.

Le dossier Jovart était épineux et Françoise se félicitait d'avoir trouvé une faille où se glisser. Alertée par un ancien ouvrier qui habitait non loin du domaine de la Claire Source, récemment loti, dans la Seine-et-Marne, l'association des copropriétaires, aussitôt créée, avait porté plainte pour abus de confiance pouvant entraîner de graves handicaps physiques : le promoteur aurait construit sur un terrain contaminé par les déchets chimiques rejetés par une ancienne tannerie. Telle était la certitude de l'ouvrier qui avait travaillé vingt ans dans cette entreprise. Quelques camions de bonne terre, un paysagiste de talent, ami du maire du village, Christian Jovart, une somme alléchante versée en sous-main, et le programme s'était magnifiquement vendu.

— L'association n'a pas de trésorerie, poursuivit Françoise. Sa menace ne peut être qu'une manœuvre d'intimidation sans réel danger pour nous.

— Il suffit donc de faire le mort ? se réjouit Christian Jovart.

— Pas tout à fait. L'ancien ouvrier s'était fait virer de la tannerie parce qu'il protestait contre les conditions d'hygiène, il est vindicatif et accrocheur. Il n'a pas retrouvé de travail et je suis convaincue qu'une offre d'emploi le tenterait fort. Neutralisé, nous aurions le champ libre. Vous avez les relations nécessaires, n'est-ce pas ?

Un brusque crissement de pneus dans l'avenue fit sursauter Françoise. Paris, qui la séduisait par ses constants obstacles à surmonter, ses défis parfois absurdes mais toujours stimulants, l'effrayait aussi par sa violence. La nuit surtout, elle ne marchait dans les rues qu'avec angoisse.

La pluie était fine maintenant, l'obscurité presque totale. Derrière la lampe posée sur son bureau la jeune femme voyait le beau visage à l'expression à la fois dure et onctueuse de Christian Jovart.

— Aucun problème, assura-t-il. Les habitants de la Claire Source, je le garantis, ne seront ni plus ni moins malades que nous tous. Ces maniaques sont des petits-bourgeois qui n'ont guère de possibilités d'agir.

Sans se hâter, Françoise referma le dossier, attacha la sangle.

— J'aurais pu aussi bien défendre les habitants de la Claire Source. Peut-être un jour serez-vous mon adversaire, lança-t-elle d'un ton ironique.

— Pourquoi pas ? Je ne détesterais pas me mesurer à vous.

— Ton frère va bien, affirma Solange d'un ton rassurant. Il est allé dîner à La Souterraine avec ta maman. As-tu reçu ma lettre ?

— Tu as le chic pour me donner le mal du pays. Sait-on quand partira Laurent ?

— Après-demain. Il rejoindra directement Marseille.

— Zut ! s'énerva la jeune femme.

De tout cœur, elle avait espéré profiter du passage de son frère à Paris et s'était même débrouillée pour se garder deux journées vierges de rendez-vous.

— Demande-lui de me téléphoner demain sans faute, pria-t-elle.

— Il le fera. Sais-tu que ton frère n'a pas renoncé à trouver le livre de la comtesse de Morillon ? Il s'est mis dans la tête de soulever les lattes du plancher de l'ancienne chambre de maman, d'explorer sa literie, en un mot de tout crever. Hier, il a vidé la bibliothèque de fond en comble. On a cru suffoquer sous la poussière. Ton père est aux cent coups !

— Comment va-t-il ?

— Il passe le plus clair de son temps dans sa chambre. On a l'impression qu'il a renoncé à tout, même à se soigner. Il accepte de souffrir, se résigne à l'idée de mourir, se compare à Notre Seigneur Jésus. « Puisqu'il faut une victime propitiatoire, bougonne-t-il, la voici. » Tu devrais venir pour lui remonter le moral. Tu es son ultime rayon de soleil.

Bien qu'elle eût renoncé à laisser les sentiments diriger sa vie, Françoise se sentit mal à l'aise. La sensualité d'Antoine, son premier amant, l'attachement pathétique de son père, les muets reproches de sa mère, jusqu'à l'affection de Solange, tout lui avait été prison. La peur de l'inconnu, celle d'un monde sentimental où l'on offrait son cœur tout autant que son corps la paralysait.

« Pauvre papa ! » soupira la jeune femme. Fillette, jamais elle ne s'était posé de questions sur l'harmonie conjugale de ses parents. Mais, dès l'adolescence, elle avait perçu les silences, deviné des frustrations, compris qu'une distance infranchissable les séparait. Laurent ne portait pas le même jugement et prétendait que sous ses airs rudes leur mère gardait une grande affection pour un mari pas toujours commode. Quoi qu'elle fasse ou dise, rien ne semblait pouvoir le rendre heureux. Il semblait se méfier d'elle. « Papa a peur de maman, avait un jour suggéré Françoise. On le dirait aux abois. » Son frère avait haussé les épaules. « À Brières, les femmes ont l'imagination fertile. » Mais, cependant, il était taraudé par l'obsession de retrouver le livre offert à la comtesse de Morillon sous la Restauration par un certain père Laurence. Un ouvrage qui livrerait les mystères de Brières et lui permettrait de tenir enfin la preuve rassurante que la fatalité semblant s'abattre sur certains hommes du domaine n'était que des légendes devenues crédibles à force d'être prises au sérieux.

Sous la lumière des réverbères, les pavés luisaient. Françoise tira les rideaux du salon, alluma une cigarette. Elle allait se préparer une salade, sortir du frigidaire du jambon, du fromage et dînerait devant ses dossiers. L'appartement qu'elle louait boulevard Beauséjour donnait sur les arbres du Bois. Au printemps, d'innombrables iris envahissaient les talus qui longeaient les voies du chemin de fer de ceinture. Après trois années passées rue de Rennes, la jeune fille appréciait ce coin de verdure choisi en compagnie de Colette qui disposait dans l'appartement d'une chambre et d'une salle de bains. Alors que sa mère n'était jamais venue la voir, Colette passait avec elle quelques jours à l'automne et au printemps pour assister aux collections. En été, durant les fortes chaleurs, elle profitait de Brières. Parfois Françoise l'accompagnait chez Dior où officiait désormais Marc Bohan. La passion avec laquelle sa tante suivait les défilés l'étonnait toujours, comme si dans le silence recueilli, le bruissement des tissus, l'or et le pourpre des chaises alignées au bas du podium, elle découvrait quelqu'un de différent. Là, Colette devenait souveraine. « Il n'y a jamais assez de lumière autour des femmes, affirmait-elle. Trop souvent c'est l'ombre qui gagne. » Mais elle taisait les siennes, n'évoquait jamais les périodes douloureuses de sa vie. Françoise respectait ses silences. Elle-même ne pleurait pas son passé. Le drame qu'elle avait vécu ne l'avait-il pas aussi libérée ?

Alors qu'elle disposait son repas sur un plateau, Françoise repensa au dossier Claire Source. Avec le lotissement du terrain hâtivement viabilisé, Christian Jovart avait gagné beaucoup d'argent. Mais ce dossier était porteur. Satisfait de ses conseils, le jeune député-maire pouvait l'introduire dans les milieux politiques et, plus que le chèque encaissé, cette perspective l'intéressait. Le monde du pouvoir était rapports de force, mensonges et flatteries. Dans ce jeu-là, elle se sentait bien placée pour gagner.

Installée sur le canapé du salon, la jeune femme écouta les nouvelles diffusées à la télévision. Maurice Genevoix venait d'être élu secrétaire perpétuel à l'Académie française, Boris Pasternak obtenait le prix Nobel de littérature. Au cours de son adolescence, Françoise avait songé devenir écrivain comme son grand-père Jean-Rémy. Bien que la tournure en fût démodée, l'*Ode au Bassin des Dames* et *Le Roi des Cerfs* l'avaient touchée. Il avait parlé de Brières dans une perspective résolument onirique qui rejoignait l'œuvre des surréalistes. Son grand-père avait été méconnu. En observant les rares photographies qui demeuraient de lui, la jeune fille le jugeait déconcertant. Avait-il été le timide et affectueux sauvage qu'évoquait souvent Renée ou un être révolté, blessé et volontairement muet ? Devant l'objectif, son regard semblait retenu, dominé, hiératique face à une épouse probablement beaucoup aimée puis implacablement haïe. De la trahison, de la violence, des menaces visibles et invisibles, il semblait avoir tiré une sagesse désabusée, mais aussi de terribles rancunes. Qu'avait-il aperçu au juste dans l'eau tranquille du Bassin des Dames qui avait inspiré sa courte œuvre littéraire ? Quelles bribes de mots jamais prononcés mais suggérant une souffrance sans fin ? Pour sa grand-mère Valentine, Brières avait un message à transmettre : celui d'aimer sans restriction, sans limites, pour sa mère celui de glorifier sa terre et de la garder envers et contre tout. Quel était le sien ? D'être digne d'une liberté si difficilement gagnée ? Françoise ne put s'empêcher de sourire. La vie n'avait aucune morale. Seuls les puissants, les ambitieux, les sans-scrupules parlaient de moralité.

2

Le vent était tombé, laissant une chape de brume sur le parc. De retour dans sa chambre, Laurent s'assit sur le lit, devant sa cantine métallique encore ouverte pour lui permettre d'ajouter quelques livres, d'ultimes souvenirs personnels avant son départ pour Alger. Depuis son adolescence, il attendait ce moment : monter au combat, s'investir dans une cause juste. À Brières, il étouffait.

Sur la table servant de bureau, le jeune homme avait rassemblé des lettres découvertes dans le secrétaire de sa grand-mère Valentine, certaines reçues de sa belle-sœur, d'autres de sa mère ou d'amis anglais, d'artistes avec lesquels elle était restée en correspondance. À la mort de sa mère, Renée n'avait touché à rien et les enveloppes un peu piquées de rouille étaient demeurées au fond d'un tiroir.

Écrites avec la grâce du temps passé, les missives étaient anodines. Madame de Naudet livrait à sa fille de menus détails domestiques : son père avait attrapé la grippe, le bouvreuil qui logeait sous le toit était mort de froid, leur vieil ami Gaston de Langevin les invitait pour quelques jours dans son château normand. « Seul, ce pauvre garçon dépérit », se lamentait la comtesse de Naudet. Laurent tentait de se souvenir.

Devenue veuve, son arrière-grand-mère n'avait-elle pas épousé Gaston de Langevin ? D'autres lettres évoquaient les inondations à Paris, la traversée de la Manche par Louis Blériot. Dans un court billet, le peintre André Derain remerciait Valentine pour les mots flatteurs qu'elle avait eu l'indulgence de prononcer sur son œuvre. Puis venaient quelques bristols d'invitation, celui du préfet de Guéret, d'un châtelain des environs de Brières mort depuis près de cinquante ans. Tout un monde disparu. Coincée entre deux lettres, une enveloppe postée de Brives attira l'attention du jeune homme. L'écriture penchée, soigneusement calligraphiée, était celle des dames bien élevées du début du siècle. Le cachet de la poste indiquait le mois de décembre 1924. La lettre était adressée à madame Fortier de Chabin, château de Brières. Laurent ouvrit l'enveloppe, déplia le carré de papier.

Chère Madame,
Voilà déjà près de six mois que vous avez eu l'obligeance de m'accueillir à Brières et je me surprends moi-même d'être restée si longtemps sans vous en remercier. Mais ne doutez point que, malgré mon silence dont la disparition d'une proche parente est seule responsable, je n'ai pas oublié votre hospitalité.

Je veux vous parler aujourd'hui d'un curieux concours de circonstances qui a amené Brières à nouveau dans mon existence. Lors de la succession de ma cousine, le notaire m'a remis quelques papiers conservés par hasard et jugés par la mourante comme devant m'appartenir. « Parce qu'elle a passé quelques années pensionnaire dans la Creuse, Marthe est ma seule parente à pouvoir trouver quelque intérêt à ces vieilles épîtres », avait-elle insisté. Des malaises dus à mon grand âge m'ayant beaucoup affaiblie, je n'ai pu prendre connaissance de ces documents que la semaine dernière. Ils comportent des lettres, des actes d'état civil se rapportant à la comtesse Angèle de Morillon qui fit construire votre château et à laquelle ma cousine était alliée par les La Varesne, eux-mêmes parents des Foulque, d'origine creusoise, qui avaient longtemps possédé de vastes domaines dans ce département. Parmi les papiers figure l'acte de décès de la comtesse de Morillon. Elle s'est éteinte en Normandie le 14 mars 1835 à l'âge de quatre-vingts ans dans le château du marquis de Langevin, son cousin issu de germains qui l'avait recueillie lorsqu'elle avait fui Brières et a été inhumée au cimetière de ce village. Le brouillon d'une lettre écrite à son directeur spirituel en 1830 subsiste : elle le requiert de toute urgence à son chevet ayant une confession à faire et un service considérable à lui demander concernant la recherche d'une personne vivant dans les Indes occidentales, sa seule parente depuis le décès tragique de son fils. La mention « Je ne peux même pas me recueillir sur la tombe de mon cher enfant dont l'étang a gardé la dépouille mortelle » a été barrée. J'ignore si cet abbé a entrepris la mission que la comtesse de Morillon désirait lui confier et, dans l'affirmative, quelle en fut l'issue. Dans une autre lettre reçue d'une amie de pension, il est fait mention du calvaire vécu par Angèle de Morillon à Brières et de la satisfaction que cette correspondante inconnue éprouve de l'en savoir éloignée.

« L'amour investi par vous dans ce domaine », remarquait-elle, « ne vous a pas été rendu et j'ai du mal à comprendre, ma très chère, comment vous avez pu désirer vous établir à nouveau en Creuse après ce que les villageois de Brières ont fait subir au feu comte de Morillon, votre époux. Ces gens-là se sont comportés comme des bêtes sauvages. Fallait-il », précise l'épistolière, « que votre domaine soit bien envoûtant pour vous rendre sourde à la voix de Cassandre. Elle vous aurait promis le sort de Regulus. »

Voilà, chère madame, l'essentiel des nouvelles dont je voulais vous entretenir, non pour raviver de tristes moments mais pour satisfaire une curiosité légitime sur l'histoire de votre beau domaine.

Ma santé, hélas fort délicate, ne me permettra pas de

revenir dans la Creuse, mais le peu que j'ai connu de vous a déjà été pour moi un privilège. Adieu, chère madame, je vous fais mes amitiés.

Marthe de Fernet.

Longtemps Laurent resta immobile sur le lit, la lettre à la main. Tout un passé resurgissait. Des questions sans réponses se trouvaient soudain expliquées : Pierre-Henri de Morillon reposait au fond du Bassin des Dames, sa mère en Normandie dans la propriété de son arrière-grand-mère Naudet après son second mariage. Brières était donc une affaire de famille, un cercle clos où se succédaient les générations sans pouvoir s'en échapper. « Le cercle du diable, pensa Laurent, celui où la nudité de la terre interpelle, où la brutalité des sentiments humains ne peut se farder. Le Bien et le Mal, le Juste et l'Inique, les Anges et les Démons s'y mêlent d'une façon inextricable. Pour celui qui est au centre de cet espace, il n'existe point de faux-fuyant. »

Il ne communiquerait pas à sa mère la lettre de Marthe de Fernet. Sans nul doute, elle la bouleverserait. Comment supporter la vision des os verdis du jeune comte prisonnier de la vase de leur étang ? « Cette lettre est un signe, pensa soudain Laurent. Pourquoi a-t-il fallu que je la découvre la veille de mon départ ? Brières cherche à me retenir par tous les moyens comme un prédateur refusant de voir lui échapper sa proie. »

Dehors le ciel se couvrait, de gros nuages couraient dans le ciel déjà effacé par le crépuscule. Le vent charriait une odeur d'eau dormante et d'herbes aquatiques en putréfaction. D'un bond, Laurent se leva. Avant de partir, il découvrirait le livre de la comtesse de Morillon.

Dans la fièvre d'atteindre son but, le jeune homme avait décidé de ne rien négliger. Fouillé de fond en comble, le grenier n'avait rien livré, pas plus que la cave, les resserres, l'écurie. Mais il allait, en fin d'après-midi, refaire une incursion dans l'ancienne chambre de Bernadette. Le livre était à portée de main, il le sentait comme un appel, maléfique et pressant.

Une odeur de poussière et de moisi flottait dans la petite pièce sous les combles. Quelques guêpes cherchant refuge contre les froids à venir battaient les carreaux. « L'été s'est endormi », disait Solange, leur gouvernante, lorsque arrivaient les brumes de l'automne. Dans cette mansarde carrelée de terre cuite d'un rouge presque marron, l'âme de Bernadette, sa mère, que Laurent n'avait pas connue, semblait encore présente. Négligeant l'armoire à glace et la commode de pin déjà explorées, Laurent se dirigea vers le lit. Palpé à maintes reprises, le matelas n'avait indiqué qu'une grossière bourre de laine. De sa poche, il tira un canif à manche de corne et, sans laisser l'émotion faire trembler sa main, fendit la toile. Dehors, le vent forcissait. Il y eut un bref coup de tonnerre. Au cœur des flocons de laine, le livre était là, à portée de la main. « Devant moi, prononça le jeune homme, et derrière le temps. » De taille modeste, l'ouvrage était recouvert d'un cuir râpé mangé par l'humidité. Le cœur battant, Laurent s'en empara. À travers la fenêtre, il ne voyait que le ciel comme un miroir obscur, sans lune, sans étoiles, où venait se fracasser le vent. *Mémoire sur un procès en sorcellerie dans le lieu-dit Les Bruyères dépendant de la seigneurie de Guéret en l'an de grâce 1388.* « Où m'installer ? » s'interrogea Laurent. Une appréhension trouble lui nouait la gorge. Il songea à l'étang. Depuis combien de temps n'était-il allé s'y promener ? Seule, Renée, sa mère, y tentait de temps à autre des incursions. « Vous n'êtes guère aventureux, se moquait-elle en s'adressant à sa famille. Auriez-vous peur de quelques ronces ? »

La soirée était douce et moite. Muni d'une serpette, Laurent progressait vers le Bassin. Sa mère avait raison, un sentier existait encore et il n'était pas difficile d'écarter les branches, de sectionner les rejets des ronciers. Soudain, Laurent flaira l'odeur douce de la vase et la surface noirâtre de l'eau apparut. Une forme plongea dans les profondeurs, quelque crapaud sans doute énervé par l'orage. Un hibou blanc prit son envol d'une branche de saule. Solange aurait prétendu qu'il s'agissait d'une âme morte guettant un vivant afin de se glisser en lui. D'où venaient ces récits fantastiques, quelles mémoires venues du fond des temps les avaient-elles conservés ?

Au milieu des fougères et des salicaires, le soubassement de l'ancienne gloriette se dressait toujours. Entre les pierres rongées d'humidité, une touffe de plantain d'eau jaillissait. Lorsque Laurent s'installa sur les briques recouvertes de mousse, un long éclair déchira le ciel.

Écartant les deux feuillets écrits de la main de l'ancienne châtelaine de Brières si souvent évoqués par Solange, le jeune homme tourna la première page.

Relation d'une mission confiée à moi, Pierre-Louis Martin, chapelain de La Souterraine en l'an 1485 par notre Seigneur Gaspard de Marbeuf, évêque de Guéret, afin d'investiguer ce qui fut part de vérité et part de mensonge dans plusieurs procès en sorcellerie dont celui intenté aux femmes Récollé, procès ayant abouti au châtiment par le feu desdites suspectes.

Concernant l'affaire Récollé, avec diligence et honnê-

teté, j'ai pu interroger les habitants du hameau nommé Les Bruyères où nul n'avoue avoir mémoire desdites femmes. Leur cabane a été détruite et les terres y attenant, y compris l'étang nommé Bassin des Dames, sont la possession de la famille Le Bossu, tous bons chrétiens...

Le souffle court, Laurent parcourut hâtivement quelques pages au long desquelles l'abbé Martin énumérait avec soin les rumeurs courant par le pays concernant mauvais sorts et envoûtements dus au démon ou ses émissaires morts comme vivants : viande qui se corrompait, pain amer, eau saumâtre, maladies extraordinaires, vaches et moutons dépérissant de langueur.

Un vieux fossoyeur nommé Jovart mis en ma présence a reconnu que chacun au village savait fort bien d'où venaient ces méchancetés mais que nul n'en baillerait mot par peur du diable et de ses représailles. Quand je lui ai demandé si ce diable avait affaire avec les défuntes sorcières, il s'est promptement signé et n'a point voulu donner de réponse.

Le curé du village, le père Quentin, ne m'en a guère révélé davantage sinon que depuis la mort par le feu des femmes Récollé, un siècle auparavant, il y avait eu des décès insolites dans chaque famille des Bruyères. Mais nul ne voulait en parler à cause des esprits malins dont il avait tenté de dresser la liste afin de les conjurer de quitter le village. Ces êtres démoniaques avaient pour repaire le Bassin des Dames où aucun chrétien ne consentait plus à s'aventurer. Maints témoignages dans le vieux temps évoquaient des feux follets, spectres et autres entités malfaisantes. « Qui parle du diable le voit arriver », m'a affirmé le père Quentin. D'autre part, quoique personne n'ait eu le courage de confirmer ses propos, plusieurs de ses ouailles auraient aperçu trois femmes qui auraient élu demeure dans la forêt et se promèneraient à la lune pleine au carrefour de La Lanterne des Morts ou des Petites Chapelles, l'une délicate, fine, l'autre forte et brune, la troisième pucelle, jeune, rousse, à l'allure sauvage. Comme un chien, un loup les suivait. Mais le père Quentin fraternellement pressé par moi de dire toute la vérité à ce sujet ne m'a fait aucune autre confession. Il avait seulement ouï dire ces propos et n'avait jamais vu lui-même ces trois entités.

Sur le point de quitter cette sinistre paroisse, une vieillarde en loques m'a interpellé et fait entrer dans sa masure. Après maints embarras et me voyant sur le point de partir de ce lieu infect, elle m'a déclaré se nommer Guillemette Genche, fille cadette de Martin Genche qui, alors enfant, avait connu les femmes Récollé et assisté à leur supplice. Martin Genche avait épousé Madelon Fortier qui se tenait au premier rang des villageois lors du supplice des sorcières. Ce que sa mère lui avait confessé sur son lit de mort tracassait sa conscience au point qu'elle était bien aise de se décharger sur moi de ce secret. Ainsi son âme partirait en paix rejoindre son créateur.

Après s'être mise dévotement en prière pour éloigner le démon qui cherchait à lui clore la bouche, elle m'a déclaré la chose suivante :

« La dernière des trois sorcières encore vivante, Étiennette Récollé, fille de Denise et mère de Margot, alors entourée par les flammes, s'est redressée sur le bûcher cherchant à vomir d'ultimes blasphèmes que, par la grâce de Dieu, le crépitement du brasier recouvrait. Seule Madelon put ouïr une terrible malédiction, si effroyable à entendre qu'elle en garda longtemps des convulsions. Ladite Étiennette Récollé sur le point de rendre au milieu des pires tourments son âme au Diable poussa un cri horrible et épouvantable à entendre et conjura son maître Lucifer de punir les bourreaux qui la faisaient si misérablement périr ainsi que sa mère et sa fillette. D'une voix venant du dedans de son corps, elle affirma que les hommes du village seraient maudits. Une prison les enfermerait à l'intérieur d'eux-mêmes, plus solide et sûre que les prisons du roi, de monseigneur

l'évêque ou du sire de Foulque. Pour eux point de paix ni de miséricorde. Jusqu'à ce que le dernier descendant de la dernière famille ait payé leur crime, elles ne partiraient point de cette terre. Justice et dignité devaient leur être rendues car "le malheur donné par les chrétiens de ce bourg, Fortier, Dentu, Le Bossu, Tabourdeau, Foulque, Chabin, Jovart, ils se l'octroieront à eux-mêmes. Le serpent n'est pas femelle", avait-elle jeté ultimement d'une voix rauque, "il n'a pas le visage de Satan que jamais je n'ai vu, mais celui de mes bourreaux". »

La femme Genche m'a confirmé le pouvoir de cet ensorcellement qui d'ores et déjà a frappé Colin Gautier, sabotier, Jean Fortier, manant des Bruyères, noyé dans son puits, et son propre père Martin atteint peu après qu'elle fut née d'une maladie inconnue qui l'avait fait jaune comme du safran et rendu fou de douleur au point de commettre le crime de se pendre. Au nom de Notre-Seigneur, je l'ai adjurée de ne point me mentir. Elle s'est obstinée dans ses dires. Mais interrogée par moi sur la possibilité de les réitérer devant notre seigneur l'évêque, elle a pris peur et refusé de mettre une croix en bas de la déposition par moi hâtivement rédigée. Présente durant l'entretien, sa fille, Janette, m'a prié de ne point tourmenter davantage sa mère arrivée au terme de sa vie. Fortement troublé par cette conversation, je m'en suis retourné à Guéret et en ai référé aussitôt à monseigneur. À ma question : « Quel peut être, monseigneur, le sens de ces divagations ? », il a donné la réponse suivante : « La femme Genche nous met devant une interpellation que la foi chrétienne rejette avec la plus grande fermeté, à savoir que des âmes incapables de goûter à la paix éternelle retourneraient à des corps humains pour recommencer une autre vie. Bourreaux et victimes toujours face à face jusqu'à l'extinction des uns et la salvation des autres, avec le retour de toute considération, honneur et dignité perdus... Mieux vaut pour l'édification des chrétiens enterrer cette affaire », a-t-il conclu. « Inutile d'ajouter un péché d'hérésie à celui de diablerie. Ne *retournez plus aux Bruyères, mon fils, le temps effacera tout. »*

Frappé de stupeur, Laurent restait immobile. Son corps, soudain, lui semblait hostile, une sorte de geôle retenant son âme prisonnière. « Les Dames veulent ma mort, comme elles ont arrêté celles de mon grand-père et de mes oncles », pensa-t-il. D'un bond, il fut debout. L'orage était sur le point d'éclater. Les grondements du tonnerre s'amplifiaient, le ciel était d'un noir d'encre. À pas vifs, le jeune homme regagna le château. Avant de quitter le domaine, il devait parler à sa sœur.

Venant du corridor ou de l'escalier, il ne percevait aucun bruit. Sa mère devait être occupée à la traite avec Solange, son père, comme chaque soir avant le dîner, en train de faire une réussite dans sa chambre. Un nouveau coup de tonnerre ébranla les vitres du salon. Laurent recula. Dans la lumière éblouissante d'un éclair, il avait cru voir sa grand-mère qui le dévisageait.

Plusieurs fois, la sonnerie du téléphone retentit avant que Françoise ne réponde. Laurent serrait si fort le récepteur qu'il sentait la tension contracter les muscles de son bras.

— C'est toi ? Je t'entends mal.

La voix était lointaine, à peine audible.

— Françoise, écoute-moi bien. J'ai quelque chose d'inouï à t'apprendre.

Un furieux coup de vent fit claquer un volet. Il y eut une série de grésillements, un long sifflement puis le silence.

— Le livre, Françoise, je...

La communication était coupée.

— Quelle imprudence ! reprocha Renée. On ne téléphone pas durant les orages.

Laurent se retourna. Comme pris en flagrant délit de bêtise lorsqu'il était enfant, il se sentait embarrassé.

— J'appelais Françoise.

— J'ai parlé avec ta sœur dans l'après midi, elle a promis de téléphoner demain matin avant que nous partions à la gare.

Renée réprimait mal son chagrin. Face à un mari réfugié dans l'indifférence, le départ de Laurent la laisserait bien seule à Brières. Que Paul lui en voulût, elle le comprenait. Jamais elle n'était parvenue à le rendre heureux, mais lui qui se prétendait bon chrétien ne pouvait-il pardonner ? Si elle lui avait causé beaucoup de tort autrefois, grâce à Colette tout allait mieux aujourd'hui. Sans la tendresse, la présence de plus en plus fréquente à Brières de celle qui restait sa cousine, elle vieillirait dans la tristesse et l'amertume. Les travaux d'embellissement à la ferme étaient achevés et les vieux corps de bâtiment en granit bleuté avaient repris leur charme d'antan. Soigneusement élagué, le grand hêtre de la cour prenait un air noble qu'égayaient des massifs de lupins, des rosiers et des gerbes de dahlias. « Comme maman aurait aimé voir revivre son cher domaine », pensait souvent Renée. Elle aurait été fière, enfin, d'une fille qui à travers vents et tempêtes avait su conserver le cap.

Laurent préféra ne pas insister. Lorsque chacun serait endormi, il tenterait à nouveau de joindre sa sœur.

— Ne vous inquiétez pas, maman, prononça-t-il d'une voix tendre. Tout ira bien !

Il prit sa mère dans ses bras, la serra contre lui, posa un baiser sur les cheveux gris.

— Nous nous écrirons souvent et j'aurai peut-être une permission pour Noël. La guerre ne durera pas, assura-t-il.

Renée soupira. Elle n'avait pas l'impression que le monde allait sur le chemin de la paix. Face aux rebelles algériens, la position de la France se durcissait, à grandes enjambées les Chinois imposaient le régime communiste chez eux et bombardaient l'île de Quemoy dépendant de Formose. À Cuba, les forces rebelles du jeune Fidel Castro semblaient sur le point de s'installer à La Havane. Mis à part l'élection du nouveau pape Jean XXIII, les actualités étaient bien alarmantes.

Doucement, elle se dégagea des bras de son fils. Dès son enfance, elle avait accepté d'être une solitaire. Aujourd'hui, le silence du domaine l'avait reprise, non pas un silence fait de néant et d'absence, mais tout au contraire tissé d'ombres et de présences familières.

— Le dîner sera servi à sept heures trente, rappela-t-elle. Solange a préparé le poulet aux champignons que tu aimes et moi une tarte aux airelles sauvages.

La maison dormait lorsque, à pas feutrés, Laurent descendit dans la bibliothèque. À l'aide d'une lampe de poche, il repéra le téléphone, souleva le combiné. Il n'y avait pas de tonalité. Au loin, l'horloge de l'église de Brières sonnait minuit.

3

Tandis que son chauffeur le conduisait au Palais-Bourbon, Christian Jovart tenta de chasser Françoise Dentu de son esprit. Plus que sa beauté, ce qui l'attirait dans cette femme talentueuse était l'apparent désintérêt qu'elle montrait à son égard. À ses mots aimables ou ses regards appuyés, elle opposait une froideur absolue. Renseignements pris, Françoise semblait vivre seule, sans liaison d'aucune sorte. Difficile à croire. Mais il n'était pas homme à se décourager. Avec brio, maître Dentu avait mené le dossier Claire Source. Contre des plaintifs mal organisés, des plans agressifs, ne disposant d'aucun trésor de guerre, il n'opposerait, selon ses conseils, qu'indifférence, et si ces énergumènes persistaient à le persécuter, le mur de ses relations se dresserait pour achever leur déroute. Acheté bon marché, morcelé en parcelles de mille mètres carrés, le lotissement avait rapporté gros à l'entrepreneur qui pour obtenir un rapide permis de construire s'était montré prodigue. Un apport fort bienvenu pour la construction de sa propre villa à La Baule.

— Madame vous attend pour les courses, Félix, annonça-t-il au chauffeur. Dites-lui que je rentrerai tard, on va encore discutailler de l'Algérie à la

Chambre. Avec les prochaines élections législatives, chacun voudra faire du zèle.

Un imperceptible sourire aux lèvres, le chauffeur ouvrit la porte arrière de la DS. Depuis cinq ans qu'il était au service de Christian Jovart, rarement il l'avait vu rentrer chez lui de bonne heure. Et les débats à l'Assemblée n'en portaient pas toujours la responsabilité. À maintes reprises, il lui était arrivé de reconduire chez elle une jolie femme sortant du bureau de son patron. Dans l'espoir de consolider leur position, certaines, plus loquaces que d'autres, tentaient de nouer avec lui des rapports familiers. Mais il savait garder ses distances.

Durant le trajet qui la menait du boulevard Beauséjour à l'avenue Raymond-Poincaré, Françoise remâchait sa déception. La ligne téléphonique étant coupée avec Brières, elle n'avait pu parler à son frère. Sans l'affaire Jovart, elle aurait fait un saut dans la Creuse pour partager avec Laurent les ultimes heures de sa vie civile et réconforter ses parents. Mais l'ambition professionnelle l'avait emporté.

À peine dans son bureau, Françoise s'empara de l'appareil téléphonique. Enfin, la ligne était rétablie.

— Papa ?
— Tu as manqué ta maman et ton frère de quelques minutes, ma chérie. Ils viennent de partir à la gare. — La voix de Paul s'efforçait d'être avenante mais la jeune femme savait que la dépression ne le quittait plus guère. — Nous avons eu un terrible orage, ou plutôt une série de trois. Le vieux tilleul a été abattu par la foudre.
— Comment allez-vous, papa ?
— Mes enfants me manquent.

Comme la voix commençait à trembler, vivement Françoise changea la conversation.

— Laurent a-t-il laissé un message pour moi, une adresse où on peut lui écrire ?

— Je n'en sais rien. Tu sais bien que je ne compte guère dans cette maison. Personne ne me fait ses confidences.

Des souvenirs tristes revenaient à la mémoire de la jeune femme : son père isolé dans la bibliothèque en train d'écouter la TSF ou de faire une énième réussite, ses silences à table, son pas pesant dans l'escalier. Souvent elle éprouvait le remords de n'avoir pas su au cours de son adolescence trouver le mot gentil, esquisser le geste tendre qui les aurait rapprochés. Mais son attitude résignée, son manque de fermeté à l'égard de sa famille, leur timidité les avaient rendus presque étrangers l'un à l'autre. Comme eux tous, il était né, avait grandi dans le village de Brières entre un père austère et une mère trop protectrice. Ses quatre années de droit à Paris ne semblaient avoir laissé en lui aucune trace. Toujours il avait été amoureux de Renée Fortier et l'avait attendue, comme un destin auquel il ne pouvait échapper. Tant aimée, cette femme ne l'avait pourtant pas rendu heureux.

— Je ferai bientôt un saut à Brières, papa, promit Françoise. J'attends des nouvelles de Colette. Si elle prévoit de passer Noël dans la Creuse, j'irai moi aussi.

— Bien sûr, si Colette vient... répéta Paul d'un ton triste.

Pour faire diversion à sa déception comme à sa mélancolie, Françoise alluma une cigarette et ouvrit son agenda. À dix heures, elle avait rendez-vous avec une certaine Édith Duval. Une affaire de transit illégal, avait-elle cru comprendre. À onze heures, c'était un vieux collectionneur de tableaux désirant plaider contre un marchand d'art qu'il accusait d'indélicatesse. À midi trente, elle déjeunait avec Christian Jovart qui venait de recevoir par pli recommandé une pétition signée par une douzaine de copropriétaires.

Un instant, Françoise repensa à son père. N'était-il pas persuadé au fond de lui-même qu'il avait été sacrifié ? Jour après jour, année après année, il s'était tu, se fondant dans le silence, l'isolement de Brières, étouffant sa mémoire, abandonnant toute espérance. Résigné. C'était cette démission qui perturbait la jeune femme. On l'avait vaincu. Qui ? Quel ennemi ? L'ombre des Dames, le silence du Bassin, omniprésents et invisibles, le souvenir des morts, une menace, un danger jamais identifiés ? Cela, elle l'avait ressenti dès sa plus tendre enfance. Brières était terre féminine, douce et cruelle, patiente, terriblement patiente.

— Édith Duval est arrivée, annonça Annie, la secrétaire, en passant la tête dans l'entrebâillement de la porte. Dois-je la faire entrer ?

Dès que le regard d'Édith rencontra celui de Françoise, celle-ci céda à son charme. Petite, menue, sa cliente avait des traits délicats, des yeux noirs exprimant une grande sensibilité. Un rayon de soleil se posait sur la sévère bibliothèque d'acajou.

— On m'a parlé de vous comme d'une avocate de talent, mais aussi d'une femme de cœur.

— Je suis sensible à ce compliment, pourtant je me méfie des gens dits de cœur.

Un couple de pigeons gonflaient leurs plumes sur la rambarde du balcon. « J'espère que tu n'as pas pensé que je t'oubliais, Laurent », pensa Françoise.

— Je suis venue ici pour représenter un ami qui vit dans la clandestinité. Il est accusé de terrorisme, prononça la jeune femme assise en face d'elle.

— Délit politique ?

— Salim est algérien. Il dirige en métropole un réseau travaillant pour le FLN. La sale guerre que nous menons là-bas autorise toute forme de résistance.

— Il ne s'agit pas de guerre, corrigea Françoise, mais de pacification. Je ne pense pas pouvoir défendre votre ami.

Elle repoussa son fauteuil, prête à se lever, quand le regard insistant de sa visiteuse la surprit à nouveau.

— N'avez-vous aucun idéal, maître Dentu ?

— Je hais la violence.

— Vous fait-elle peur ?

Françoise détourna les yeux. Son enfance, son adolescence avaient été soumises à des forces qui l'avaient dominée et meurtrie : solitude, pauvreté, de vieilles légendes parlant de spectres qui guettaient, d'oiseaux porteurs de mauvais sort, de loups désincarnés rôdant autour d'hommes marqués par le malheur, le viol, le sang, la mort. La violence avait laissé en elle des traces si profondes qu'elle ne pouvait prononcer ce mot sans se cabrer.

De la cheminée de l'immeuble d'en face montait en légères spirales de la fumée, comme une illusion. En quoi croyait-elle encore ? Et, cependant, elle allait déjeuner avec Christian Jovart, se laisser convaincre peut-être de le revoir. Témoigner de l'intérêt aux êtres qu'elle n'aimait pas était facile. Mais elle avait laissé partir Laurent sans lui dire au revoir, ne trouvait pas de mots pour réconforter son père, n'avait jamais eu le courage de serrer sa mère contre elle pour l'assurer de son pardon.

— Vous livrez un combat terroriste en arguant de la démocratie et de la liberté, comme les riches prétendent inculquer aux pauvres le dédain des dépenses inutiles.

— Aidez-nous !

La voix d'Édith vibrait.

— Je ne m'occupe pas des affaires à caractère politique, mademoiselle. Mais laissez-moi vous donner les noms d'excellents confrères.

Françoise ne se faisait guère d'illusions sur le sort de l'Algérie. La loi du plus fort était toujours la meilleure. Les quatre-vingts pour cent d'autonomistes l'emporteraient. Salim, l'ami d'Édith Duval, n'avait qu'à s'armer de patience. Un jour ou l'autre, il serait le héros d'un pays indépendant. En le secourant, Édith Duval aurait été dans le sens de l'Histoire tandis que Laurent, qui risquait sa vie pour conserver un héritage du passé, passerait pour réactionnaire.

— Mon frère, ajouta-t-elle d'une voix neutre, est officier. Il est parti ce matin pour l'Algérie.

— Je comprends, murmura Édith.

Elle se leva, tendit la main.

— Si je suis déçue par votre refus, j'avoue être séduite par votre franchise. Et si nous essayions de nous revoir en dehors de ce bureau ? Cet acajou, ces livres reliés, ces gravures ne vous vont pas. Je vous imagine tout autre.

— Par exemple ?

— Passionnée, intense.

Françoise fut étonnée par l'éclat du regard d'Édith Duval. « Celui de Colette », pensa-t-elle.

— Essayons de prendre ensemble un verre, consentit-elle. Téléphonez-moi.

Un pâle soleil d'automne qui montait au zénith éclaboussait le cuir vert olive du bureau. Des bribes de la musique aigrelette jouée par un orgue de Barbarie traversaient les hautes fenêtres closes. Françoise était surprise d'éprouver le désir de revoir cette inconnue. Jusqu'alors, elle n'avait pas voulu d'amie proche. Les soucis et les joies des jeunes femmes de son âge lui étaient étrangers.

Édith prit un ticket à l'arrêt de la ligne d'autobus 63 qui la ramènerait rue Monge. Quelques voyageurs patientaient frileusement dans les courants d'air s'engouffrant sur l'esplanade du Trocadéro. Cette première rencontre avec Françoise Dentu lui semblait un prélude à une future amitié. La jeune avocate lui plaisait. Il était impossible qu'elle raisonne en bourgeoise et peu vraisemblable que le sort des persécutés lui fût indifférent. Elle se protégeait. À travers la voix trop bien maîtrisée, l'apparent cynisme, Édith devinait une femme seule et cette solitude la touchait. Sa propre relation avec son compagnon n'était-elle pas incohérente ? Le psychologue qu'il était ne pouvait s'empêcher d'analyser chacun de ses gestes ou mots et ce regard trop lucide lui faisait perdre confiance en elle. Même si celle-ci faisait mal, il prétendait vouloir dire la vérité. Et souvent il la blessait.

Françoise tentait de se concentrer sur les propos de son client, un petit homme replet au teint blafard, aux lèvres minces, auquel le costume à la coupe impeccable ne parvenait pas à procurer d'élégance. Un de ses amis experts avait suspecté un faux dans une toile attribuée à Fernand Léger qu'il venait d'acquérir par l'intermédiaire d'un marchand connu, Michel de

Méricourt. Il allait requérir une deuxième expertise et, le cas échéant, ferait un procès retentissant. Pour le moment, il attendait d'elle une lettre adressée au marchand de tableaux où il affirmerait une position intraitable. « Il faut terroriser, affirmait-il d'un ton sec. Même si cet homme est innocent, une bonne trouille est un bienfait jamais tout à fait perdu. Avec les marges bénéficiaires que s'octroient ces gens-là, on peut se permettre de les bousculer un peu, n'est-ce pas ? D'ailleurs qui sont-ils ? Des homosexuels, des juifs, de faux nobles. » « Avez-vous un idéal, maître ? » lui avait demandé quelques instants plus tôt Édith Duval. Françoise fronça les sourcils. Elle allait dans les jours à venir débouter la plainte de malheureux abusés par leur maire et menacer un marchand de tableaux sur lequel ne pesait aucune preuve formelle de malhonnêteté. Enfant, elle avait été idéaliste, très chrétienne. Assister à la grand-messe de onze heures était un rite sacré à Brières. Son père passait un costume, sa mère une tenue presque élégante, choisissait un chapeau, Laurent et elle, soigneusement coiffés, portant leurs plus beaux habits, prenaient des airs recueillis. L'office terminé, le curé venait parfois déjeuner. Après des premiers rapports difficiles, leur famille avait appris à estimer ce prêtre sévère mais idéaliste et intègre qui peu à peu s'était gagné le respect de ses paroissiens. Dans la grande salle à manger qui sentait le moisi, la cire, les fleurs fanées, Solange servait des œufs mimosa, un poulet rôti, une tarte aux pommes. Au dessert, Laurent et elle avaient droit à un doigt de vin sucré. L'été, les mouches vrombissaient, on fermait les volets. Le curé parlait de la déchristianisation de la France, du communisme, de la guerre d'Indochine. Son père approuvait tout, sa mère restait silencieuse, gardant pour elle ses réticences. Laurent et elle trépignaient, anxieux de monter se changer pour aller courir dans le parc jusqu'à leur cher étang où volaient des libellules. Mais depuis l'arrivée d'Antoine Lefaucheux dans sa vie, elle avait perdu la foi.

Oubliant les restaurants prétentieux, le jeune député-maire avait choisi un confortable bistrot de quartier. Françoise arriva la première. « S'il me fait attendre plus de dix minutes, je m'en vais », résolut-elle. Christian Jovart nourrissait des ambitions politiques sans limites. Quelle pouvait être sa place dans son existence ? Parviendrait-elle à devenir la première de ses préoccupations ? Jusqu'à présent, personne ne l'avait aimée d'amour. Les hommes la dévisageaient dans la rue, flirtaient avec elle dans les cocktails, lui faisant des avances sans ambiguïté, mais aucun d'entre eux n'avait envisagé de relation suivie. Plus elle désirait éprouver une grande passion, plus elle la redoutait et se tenait sur ses gardes.

Tandis qu'un serveur lui tendait le menu, Françoise alluma une cigarette. L'énervement faisait trembler sa main. Serait-elle jamais capable d'avoir des élans, des rêves, des illusions ? « Il m'arrive quelque chose », pensa-t-elle. Dehors le ciel d'automne était triste, une jardinière de pensées se fanait derrière la fenêtre qui s'ouvrait sur la rue.

— Je crains qu'une délicieuse jeune femme ait été condamnée à attendre un rustre.

D'un mouvement spontané, Christian porta la main de Françoise à sa bouche, s'y attarda.

La jeune femme remarqua le sourire heureux, le regard pour une fois dépourvu d'ambiguïté. Il fallait abandonner ses réticences, tenter de vivre avec humour et, pourquoi pas, bonheur des moments privilégiés.

— Je m'étais juré de me méfier des rousses, avoua Christian en buvant une gorgée de bourgueil. On les dit vindicatives et cruelles.

— Sensuelles aussi, n'est-ce pas ?

— Les femmes se divisent en deux catégories, celles qui ont bon genre et celles qui aiment provoquer.

— Où me placez-vous ?

— Nulle part et c'est ce qui m'attire en vous. Je cherche à deviner vos goûts, vos sympathies, le style de vie que vous menez et j'avoue avoir quelques difficultés.

— Que parieriez-vous ?

— Enfance provinciale, pieuse, traditionnelle, un amour de jeunesse peut-être qui a laissé ses marques, beaucoup d'ambitions, une sensibilité qui se caparaçonne.

— Ennuyeuse à mourir.

— Dangereuse parce que lucide et secrète, sûrement infidèle.

Christian observait Françoise avec attention. La jeune femme le stimulait parce qu'elle lui faisait un peu peur. Ses précédentes maîtresses n'avaient pour ambition que de partager le clinquant de sa jeune carrière politique : profiter d'une confortable voiture avec chauffeur, dîner dans des restaurants élégants, lire le nom de leur amant dans les journaux, provoquer des confidences qui les faisaient se sentir importantes. Il les adorait, les gâtait et les quittait avec la même indifférence. La certitude que Françoise Dentu puisse le faire souffrir exerçait sur lui une étrange fascination.

Un garçon servait du faisan en chartreuse, une cassolette de pommes de terre rissolées. Après trois verres de bourgueil, Françoise se sentait détendue. Christian avait le charme intelligent. En dépit d'une ironie sur le qui-vive, elle n'avait remarqué aucun mot prétentieux, aucune attitude suffisante.

Bien que leur café fût depuis longtemps achevé, Françoise et Christian restaient à table. À demi-mot, la jeune femme avait évoqué son adolescence à Brières, sa séparation brutale d'avec ses parents, évoqué Colette et la grande affection qui la liait à sa tante.

— Les épreuves permettent de se découvrir soi-même, affirma Christian. Mon père m'a abandonné lorsque j'avais quinze ans et j'ai quitté alors mon pays d'origine, le Limousin. Ce que cet homme que j'admirais en dépit de tout n'a pu accomplir, j'ai voulu le réaliser.

— Où s'arrêtent vos ambitions ?

— Je n'y pense pas. Je suis un homme d'action.

La voix se faisait douce, presque enfantine. Françoise avait envie que ce moment si fugitif des premières et peut-être ultimes sincérités se prolonge. Celui des promesses, des mots excessifs viendrait trop vite. Christian l'écoutait, la contemplait avec une curiosité mêlée de tendresse. Aucun homme ne l'avait regardée ainsi.

Sur le trottoir, elle tendit la main, mais Christian l'attira contre lui, l'enlaça sans l'embrasser, serrant simplement son corps contre le sien, et, soudain, elle se sentit sans défense, prête à croire au bonheur. Une lumière blanche baignait l'asphalte où déambulaient quelques pigeons. Félix attendait au volant de la voiture, le nez dans un journal.

— Téléphonez-moi, demanda Christian. Je ne veux vous revoir que si vous le désirez vraiment.

À pas lents, Françoise regagna son bureau. L'avenue Victor-Hugo était noyée de soleil. Prêtait-elle à Christian les qualités — humour, tendresse, hautes ambitions — qu'elle souhaitait trouver chez un homme ? L'attention qu'elle lui donnait était-elle destinée à se faire un cadeau à elle-même ? Le flattait-elle pour qu'il l'épargne ? « Au diable les complications, pensa-t-elle. Ce soir, j'appellerai Colette. Elle trouvera les mots qui me feront rire de mes appréhensions. »

4

Avec bonheur Renée et Solange déplièrent les draps de métis brodés aux initiales de Valentine. Déjà la chambre de Françoise avait été époussetée, le tapis battu, les vitres nettoyées. Colette souhaitait coucher chez elle, à la ferme, et, la veille, les deux femmes avaient préparé une provision de bois, garni le placard des confitures qu'elle aimait, de biscuits et de thé de Chine achetés dans la seule épicerie fine de Guéret. Le lendemain, elles cueilleraient quelques roses de Noël et des branches de houx pour arranger des bouquets, puis Solange tuerait l'oie. Tous ensemble, ils découvriraient le sapin avant la veillée de Noël.

— On annonce de la neige, remarqua Solange en tirant avec soin l'antique couverture de laine. Pourvu que madame Colette fasse bonne route.

Avec l'âge, la sœur de lait de Renée avait pris de l'embonpoint. Ses cheveux, gris désormais, étaient tirés en un strict chignon qui ne parvenait pas à durcir le visage rond à peine strié de rides. Renée paraissait plus âgée. La bouche charnue était cernée de fines ridules, une série de plis marquait le front. Mais, en dépit de douloureux rhumatismes, elle restait active, debout à l'aube, couchée tard dans la nuit. Savoir le domaine rétabli dans son intégrité donnait à sa vie un sens et un accomplissement. Le matin, alors qu'elle remontait l'allée de Diane vers le potager pour cueillir les légumes du jour, Renée songeait souvent à son père qui avait marqué ce coin de terre, plus modestement mais tout aussi profondément que sa mère. Jean-Rémy avait accepté son destin et cet accord avec lui-même l'avait protégé des errances de Valentine, de ses incertitudes. À Brières, il était serein mais pas indifférent. Régulièrement Renée se rendait sur la tombe de ses parents, un bouquet de fleurs à la main. Un antique platane protégeait leur sépulture. Longtemps elle restait silencieuse, attentive, sûre qu'il restait d'eux davantage que des corps décomposés. Son passé triste et passionné, nul ne pouvait le partager avec elle, pas même Colette, et Paul encore moins. Renée n'avait aucun regret. À Brières, elle avait sa juste place. Son histoire et celle du domaine coexistaient avec une intimité qu'elle cherchait rarement à comprendre. Fatalité, malédiction ? Rien n'avait d'importance hormis son enracinement dans cette terre, sa certitude d'y demeurer, d'y mourir et d'y être enterrée. Ses enfants prendraient-ils la relève ? Elle ne voulait pas s'en inquiéter.

— La chambre est bien humide, il faudra bassiner les draps de Françoise, remarqua Solange. Avec toutes les responsabilités qu'elle traîne derrière elle à Paris, on ne peut pas risquer qu'elle s'enrhume. Avocate, c'est quelque chose quand même. On doit avoir peur de mal plaider et de voir un innocent condamné.

— Françoise ne plaide pas.

Renée sentait que sa sœur de lait ne la croyait guère. Une avocate ne restait pas à étudier des dossiers, elle se tenait au tribunal pour défendre la veuve et l'orphelin.

De la pluie mêlée de neige collait aux carreaux. Renée songeait aux hivers de son enfance lorsque le mauvais temps coupait les routes et que Brières devenait une île. Son père et elle ne renonçaient pas pour autant à leurs longues promenades en compagnie de Loulou. Jean-Rémy parlait de la Creuse, des vieilles légendes, de leurs parents déjà morts, son grand-père Honoré, son père Maurice, son frère Raymond. Une lignée d'hommes autoritaires, forts, à laquelle il ne se sentait guère appartenir. À la ferme Genche, les vaches se serraient les unes contre les autres devant une botte de foin. Gardés par des chiens maigres toujours en mouvement, quelques moutons restaient dans les pâtures. Les nuages couraient au ras du clocher de l'église, noyant le coq.

— Pour Françoise et madame Colette, je ferai demain un gâteau creusois, décida Solange.

Avec énergie la vieille servante gonflait les oreillers, la couette de plumes d'oie piquée de taches de rouille. Du coin de l'œil, elle observait Renée. En dépit de la joie de revoir sa cousine et sa fille, elle semblait préoccupée. Laurent, sans nul doute, dont elle ne recevait guère de nouvelles. De tout leur cœur, Paul et elle avaient espéré que le droit à l'indépendance de l'Algérie mettant fin à la guerre aurait été accepté par l'ONU. Mais la motion avait été repoussée et les combats s'intensifiaient. Dieu merci, son Victor avait accompli depuis longtemps son service militaire et maintenant, père de jumelles, il avait peu de chances de faire partie des rappelés. L'absence de Laurent assombrirait la célébration de Noël.

— J'ai presque achevé le pull que je tricote pour le petit, se réjouit-elle afin de bien montrer à Renée qu'elle suivait ses pensées. Il doit faire froid là-bas dans les montagnes.

Renée esquissa un bon sourire. Toujours dans son ombre, discrète, Solange restait une fidèle compagne. Elle aussi avait eu sa part de malheurs.

— Laurent reviendra. Aucune guerre ne dure.

On disait les rebelles prêts à tout. Ils connaissaient la montagne, ses caches, ses secrets. Les soldats tombaient dans leurs pièges. Par le journal, Renée avait appris que douze jeunes du contingent venaient d'être égorgés en Kabylie. Pour l'heure, elle avait les vaches à traire, les poules à enfermer au poulailler, la pâtée des chiens à servir, le souper à préparer et Paul à secouer. Le travail l'empêchait de trop s'inquiéter.

Dans le cagibi qui jouxtait la cuisine, Renée décrocha de sa patère une pèlerine caoutchoutée, chaussa ses bottes. La pluie glacée détrempait l'allée d'honneur, anéantissait les derniers chrysanthèmes plantés en massifs devant les écuries au-dessus desquelles tournoyaient des corneilles. Le gravier crissait sous ses pas. Des pies, des geais tentaient d'arracher quelques vers à l'herbe détrempée et jaunie par les premiers froids. Au fond d'un sentier qui se faufilait entre les écuries et l'ancienne remise devenue garage, s'ouvrait la porte du verger que semblait garder le puits. Renée ne pouvait le contourner sans songer à Bernadette. Quel secret avait-elle voulu garder en décidant de mourir le jour de son mariage ? Avec le temps, elle avait acquis la certitude que sa vieille nourrice avait découvert le livre de la comtesse de Morillon. L'ouvrage, clef permettant l'entrée dans un autre monde, pourrissait-il au fond du puits ? Un trouble presque fébrile poussa Renée à se pencher sur l'ouverture. Tout au fond, l'eau était grisâtre. La gorge serrée, elle recula. Il fallait qu'elle cesse de ressasser d'inutiles questions, de s'attarder sur le passé. Elle avait fait sa vie, s'était finalement acceptée jusque dans ses plus troubles désirs. Aujourd'hui, elle s'épargnait tout remords. La ferme produisait des revenus suffisants à l'entretien du domaine où elle régnait en maîtresse absolue. Paul ne risquait plus la moindre remarque. Pieux jusqu'à la bigoterie, il avait fait installer dans sa chambre un oratoire devant lequel brûlaient des cierges. Un jour, elle avait pris parti de le taquiner. Se croyait-il en danger pour implorer la clémence du Bon Dieu et de Ses saints ! Qui redoutait-il ? La brave Solange ? Elle-même ? Paul avait gardé son sérieux. « La plus grande ruse du diable, avait-il affirmé, est de faire nier son existence. Mais il est là, je le sais et je n'ai ni le pouvoir ni la force de le chasser. »

Avec joie, Colette s'installa devant la tasse de thé que lui servait Renée. Elle avait fait le voyage d'une traite depuis La Croix-Valmer et, une fois encore, le charme désuet des routes creusoises l'avait surprise. En s'enfonçant au cœur du département, on se retrouvait au temps jadis.

— Françoise sera la dernière, annonça Renée en s'installant au coin du feu près de sa cousine. Nous irons demain la chercher à Guéret, si tu veux bien.

— La coquine ne m'a pas fait signe depuis un mois. Serait-elle amoureuse ?

— Très occupée, sûrement.

Un brouillard léger succédait aux pluies noyant les perspectives, étouffant les bruits.

— Paul ? s'enquit Colette.

— Difficile d'affirmer s'il va bien ou pas. Il ne m'adresse pratiquement plus la parole.

— Peut-être ne sais-tu pas l'écouter.

Sur le fauteuil, Renée se raidit. Cent fois, elle avait tenté de tendre la main à son mari, mais il restait muré en lui-même, cherchant toujours à la punir pour sa faute d'autrefois.

— Parlons d'autre chose, décida-t-elle.

Une lassitude soudaine l'étreignit. Elle passa deux doigts sur ses yeux, tenta un sourire.

— Françoise m'a appris que tu faisais construire une piscine aux Lavandins. Te prends-tu pour une vedette américaine ?

Un court instant, Colette observa sa cousine. Bien souvent dans leur jeunesse, elle lui avait envié son décolleté, sa poitrine épanouie.

La porte s'ouvrit et Solange s'avança dans la bibliothèque, une assiette entre les mains où trônait un quatre-quarts doré.

— J'ai *été* une star, rectifia Colette en souriant. Un journal féminin s'apprête d'ailleurs à retracer ma brève et brillante carrière. Ils m'ont demandé une entrevue.

— J'ai conservé les modèles que tu m'avais offerts. Valent-ils de l'or ?

— Ne compte pas sur eux pour t'enrichir, ma chère ! Si tu as besoin d'argent, vends plutôt le Braque de tante Valentine. Un marchand d'art de Toulon m'a assuré que la cote de ce peintre montait énormément.

Même lorsqu'elle avait manqué du nécessaire, Renée n'avait pas voulu se séparer des quelques œuvres collectionnées par sa mère. Comme l'étang, la forêt et les esprits errants, elles faisaient partie de Brières. Hormis son portrait et des tableaux choisis avec passion, peu d'objets reflétaient encore sa personnalité. Elle la revoyait, à la fin de sa vie, portant de larges chapeaux de paille ou de feutre, s'appuyant sur une canne d'ébène pour remonter à petits pas raides l'allée de Diane. Jamais elle ne voulait montrer sa fatigue, son désarroi ou ses détresses. Durant des années, elle avait tenté de faire de Brières un domaine enchanté, son domaine. Avec l'âge, les deuils, une sorte d'indifférence s'était emparée d'elle comme si elle avait compris la vanité de cette panoplie du bonheur auquel on lui avait fait croire dès l'enfance. Le dernier souvenir de sa mère avant qu'elle ne décidât de mourir au bord du Bassin des Dames était celui d'une silhouette haute et mince au crépuscule, debout sur la terrasse, perdue dans ses songes.

D'une voix joyeuse, Colette évoquait les événements qui se succédaient à La Croix-Valmer : les folies du petit port voisin de Saint-Tropez où régnait Brigitte Bardot, nouvellement fiancée à Jacques Charrier. On chuchotait qu'il voulait l'épouser. Debout en retrait des deux cousines, Solange ne perdait pas un mot de la conversation, excitée par les presque-secrets des célébrités photographiées dans *Cinémonde* que Colette semblait détenir.

— Un jour, je me déciderai, madame Colette, jeta-t-elle soudain. Je viendrai vous voir aux Lavandins. À cinquante-six ans, croyez-moi ou pas, jamais je n'ai quitté la Creuse.

Le quatre-quarts fleurait bon la vanille et le rhum. Engourdie par la chaleur du feu de bois, Colette se sentait revenir en enfance, au temps des thés, dans la chambre de leur bonne-maman place Saint-Sulpice, servis par le fidèle Simon. Leur vieux valet de chambre était mort peu de temps après sa maîtresse, Julien, le chauffeur, s'était retiré dans le bocage normand, Céleste, leur bonne, devenue impotente, habitait chez sa fille, concierge à Levallois-Perret. Tout un monde disloqué, disparu, perdu à jamais avec ses rites, ses silences. Les cloches de Saint-Sulpice sonnaient. De jeunes prêtres en soutane s'éparpillaient sur le parvis. Yvonne mettait son chapeau pour assister aux vêpres, tapotait les coussins des bergères tapissées d'un rouge fané. Colette croyait alors aux triomphes de la vie. Tout devait lui obéir, les gens, les ambitions, la chance. Celle-ci était venue puis repartie, la grisant et la brisant. Maintenant la paix était signée avec elle-même. Pourtant il lui arrivait de ressentir encore ses anciennes angoisses.

Sans se presser Colette absorba une gorgée de thé. « Hunan, apprécia-t-elle, celui que j'adore. Merci, ma Renée. »

Il faisait presque nuit. Solange avait porté les valises à la ferme où la lumière brillait derrière les fenêtres, tout au fond de l'allée bordée de troènes. Serrée dans son manteau, Colette hâtait le pas vers sa maison. Deux années plus tôt, elle avait fait installer le chauffage central, une vraie salle de bains avec une douche carrelée, exigé une isolation parfaite des portes et fenêtres. Au château, on gelait, deux salles d'eau antiques occupaient les bouts du couloir des premier et deuxième étages. Cette vie spartiate n'était pas pour elle.

À mi-chemin, la sensation d'une présence la fit se retourner. Au loin, derrière une des fenêtres du château au premier étage quelqu'un l'observait, une silhouette immobile que la maigre lumière de la pièce rendait fantomatique. « Paul », pensa Colette. Une terrible résignation, une violence muette. Paul Dentu perdu dans ses souvenirs, ses prières. Une interminable attente.

— C'est impossible, répéta Françoise. J'ai promis à mes parents de passer Noël à Brières.

Dans un geste nerveux qui lui était familier, Christian pianotait sur le cuir de son bureau. Après deux mois d'une cour assidue, le séjour de sa femme et de ses filles à Val-d'Isère durant les vacances de Noël lui offrait le champ libre pour devenir enfin l'amant de Françoise. Les dîners dans de discrets restaurants, les promenades au Luxembourg ou à Saint-Cloud comme les innombrables appels téléphoniques n'avaient été que des préludes à leur vraie rencontre ; celle-ci ne pouvait avoir lieu que dans un endroit paradisiaque. D'un récent déplacement en Tunisie, le jeune député avait gardé de Hammamet un souvenir enchanteur. De vieux amis qui possédaient une villa au bord de la plage lui en laissaient les clefs. Ce serait un havre d'intimité. Peu à peu la jeune femme avait baissé sa garde et ils étaient parvenus à une familiarité faite de longues discussions, de rires et d'une réelle amitié. S'agissait-il d'amour ? Christian ne le savait pas, mais il désirait cette jeune femme plus qu'il n'avait désiré aucune autre et, pour la convaincre, était prêt à paraître ce qu'il n'était guère en réalité.

— Tu as toute l'année pour voir tes parents.
— C'est Noël et Laurent est absent.
— Ont-ils encore l'âge des sapins et des souliers dans la cheminée ? Ta présence leur rendra plus cruelle encore l'absence de ton frère. Et puis ta tante est auprès d'eux, ils ne seront pas seuls.
— Où irions-nous ?

Françoise s'en voulait de sa lâcheté. Mais elle désirait Christian et, tôt ou tard, serait sa maîtresse. D'une pichenette elle éjecta une cigarette du paquet de Pall Mall, la glissa entre ses lèvres, puis saisit le joli briquet carré en laque de Chine offert par Christian.

— En Tunisie.

Longuement Françoise souffla la première bouffée de sa cigarette. Aurait-elle le courage de téléphoner à sa mère la veille de son arrivée pour se décommander ? Par ailleurs, Brières était sinistre en hiver. Christian avait raison, elle pourrait promettre à ses parents un long week-end dès les premiers beaux jours.

— Tu sais combien je redoute de m'attacher à un homme. Depuis l'âge de quinze ans, j'ai vécu très libre.

— Disons que nous avons au même moment envie d'une expérience semblable.

Un instant le regard de Françoise s'arrêta sur les arbres dépouillés du Ranelagh derrière la voie de chemin de fer de ceinture. Le ciel était bas, tout était triste. Elle avait envie de soleil, de bras serrés autour d'elle. Ce début d'amour dégénérait-il en solitude ? Elle refusait de l'envisager. Christian et elle partageaient trop de choses : intelligence, ambition, ironie jusqu'à une certaine affectation de cynisme. Avec lui, elle n'avait pas à se gêner.

— Où en Tunisie ? interrogea-t-elle.

— C'est un secret, chuchota Christian.

Françoise esquissa un sourire. Elle se souvenait de la première fois qu'il l'avait embrassée en plein jardin du Luxembourg pour bien lui montrer sans doute qu'elle était plus importante que sa réputation. Le vent soufflait dans ses cheveux blond vénitien, faisait tourbillonner les feuilles qu'un novembre frais avait racornies. Une fois seule, parce qu'elle se sentait vulnérable et inhabituellement contente, elle s'était rendue à pied place Saint-Sulpice. Là, Colette et Renée, sa mère, avaient passé quelques années heureuses auprès d'une grand-mère qu'elle n'avait pas connue. Noirci et maculé de crottes de pigeon, l'immeuble édifié à la place de l'hôtel particulier n'offrait guère de charme. Il était difficile d'imaginer la maison cossue qui l'avait précédé. C'était Colette qui avait conclu la vente et elle le regrettait sans doute aujourd'hui car elle n'aimait guère évoquer cette époque de sa vie : une liaison difficile, une grand-mère esseulée, un changement de mode de vie et de pensée qui chamboulait la jeunesse. À vingt-cinq ans, Françoise était apte à comprendre sa tante. Les pages devaient se tourner, elle avait accepté elle-même ses échecs et décidé de vivre. Mais bien que voulant de toutes ses forces s'intégrer à un groupe d'amis, mener une vie sociale normale, elle restait cependant en dehors et avait la sensation constante d'être simplement une observatrice. La vie l'absorbait plus qu'elle ne la séduisait. Même son corps lui semblait souvent étranger. Comment se comporterait-elle avec celui de Christian si elle devenait sa maîtresse ?

— Nous irons où tu voudras. Je vais appeler Brières, prononça-t-elle dans un souffle.

5

Françoise noua ses bras autour de Christian. Dans la demi-obscurité de la chambre à coucher, la jeune femme distinguait les hauts rideaux de lin blanc gonflés par la brise. L'élan qui la poussait vers son amant était presque douloureux. Si longtemps ses sentiments étaient demeurés enfouis au plus profond d'elle-même qu'elle ne savait plus comment leur donner la liberté. Durant leurs promenades sur la plage de Hammamet, elle avait évoqué des bribes de souvenirs, mais n'avait soufflé mot d'Antoine, leurs rapports pervers et le drame final qui l'avait arrachée à sa mère. L'angoisse des gestes amoureux, des mots tendres demeurait entière. Après toutes ces années, son corps était encore imprégné de désespoir.

Christian semblait ne s'apercevoir de rien. Depuis leur départ, il se montrait tendre, gai, charmant, fier de l'avoir conquise et de lui donner du plaisir. L'idée qu'elle allait l'aimer, qu'elle l'aimait déjà peut-être le rendait presque touchant.

Lentement son amant la caressait. C'était un autre monde et elle devrait s'y laisser immerger, oublier Brières, le cottage où elle retrouvait Antoine Lefaucheux, l'étang sous la pluie, les jeux empreints de sorcellerie qu'elle imposait à Laurent et qui avaient conduit au sacrifice de la chouette, à son sang répandu. Il lui semblait entendre encore le froissement de ses ailes, et son frère claquer des dents à ses côtés dans l'obscurité du grenier trouée par la lumière jaune de la lampe.

— Dès que, derrière ton bureau, je t'ai vue, grave et distante, j'ai su que je te désirais.

Comme les doigts qui l'effleuraient, la voix était douce, les lèvres avaient le sourire un peu crispé que donne le désir. Il fallait l'empêcher de parler, laisser régner le silence et la magie du plaisir. Françoise posa sa main sur la bouche ourlée. Quelle importance qu'elle l'aimât ou pas ?

Le vieux domestique tunisien avait arrangé des bouquets de palmes, allumé quelques bougies, déposé sur la table dressée devant la cheminée un poisson froid, une salade, des gâteaux au miel et aux amandes. Amenant une forte senteur d'iode et de sel, une mer houleuse battait au loin la plage.

Le vin était lourd, un peu trop capiteux. Christian remplit à nouveau le verre de Françoise et observa son joli visage sur lequel ondoyait la lumière des bougies. Il désirait la conquérir corps et âme, mais d'imperceptibles signes lui indiquaient qu'elle restait réticente à se donner. Même dans les moments les plus intimes, elle semblait toujours prête à se reprendre, à le repousser. C'était irritant et stimulant. Il était fou d'elle.

Les yeux dans ceux de Christian, Françoise but une longue gorgée de vin. Dans deux jours, ils regagneraient Paris. Que resterait-il de cet emballement qui l'avait arrachée à une existence bien réglée ? Christian rejoindrait son appartement, elle le sien. Il ferait froid, pleuvrait sans doute. Elle trouverait une pile de courrier sur son bureau, de multiples rendez-vous, pris par sa secrétaire, rempliraient son agenda. Elle ferait quelques courses, téléphonerait à Brières. Ses parents comme Colette avaient été cruellement déçus par sa soudaine et tardive dérobade. Elle ne s'était ni excusée ni justifiée. Nul n'avait le droit de la juger. Mais ce pouvoir qu'elle avait de blesser ceux qu'elle aimait la perturbait.

— Me seras-tu fidèle ? interrogea brusquement Christian.

La jeune femme esquissa un sourire. Plus elle avait besoin d'amour et moins elle se sentait le pouvoir de posséder qui que ce fût.

— Aurais-je le désir de te tromper, murmura-t-elle, je n'en aurais guère le temps.

À travers la table Christian saisit sa main, la porta à ses lèvres. Des mots artificiels se dressaient toujours entre Françoise et ses véritables pensées.

— L'amour se nourrit de jalousie, je suis prêt à l'être un peu, assura-t-il.

— Moi pas. Tu as mauvaise réputation.

— Ceux dont on médit ne sont pas forcément les plus coupables. C'est étrange qu'on ne t'attribue aucun amant.

Du feu montait l'odeur douce et prenante du bois d'olivier qui se consumait dans l'âtre, une simple niche blanchie à la chaux. L'expression un peu provocante du regard de son amant agaça Françoise. Bien qu'il affectât un affectueux détachement, elle devinait sa curiosité.

— Pas d'hommes, murmura-t-elle, seulement des ombres.

« Une ombre en vérité, pensa-t-elle, celle d'Antoine. Toujours vivant sans doute bien qu'effacé. »

— Suis-je condamné à en devenir une ?

— Prends-moi telle que je suis, murmura Françoise. Il est trop tôt pour que nous ayons des exigences.

Un des paons qui erraient librement dans le parc poussa un cri strident.

— Sais-tu, plaisanta Christian en saisissant du bout des doigts un rouleau de pâte feuilletée, que j'ai l'impression d'aimer une femme sans passé, une innocente, une vierge ?

— Une femme toujours semblable et toujours nouvelle. Un fantasme masculin bien ordinaire, mon cher !

Les lèvres de Christian luisaient de miel. Elle avait envie de lécher cette douceur comme un enfant sucerait le lait de sa mère. Un monde clos, rassurant qui emprisonnait. D'un mouvement soudain, Françoise fut debout. Christian était-il amant, ami ou adversaire ?

— As-tu peur de moi ? interrogea-t-elle.

À son tour, le jeune homme quitta sa chaise. Un concert d'aboiements montait de la plage. Agitées par le vent, les palmes d'un latanier caressaient les vitres du salon. Avec curiosité, Christian observa les yeux dorés, le nez fin, la bouche bien dessinée, les beaux cheveux blond-roux. Il souffrirait de la quitter. Mais en France, la vie le reprendrait : ses fonctions de maire, son siège à l'Assemblée nationale, sa famille, le club de golf... Il fallait qu'il accepte de ne pas tout à fait comprendre sa maîtresse, de rester à l'écart de ses pensées, étranger à son curieux équilibre fait de vulnérabilité, d'agressivité, d'ironie et de tendresse. Ou cette alchimie stimulerait son amour ou elle le lasserait. À ce moment précis, il n'avait pas envie de se tourmenter pour le deviner.

D'un mouvement spontané, il prit la jeune femme dans ses bras, posa des baisers légers sur ses paupières, sa bouche, ses joues, le creux de son cou.

— J'ai la chance de ne pas me poser ce genre de questions, chuchota-t-il, de simplement me réjouir de l'instant présent.

Françoise ferma les yeux. Elle était bien. Quelle folie la poussait à s'imaginer sans cesse dans un chemin sans issue ?

— Je rêve souvent d'un théâtre de marionnettes. La saynète qu'elles interprètent est simple et cruelle. Et je suis à la fois la marionnette et le tireur de ficelles, murmura-t-elle.

Docilement Françoise laissait courir sur sa peau les baisers de son amant. Les flammes qui se mouraient un peu donnaient à la peau de Christian une teinte cuivrée. Un court instant, Françoise eut l'impression de retrouver un lointain souvenir. Elle était angoissée sans savoir pourquoi.

Longtemps Christian et Françoise restèrent assis sur la plage. Des enfants passaient qui les observaient en riant. L'un d'eux s'approcha. Il tenait à la main un délicat coquillage rose en forme de fleur pétrifiée. Christian tendit une piécette.

— Je te le ferai monter en breloque pour ton bracelet. Ce sera un souvenir de notre première fugue.

La voix s'efforçait d'être gaie, mais Françoise savait que tous deux avaient la nostalgie de ces heures qui appartenaient déjà au passé. Dans un moment, un taxi viendrait les chercher pour les conduire à l'aéroport de Tunis.

— Nous allons nous habituer l'un à l'autre, assura Françoise.

Il était trop tard, ou trop tôt, pour lui avouer qu'elle tenait à lui. L'amour détruisait tout et elle avait envie de continuité.

Des bancs d'algues dérivaient au gré du léger ressac. De derrière les broussailles qui longeaient la plage venaient des relents d'eau saumâtre.

Christian enlaça les épaules de la jeune femme. Sous le mince cardigan, le corps était menu, presque fragile. Était-elle la femme déterminée et farouchement indépendante qu'elle affichait ou jouait-elle un rôle ? Il avait à nouveau envie de le découvrir.

Françoise se leva, secoua le sable attaché à son pantalon, ses ballerines, rajusta le lien de velours qui nouait ses cheveux.

Le vent se levait. Christian s'empara de la main de sa maîtresse. Bientôt, il la lâcherait pour un long moment. Sa femme et ses filles revenaient le soir même de Val-d'Isère. Marie-Christine insisterait pour qu'il refuse tout engagement pendant une dizaine de jours. Angélique et Armelle renchériraient, et il ne savait pas dire non à ses filles. Françoise et lui ne pourraient se retrouver que pour de courts moments. L'accepterait-elle ?

— Le taxi est là, constata-t-il. Ali doit être en train de charger les valises.

Françoise dîna à peine et se coucha de bonne heure. Sans cesse, son esprit revenait à ces quatre jours tunisiens, tentant de retrouver chaque détail de la maison, les paroles prononcées, les odeurs, les jeux de lumière. À minuit, elle se leva, alluma une cigarette, se dirigea vers la cuisine pour se servir un verre de lait. Elle avait l'impression d'être un personnage sorti d'un livre, isolé, malheureux, incapable de savoir comment agir. Au passage, elle jeta un coup d'œil dans le miroir pendu au-dessus de la commode de sa chambre et eut la sensation fugitive de voir un masque s'y refléter. Pourtant elle se trouvait belle. La certitude de posséder un pouvoir de séduction s'était imposée à elle le jour de ses quinze ans, peu avant qu'Antoine surgisse à Brières. Elle se préparait pour la messe du dimanche et en enfilant sa robe de cotonnade fleurie coupée par une couturière de La Souterraine, elle s'était contemplée longuement dans la glace de son armoire. Ses cheveux flamboyants tombaient en une masse bouclée sur ses épaules blanches, ses seins bombés, ronds et fermes. Une lumière semblait émaner d'elle dont elle avait ressenti la force. Des années plus tard, étudiante en droit à Paris, elle avait pris un amant, un condisciple, le premier venu, croyant effacer à jamais la trace d'Antoine Lefaucheux. « Christian dort à côté de Marie-Christine. Peut-être même sont-ils dans les bras l'un de l'autre », pensa-t-elle. Une bouffée de jalousie lui monta à la gorge.

Derrière la fenêtre de la cuisine, une pluie opiniâtre trouait la lumière des réverbères.

Au-dessus de la pile de courrier, Annie, la secrétaire avait déposé le dossier Claire Source annoté « urgent » à l'encre rouge. Françoise, qui avait peu dormi, se sentait mal fichue et ce rappel de l'affaire l'ayant liée à Christian l'accabla un peu plus encore. Le destin sans doute voulait remettre les pendules à l'heure. C'était le travail, les ambitions et non la passion qui les attacheraient l'un à l'autre. Mais bien que la jeune femme en fût convaincue, quelque chose en elle cherchait à s'insurger contre tant de raison. Un minuscule espoir tentait de survivre, se développer. Le dossier en main, elle alla ouvrir la fenêtre. La pluie avait cessé de tomber, une brume légère s'étirait au ras des trottoirs. « L'amour implique une certaine plénitude, pensa Françoise. Moi, je suis inquiète et malheureuse. »

Les copropriétaires de la Claire Source reprenaient l'initiative. Bien qu'incapable de fournir des preuves formelles de la contamination des sols comme elle l'avait demandé, l'ouvrier persistait dans ses allégations et les copropriétaires exigeraient un avis, signé Christian Jovart, ordonnant une enquête plus approfondie. « Pas très redoutable, pensa Françoise. Ce ne sera guère difficile de les débouter. »

Elle reposa le dossier et décacheta une autre enveloppe. Mais un malaise l'habitait, la sensation confuse et désagréable de pactiser avec l'ennemi. Christian Jovart ? Alors qu'elle la raccompagnait dans le couloir menant à son bureau quelques semaines plus tôt, elle se souvenait qu'Édith Duval avait affirmé sa foi dans les femmes, privilégiées selon elle pour prendre en main les droits de l'homme, plaider en faveur des humiliés, des spoliés. Avec une patience un peu ironique, elle l'avait écoutée. Mais en la quittant, la jeune femme avait ajouté : « Gardons-nous de diaboliser qui que ce soit. » Ces mots avaient figé son sourire. Un monde menaçant, vaguement familier semblait la rattraper. Même si Christian ne lui offrait que l'illusion du bonheur, au cours de sa longue nuit sans sommeil, elle avait décidé de ne pas y renoncer. Elle resterait dans son camp.

6

Les rebelles s'étaient terrés dans la montagne au cœur de la forêt d'Akfasou. Bien qu'aux quinze mille soldats français déjà présents en Algérie aillent s'adjoindre vingt-cinq mille rappelés, il semblait que les forces du FLN se jouaient de l'armée. En Kabylie, elles étaient chez elles, protégées, nourries la nuit par les villageois, évaporées aux premières lueurs de l'aube. Dans les villes, les douars, l'inquiétude des Algériens d'origine française prenait des airs de panique. Il y avait eu des assassinats suivis de représailles. Un cercle sans fin de violence que les soldats parvenaient mal à maîtriser. Ils luttaient, souffraient et mouraient pour que l'Algérie restât partie de la France. Qui pouvait prétendre la lui ôter ? Une horde de rebelles armés par l'URSS ? Et la chaleur desséchait tout, le vent effaçait les traces, assoiffait, un vent sec chargé de poussière sous la lumière blanche de l'été qui blessait les yeux.

Avidement Laurent but à sa gourde l'eau tiède, un peu écœurante. À deux pas, un chien famélique l'observait. Le jeune homme lui jeta une pierre. Il ne faisait plus confiance à quiconque. Ce matin-là, l'absence de bruit était alarmante. Avec ses cinq compagnons, sous le regard sournois des habitants, la plupart des vieillards, des femmes et des enfants, ils avaient inspecté un village, fouillé les greniers pour tenter de découvrir des armes. Les hommes valides ? Ils étaient au travail, à la ville pour ramener de l'argent. Le mouvement des doigts appuyait leurs dires : argent, argent. Le FLN ? Pas du tout, au village les hommes ne se battaient pas contre les Français.

Laurent s'essuya les lèvres et passa la gourde à son voisin, un Normand trapu aux cheveux blonds dont le soleil faisait flamber la peau. « Ils sont planqués dans la montagne, assura-t-il, et nous attendent en embuscade. » L'autre hocha la tête. Chacun vivait en état d'alerte permanente, accroché à ses armes, même la nuit, surtout la nuit où la main restait proche du revolver posé sous l'oreiller.

Laurent se leva, rassembla ses hommes. Un moment, ils roulèrent en silence. Au sommet d'une forêt impénétrable, des oiseaux de proie tournoyaient. Un cadavre ou un blessé abandonné à la mort ?

Dans le sous-bois, la chaleur s'accentuait, comme si les feuilles craquantes réfléchissaient la fournaise montant de la terre. Les crosses des armes étaient poussiéreuses, brûlantes. Laurent pensa à Brières, au cercle du diable sur les rives de l'étang où rien ne pouvait pousser. C'était là, il en était sûr, que l'on avait jeté au feu les sorcières. Un endroit de larmes, de sang, de mort, un lieu maudit. À Brières ou en Kabylie, les ombres des trois suppliciées le guettaient, toujours. Elles étaient là, invisibles, silencieuses, attendant avec une infinie patience qu'il se décide à se faire justice lui-même. Un coup de pistolet dans la bouche ou plutôt une avancée seul face à l'ennemi, un acte d'héroïsme superbe et suicidaire. Une belle médaille sur un coussin de velours, un discours émouvant, une trompette aux accents de deuil, des gerbes de fleurs portées par sa mère et Françoise. Les seules femmes qu'il aimait devenues des ennemies ?

À l'horizon, la chaîne des montagnes prenait une couleur bleutée que rompait la tache d'éboulis rocheux. Des volutes de fumée montaient çà et là, indiquant l'emplacement des villages. Les moissons faites, ce qui restait de paille roussie par le soleil servait de pâture à des chèvres efflanquées aux pis énormes.

Poussé par un gamin hirsute, un âne se rangea le long du chemin pour laisser passer les deux jeeps. La mort venait parfois de vieilles femmes, d'enfants à la bouille candide, les garçons, surtout, déjà armés par leur père, leurs frères aînés et nourris de la haine des Français.

Les véhicules s'immobilisèrent devant une fontaine jaillissant d'un tuyau de plomb fiché entre deux rocs. Laurent sauta à terre. Un instant, il contempla le paysage grandiose qui l'entourait, une suite de pics, de gorges, de vallées. Quoique sans aucune ressemblance avec la campagne creusoise, un charme puissant rapprochait ces deux pays. Des mystères inaccessibles au commun des hommes. Dans cette solitude, on pouvait devenir fou. « Que personne ne s'écarte du chemin ! » ordonna-t-il. Il n'aimait pas ce silence, cette fausse paix, cette apparence de beauté et de sérénité. Si souvent il avait souffert à Brières des tons feutrés, des gestes mesurés camouflant la violence.

En chahutant, ses hommes remplissaient leurs gourdes. La plupart n'avaient guère plus de vingt ans. À tout instant, des grenades, des rafales de mitraillette pouvaient les hacher menu. Depuis son arrivée en Kabylie, Laurent avait vu nombre de morts : ventres ouverts, faces éclatées, jambes et bras arrachés. Du sang partout. Il lui arrivait la nuit de se réveiller en sursaut prêt à vomir. « On rentre ! » ordonna-t-il.

La poussière âcre levée par les jeeps recouvrait les buissons, des plantes grasses aux épines acérées. Il leur fallait être de retour tôt. Dès le lendemain, tous repartiraient dans la montagne sous les ordres de leur capitaine.

La nuit était claire, le ciel percé de milliers d'étoiles. Fuyant le mess, Laurent alluma une cigarette et sortit du camp. Il n'avait aucune envie de parler, encore moins d'écouter les confidences ou plaisanteries des autres officiers, leurs bravades guerrières comme amoureuses. L'amour n'était pas pour lui ou pas avant longtemps. Bien sûr, il avait eu autour de Coëtquidan quelques liaisons avec des filles habituées aux jeunes officiers mais, depuis la découverte du livre, tout désir sexuel l'avait quitté.

Laurent s'assit sur un roc face à la chaîne des montagnes et sortit une lettre de Françoise d'une des poches de son treillis. Entretenus avec soin, des vergers s'accrochaient au bas des premières pentes. Entre les pics, la vallée était étroite, plantée de céréales et de plantes potagères que coupaient des bosquets de pins ou de chênes. Un moment, le jeune homme resta immobile, sa cigarette entre les lèvres. Les articles de presse laissaient bien sûr entendre le genre de combats qui se livraient en Algérie. Beaucoup de journalistes n'ayant pourtant jamais traversé la Méditerranée risquaient de savants commentaires, expliquant en termes aseptisés le pourquoi et le comment des combats. Mais qui en métropole avait idée de la réalité ? Le sang, la peur, la haine, le cercle sans fin de représailles, les villages vidés de leurs habitants, les maisons incendiées...

D'un geste précis, Laurent écrasa le mégot sous son talon et commença sa lecture. Le joli papier crème était épais, soyeux. Le jeune homme le passa sur sa joue. Il fallait refuser d'oublier que la vie pouvait être douce, légère et tendre.

Tout autour de lui des myriades d'insectes grésillaient, sifflaient, crissaient. Cachés sous les pierres, dissimulés au milieu des broussailles, ils survivaient, indestructibles, dans un temps et un espace différents de ceux des hommes.

> Depuis ma dernière lettre, j'ai eu cent dossiers à étudier, quelques déconvenues, pas mal d'appréciables victoires et la certitude d'être plus ou moins amoureuse de Christian. Je devine ton sourire ironique : ta sœur éprise d'un député-maire-marié-père de famille-coureur de jupons ! Est-ce un rêve, une erreur, une bêtise ou tout cela à la fois ? Je m'étonne de ce bouleversement intérieur qui me stimule et me préoccupe car je ne parviens pas à me débarrasser de la sensation de quelque chose de faux et de vécu totalement en solitaire. Que pourrais-je ajouter d'autre ? Christian ne devrait plaire ni à nos parents ni à toi, à Colette peut-être, qui aime les êtres ayant toutes les chances de décevoir. Il m'a introduite dans son parti politique, le MRP, auquel il veut insuffler un coup de jeunesse. Plusieurs de ses amis m'ont confié leurs litiges et quelques succès m'ont rendue populaire. Je suis dans toutes les confidences. Intéressant. Et le côté implacablement froid de la pensée politique me convient. Tout y est mots, apparences, feintes et faux-semblants.
>
> Tout autant qu'amant attachant, Christian est bon professeur. À toi qui as partagé ma solitude d'enfant, souffert de mes blessures d'adolescente, je peux tout dire. À travers cette grande attirance (tu vois, je répugne toujours à employer le mot amour) et même si je souhaite sans trop y croire qu'elle dure, j'aspire surtout à me retrouver, à réapprendre à m'estimer moi-même. Ne crois pas que j'oublie la Creuse. Ses ombres irréelles et tragiques m'ont

rejointe à Paris avec la certitude de souffrances à venir. Papa est déjà ailleurs. N'est-ce pas le pire châtiment infligé à un être humain que d'être rayé de son vivant de la communauté des hommes ?

Je relis le début de ma lettre et m'étonne d'évoquer Brières quand je te confiais mes amours. Quel lien mystérieux pourrait-il les unir ? Ressens-tu, toi aussi, cette appartenance au domaine où que tu sois et quoi que tu fasses ?

Paris est plein de ressources en ce début de juillet. J'ai vu *Orfeu Negro* qui vient d'être couronné à Cannes, mais lui préfère *Hiroshima mon amour,* superbe évocation d'un *Tristan et Iseult* moderne et sublimation de l'amour-passion, avec son désespoir et sa fatalité. « Il n'y a pas d'intérêt artistique sans phénomène d'identification », affirme Colette qui, hier, m'a téléphoné de Brières où elle a installé ses quartiers d'été. Avec toi, elle est la seule à connaître mon secret. L'amour, prétend-elle, n'a d'autre valeur que celle d'un défi à soi-même et au reste du monde... C'est une irréversible illusion à laquelle on doit pourtant se laisser aller, une sensation fluide, feutrée, agréable et énervante, une difficile école pour vaincre ses réticences et ses dégoûts. Moi qui m'interdisais toute possession, j'avoue tenir à Christian et fais des progrès dans la confiance que j'ai en lui...

Laurent interrompit sa lecture. À quelques pas, une bête nocturne se déplaçait dans les fourrés. Au-dessus de lui, les étoiles avaient un scintillement métallique. Du campement tout proche des harkis venait une odeur d'oignons frits. Les confidences de sa sœur embarrassaient le jeune homme. Un instant, il songea au livre de la comtesse de Morillon. Pourquoi avoir décidé finalement de ne pas lui en parler ? Avec le temps de réflexion octroyé par le hasard, l'appréhension d'ouvrir une boîte de Pandore s'était emparée de lui. Et le nom de l'amant de Françoise, Jovart, le tourmentait. Se pourrait-il que sa famille fût issue de Brières ? Si vraiment les trois femmes Récollé hantaient toujours le domaine, il serait diabolique de le lui apprendre. Mieux valait qu'il soit le seul à souffrir. Le livre était au fond de sa cantine, mais jamais Laurent ne l'avait réouvert. En le gardant, appelait-il la vengeance ou s'en protégeait-il ? Qu'avaient décidé pour lui les créatures fantomatiques ?

Laurent s'empara de son paquet de cigarettes, en tira une avec ses lèvres, l'alluma. Il devait être près de minuit. La lueur de sa lampe vacillait. Au loin, un chien aboyait. Depuis que l'armée commençait à regrouper les villageois dans des camps afin qu'ils ne puissent porter assistance aux rebelles, des chiens faméliques battaient la campagne. Quelques soldats leur donnaient un peu de nourriture, d'autres s'amusaient à les abattre. La veille, ils avaient tué un grand berger allemand rendu fou par la faim.

Françoise poursuivait :

> Je suis préoccupée par toi. Hier j'ai parcouru un livre intitulé *La Gangrène*, écrit par des étudiants algériens sympathisant avec le FLN. On y prétend que la DST a recours à la torture. *Le Monde* en a fait un article et les Éditions de Minuit ont dû retirer l'ouvrage de toutes les librairies. Quelques heures plus tard, Debré qualifiait ces allégations de déshonorantes, affirmant que le livre était l'œuvre de deux militants communistes bien connus, ce qu'a évidemment dénié la maison d'édition que notre ministre de l'Intérieur va attaquer prochainement en justice. De Gaulle reste silencieux. Tu imagines combien cette affaire m'intéresse. Au fond de ta Kabylie, en as-tu entendu parler ? Je suis, quant à moi, peu convaincue par les cris d'orfraie de nos dirigeants. Qui peut se prétendre juste ? C'est extraordinaire comme l'envie d'être favorablement jugé, et pourquoi pas aimé, paralyse la liberté d'esprit. En m'attachant à Christian, je me rapproche du

troupeau et cette évidence me déplaît. L'amour vaut-il un tel sacrifice ? Ou plus exactement toute lucidité est-elle finalement si ardue à assumer qu'on éprouve tôt ou tard le besoin de revenir à ses illusions ? La personne aimée ne serait qu'une chimère nécessaire. Je te vois hausser les épaules. Tu te bats en Algérie et je te parle d'amour. Il faut donc que j'aie déjà bien changé. Mais cela me fait du bien de gratter ma carapace. Sais-tu que j'ai pleuré dans ma chambre après avoir sacrifié la chouette de Brières ?

Écris-moi vite. En août, à l'exception d'une semaine d'escapade avec Christian en Haute-Provence, je serai dans la Creuse.

Je t'aime et t'embrasse,

Françoise.

— Le capitaine vous demande, mon lieutenant.

Jean, le petit Breton aux cheveux roux, se tenait devant Laurent qui sursauta.

— Des ennuis ?

— Peut-être, mon lieutenant. Un poste a été attaqué près de Michelet.

Dans l'échancrure des gorges, la lune jetait une lueur fantasmatique. Encore une fois, Laurent pensa à Brières et aux Dames du Bassin. Partout, il avait la sensation de leur présence à ses côtés. La guerre et l'isolement lui faisaient-ils perdre la raison ?

— Vous savez, mon lieutenant, annonça Jean d'un ton réjoui, j'ai écouté les actualités sur le poste : ce sacré Bahamontes a gagné le Tour de France !

7

— Les fellaghas sont les méchants bien sûr, ils grouillent, ils font peur, ils dégoûtent. Comme les insectes, il faut les écraser sous son talon. Un cafard, c'est laid, ça pue, ça n'a pas le droit de vivre, n'est-ce pas ?

Édith se tut et acheva sa tasse de café. Sur la cheminée de la modeste salle de séjour s'entassaient bouquins et revues. Une pendule en marbre jauni indiquait minuit.

Françoise et Renaud échangèrent un coup d'œil. À la fin de sa plaidoirie, la voix d'Édith s'était mise à vibrer comme si la jeune femme était sur le point de pleurer.

— La notion de guerre juste, nota Renaud, est une idée dangereuse.

Françoise restait silencieuse. Aussi longtemps que Laurent se battrait en Algérie, elle s'interdisait de critiquer son engagement.

Acceptée après beaucoup d'hésitations, la première invitation à déjeuner d'Édith Duval quelques mois plus tôt s'était soldée par un coup de foudre amical réciproque. Tant de choses rapprochaient les deux jeunes femmes. Les réticences de Françoise ressemblaient si fort aux engagements passionnels d'Édith qu'elles avaient fini par accepter leurs querelles comme des preuves supplémentaires de complicité. L'une comme l'autre avaient eu des enfances solitaires, des mères auxquelles elles s'étaient heurtées. Si à Brières tout rapport humain était trop émotionnel, dans l'appartement parisien des parents d'Édith rien ne l'était. Dès son entrée à l'université, la jeune fille s'était inscrite dans une association politique. Ses études achevées, elle était devenue présidente de l'Union des étudiants et avait milité contre l'exécution des Rosenberg, la guerre d'Indochine et les essais nucléaires américains aux îles Marshall. Inscrite au parti communiste, elle avait affiché cependant un antistalinisme résolu et mettait ses espoirs en Nikita Khrouchtchev.

— Maintenant je me sauve, s'excusa Renaud. Je dois avoir l'esprit à peu près clair pour mon premier patient demain matin.

— Vous pouvez toujours dormir en faisant semblant d'écouter ! taquina Françoise.

— On prétend aussi que les curés roupillent derrière leur confessionnal et que les patrons somnolent quand les délégués syndicaux égrènent leurs revendications. Une partie de la France parle, l'autre dort, et tout le monde a son compte.

Le jeune homme effleura de ses lèvres la joue d'Édith et serra la main de Françoise. Une fois de plus, leurs regards se rencontrèrent.

— Il a un charme fou, constata la jeune femme aussitôt Renaud sorti.

— C'est un être insaisissable. Si je fais un pas en avant, il en fera aussitôt deux en arrière. Mais c'est vrai, sa séduction légère, sa sensibilité et sa douceur m'attendrissent.

— Tu en es amoureuse.

— Sans doute. Devrais-je renoncer à toute illusion ? Renaud ne m'a fait aucune promesse. Je suppose que j'attendrai jusqu'au jour où tout espoir sera mort.

— Je suis mal placée pour te donner des conseils, avoua Françoise.

Sa liaison avec Christian avait pris en quelques mois un rythme de croisière assez conjugal pour établir de multiples habitudes, en restant vide, elle aussi, de tout engagement. Il travaillait, voyageait, rencontrait quantité de gens pouvant servir ses ambitions, se démenait pour passer devant les caméras de l'ORTF. Françoise, sollicitée par des clients de plus en plus influents, s'immergeait dans ses dossiers. Les dessous de la vie politique l'étonnaient, l'amusaient, la révoltaient, la captivaient. C'était un monde souterrain qui s'agitait en tous sens, dressait des pièges, montait des alliances tout aussi artificielles que ses animosités. Dans ce milieu, personne n'aimait ni ne détestait personne. On ne concentrait ses affections que sur soi-même.

Françoise se resservit une tasse de café. Elle n'en avait pas encore parlé à Édith, mais déjà les premières blessures de sa liaison avec Christian la tourmentaient. Fier sans doute de son joli appartement, rue de Varenne, il l'avait invitée chez lui lors des vacances de Noël, alors que sa femme et ses filles séjournaient comme chaque année à la montagne. Dans la chambre à coucher comme dans la salle de bains, mille détails suggéraient la personnalité de Marie-Christine : un vêtement, des photos, un parfum, jusqu'aux produits de beauté alignés sur une étagère au-dessus du lavabo. Quelques cheveux blonds étaient encore accrochés à une brosse en poils de sanglier, le tube de dentifrice gardait l'empreinte de ses doigts.

Tout heureux de lui faire visiter l'appartement, Christian n'avait rien compris. Entre les draps du lit conjugal, Françoise avait souffert mille morts et, de retour chez elle, s'était éternisée sous la douche. Elle lui en voulait de lui avoir imposé cette indélicatesse et était furieuse contre elle-même de l'avoir acceptée. Désormais, la femme de Christian et ses filles avaient des visages. Sur une photo prise sur la plage de La Baule, la famille au grand complet souriait à l'objectif. Un tableau accroché au-dessus de la cheminée de la chambre conjugale montrait une Marie-Christine radieuse tenant sur ses genoux Angélique, sa fille aînée alors bébé, toute vêtue de mousseline blanche. Sur le piano trônait un portrait pris le jour du mariage. Dans sa jaquette, Christian paraissait un peu emprunté, elle, vêtue d'une robe princesse impeccablement coupée qui moulait son corps juvénile, très amoureuse. Françoise s'était emparée du cadre et avait longuement observé la photo, un pincement désagréable au cœur. Quoi qu'il s'en défendît, Christian avait manifestement fait un mariage d'amour et, à sa façon, était toujours amoureux de sa femme, adorait ses deux fillettes. Jamais il ne les quitterait.

— Nous sommes libres, affirma Françoise. Sachons nous en réjouir.

— Nous sommes seules, corrigea Édith, essayons de l'accepter.

Elle avait le cafard lorsque Renaud la quittait. Françoise observait son amie. Édith était une idéaliste que la vie meurtrissait. Celles qui s'en tiraient, comme Colette, étaient coquettes, cyniques, un peu perverses, froides et égoïstes. En dépit des naufrages, elles continuaient à aller de l'avant, oubliant ceux qui avaient sombré. Sa tante pensait-elle parfois à sa mère, à ses amants ? Et Renée ? Se souciait-elle d'avoir laissé mourir Valentine dans une totale solitude affective, s'inquiétait-elle du repliement sur lui-même de son mari ? Son affection allait à Laurent, à Colette et à sa terre.

— Je ne suis pas sûre que tu aimes Renaud comme tu le prétends et que moi-même suis amoureuse de Christian. Nous pourrions aussi bien les haïr. Une femme amoureuse est un miroir magique. C'est à ce faux-semblant que les hommes donnent le meilleur d'eux-mêmes.

— J'aime penser à Renaud.

— Parce qu'il t'apporte de la poésie, de l'inutile, du léger. Tu sais qu'il ne viendra jamais poser ses valises chez toi. L'aimerais-tu s'il était différent ? Les amants sont toujours plus ou moins bien assortis, n'est-ce pas ?

— Qu'as-tu en commun avec Christian !

— Plus que tu ne le penses : nous sommes l'un et l'autre ambitieux, tenons à notre liberté et n'avons guère de cœur.

— Il te fait souffrir.

— Parce qu'il me résiste. Par vanité ou naïveté, je voudrais qu'il soit très amoureux de moi, qu'il aille jusqu'à faire des folies.

La voix de la jeune femme avait un accent d'une ironie triste. L'égalité en amour n'existait pas. Toujours un des amants prenait avantage de l'autre, lui faisait de l'ombre, l'étouffait jusqu'à un éventuel sursaut de sa victime. Là était le drame d'aimer.

— Renaud est séduit par toi, je l'ai remarqué dès le premier instant.

Françoise haussa les sourcils. Édith fantasmait. À peine Renaud et elle s'étaient-ils adressé trois phrases anodines.

— C'est un homme qui aime plaire.

Même illusoire, cette attirance évoquée par Édith lui faisait du bien. Christian ne faisait plus guère d'efforts pour la séduire. Elle lui appartenait et il n'envisageait guère qu'elle puisse le quitter.

— Je ne suis pas jalouse. Il y a longtemps que je me suis faite à l'idée de perdre Renaud, murmura Édith.

Christian Jovart avait été sur le point d'avancer un prétexte pour rejoindre Françoise mais, au dernier moment, le courage lui avait manqué. Marie-Christine lisait au coin du feu, les filles jouaient au yam's, Balthazar, le cocker, somnolait. Après douze ans de mariage, le système lui permettant de s'escamoter fonctionnait parfaitement. Mais ce soir, il n'était plus sûr que Françoise l'attendait avec impatience. Un jour ou l'autre, elle le quitterait. Françoise en faisait trop, les attentions, les mots tendres qu'elle lui témoignait et sa disponibilité ne lui ressemblaient guère. Il aurait voulu provoquer une explication, avouer qu'il était amoureux, mais craignait toujours de choisir le mauvais moment : la présence à Paris de sa tante, des nouvelles préoccupantes de son frère, un travail accaparant.

Les barricades levées à Alger mettaient l'Assemblée en ébullition et, pour une fois, Christian ne mentait pas à sa femme lorsqu'il regagnait leur appartement tard dans la nuit. Le week-end à Rome prévu avec Françoise avait été annulé. « De toute façon, avait-elle observé, j'étais bien trop inquiète au sujet de mon frère pour envisager une escapade. » La façon dont elle s'imposait auprès de ses amis politiques remplissait Christian d'admiration. Chacun appréciait maître Dentu, sa compétence, sa combativité, son sens de la stratégie. Masculinisée dans son bureau, tranchante et autoritaire, Françoise restait merveilleusement féminine dans sa vie intime, touchante parfois dans son désir de plaire, sa volonté d'aimer. Et pourtant, derrière cette spontanéité, une gaieté souvent un peu forcée, Christian décelait une fragilité émotionnelle qui le mettait mal à l'aise. Son enfance campagnarde, son adolescence solitaire chez une tante pour le moins originale cachaient des secrets.

Françoise partie, Édith se rendit à la cuisine pour faire la vaisselle du dîner. Toute la soirée, elle avait souffert. Derrière les vitres, quelques lumières venant de l'immeuble d'en face brillaient encore, mais la rue Monge était silencieuse. Quand Françoise avait narré avec charme et poésie les hivers de son enfance dans la Creuse, Renaud était suspendu à ses lèvres.

Avec des gestes appliqués, la jeune femme nettoya la cuisinière, rangea la vaisselle. Depuis toujours, elle savait que Renaud n'était pas vraiment amoureux d'elle. C'était un original, un être épris d'aventure et de liberté, un solitaire. Souvent, il lui arrivait d'oublier l'heure, de manquer des rendez-vous parce qu'il s'était attardé dans une librairie ou avait discuté avec des amis. Elle l'avait rencontré un soir de novembre dans un café. Des vendeurs de journaux passaient sur le trottoir avec des placards où était écrit en lettres énormes : « Les chars russes écrasent la révolte hongroise. »

« Parce qu'ils se ressemblent, Renaud va tomber amoureux de Françoise », pensa la jeune femme. Le chagrin refluait en elle comme une vague obstinée.

Édith ouvrit la fenêtre pour jeter son mégot dans

la cour. Le vent était glacial. Dans le groupe où elle militait, les chagrins personnels n'avaient pas cours. Enfant, elle avait souhaité être médecin, parcourir le monde pour sauver ceux auxquels nul ne s'intéressait. N'ayant pas les aptitudes pour entreprendre des études de médecine, sous la pression de ses parents, elle était devenue secrétaire de direction. Dans la pièce à côté du petit bureau qu'elle occupait, un pool de jeunes femmes tapaient neuf heures par jour sur des machines à écrire dans un bruit étourdissant. Pour manifester sa résistance à leur aliénation et la révolte provoquée par leurs salaires dérisoires, elle s'était syndiquée et avait commencé à militer au sein de son entreprise. Naturellement, elle n'avait pas abandonné ses engagements politiques mais c'était un domaine où les sentiments amoureux n'avaient qu'une place secondaire. Il fallait se résigner.

En rentrant chez lui, Renaud mit un disque de jazz sur l'électrophone et se versa un fond de whisky. Françoise Dentu excitait sa curiosité. Jolie, féminine, elle l'intimidait cependant par son côté hiératique. Même dans l'amour, elle ne devait pas se livrer. De nombreuses années à pratiquer la psychiatrie conduisaient Renaud à imaginer une sorte d'anxiété douloureuse, comme un fuyard ne pouvant profiter de sa liberté par peur de retourner au bagne. Alors qu'il ne pensait jamais bien longtemps à Édith après l'avoir quittée, Françoise, dès la première rencontre, avait exercé sur lui une possession mentale qui le dérangeait. Ce soir, après avoir tenté un compliment un peu personnel, il avait aussitôt remarqué sur son visage une imperceptible contraction et ses yeux dorés avaient pris un éclat vert. Silencieuse, Édith les observait. « Elle a un amant, se répéta Renaud, un type que je méprise. Le modèle du politicard intrigant. On dit pourtant qu'elle en est amoureuse. » Il acheva son whisky, se cala entre les coussins du canapé. Durant la soirée, Françoise avait évoqué sa propriété de la Creuse. Il tenta d'imaginer la jeune femme au bord de son étang sous la lune, en reine du lac, étrange et dangereuse. La lumière et l'eau semblaient s'unir autour d'elle, le vent rabattait des mèches rousses sur son visage. Peut-être, un jour, aurait-il le culot de lui demander de l'accompagner à Brières.

Crispée, pétrifiée sur son fauteuil, ses grands yeux noirs ressemblant à ceux d'un animal aux abois, Édith comme d'habitude n'avait rien tenté pour se mettre en valeur. Pourquoi se torturait-elle ? Jamais il n'avait rien promis à personne.

8

Samedi à La Souterraine était jour de marché et, selon son habitude, Renée avait établi la veille au soir la liste des courses à faire. La pluie qui s'était abattue à torrents sur la terre gelée avait cessé. Un beau ciel bleu dominait le toit d'ardoises nouvellement refait du château. Par extraordinaire, Paul avait décidé de l'accompagner. « Un renseignement à prendre à la poste », avait-il grommelé. C'était la première fois depuis Noël qu'il sortirait de Brières. Que faisait-il enfermé des heures durant dans sa chambre ? Sans doute somnolait-il sur le fauteuil poussé près de la fenêtre, un journal sur les genoux. Chaque jour au déjeuner, il se lamentait sur les événements d'Algérie, évoquait les bains de sang qui immanquablement suivraient une indépendance envisagée avec amertume. Quelle raison aurait alors le sacrifice de tous les jeunes Français morts là-bas ? Renée avait cessé de participer à cette conversation devenue monologue. Lorsqu'elle imaginait la somme des périls qui menaçaient son fils, son inquiétude se transformait en angoisse. La nuit, elle faisait des cauchemars où se mêlaient le visage de Laurent, ceux de son père, de son oncle Raymond, de Robert de Chabin, le second mari de sa mère. À l'aube, elle se réveillait en nage, allait à sa fenêtre, soulevait le rideau. L'allée de Diane s'enfonçait dans la grisaille, une brume légère montait du Bassin des Dames, les oiseaux s'éveillaient, la première messe sonnait à l'église du village. Si Brières gardait ses secrets, Renée ne les craignait plus. À cinquante-huit ans, souvenirs, drames, amourette, mariage, labeur acharné, tendresse maternelle comme la brève et tumultueuse passion qui avaient tissé l'étoffe de ses jours n'étaient plus autant d'événements isolés et inexplicables, mais un cours tranquille la menant vers elle-même et son estime retrouvée.

D'un coup d'œil, Renée vérifia sa liste : les produits habituels plus une combinaison de laine pour Solange sujette aux bronchites. La pauvre avait renoncé à apprendre à conduire et se rendait en Vélosolex au village pour assister à la messe, faire quelques emplettes. Victor ne donnait guère de nouvelles, mais avec deux filles à l'aube de l'adolescence et un métier prenant, il n'avait guère le temps d'écrire et se contentait de brefs appels téléphoniques. « Mon Dieu ! s'écriait Solange le combiné à peine raccroché, j'ai oublié de lui dire l'essentiel. » Elle pensait à un potin villageois, la mort d'un veau, un pèlerinage en autocar organisé par le curé.

La traction Citroën n'était plus dans le garage. Paul l'avait garée devant le perron. « Depuis combien de temps ne s'est-il mis derrière un volant ? » se demanda Renée. Elle haussa les épaules et s'empara de ses deux paniers. Si cette lubie pouvait le tirer de ses humeurs moroses, c'était tant mieux. Conduisant à nouveau, il pourrait se rendre à Guéret, aller rendre visite à son vieil ami Bernard de Barland, cloué dans son château par les rhumatismes.

— Soyez prudents, recommanda Solange derrière elle. Il paraît qu'il y a du verglas.

— J'ai l'impression que Paul veut conduire aujourd'hui. Tu sais bien qu'il n'a jamais dépassé le cinquante à l'heure.

La main sur la rampe, Paul, vêtu d'un gros paletot de laine, descendait précautionneusement l'escalier. Il avait coiffé une casquette en tweed qui accentuait la rondeur molle du visage, la pâleur de sa peau. Un instant, Renée l'observa tandis qu'il s'appliquait à ne pas glisser sur les marches de bois ciré. « Au lieu de se complaire dans le renoncement et la bigoterie, il aurait mieux fait de retrousser ses manches et de m'aider dans le domaine », pensa-t-elle.

— Vous ne devriez pas conduire, monsieur Paul, les routes sont dangereuses aujourd'hui, insista Solange en ouvrant la porte d'entrée.

Renée dégringola les marches du perron, fourra ses paniers sur le siège arrière et se glissa à la place du passager. Paul était têtu comme une mule et elle n'avait aucune envie de se quereller avec lui. Avec un peu de chance, une lettre de Laurent l'attendrait à son retour. De grands pas se faisaient vers la paix en Algérie. En dépit de la résistance acharnée des pieds-noirs, de Gaulle parlait d'autodétermination. Alors le contingent regagnerait la métropole et Laurent reviendrait à Brières. Seul son retour avait pour elle de l'importance. Et la présence de son frère ramènerait Françoise dans la Creuse. Renée se préoccupait de la savoir la maîtresse d'un homme marié. En toutes occasions sa fille s'était comportée en rebelle, avait cherché à avoir le dernier mot. Cultiver le domaine, s'établir à Brières ne l'attirait nullement. Et les deux années passées chez sa tante n'avaient pas arrangé les choses. Hostile au mariage, farouchement indépendante, méprisant les conventions sociales, Colette n'était guère un modèle pour une toute jeune fille et, cependant, elle avait achevé son éducation avec fermeté et tendresse, largement contribué à les réconcilier. Aujourd'hui, mère et fille se respectaient. Un jour viendrait où confiance et familiarité réapparaîtraient, Renée en était sûre. Mais il fallait toutefois éviter les reproches comme les leçons de morale.

La campagne était étrangement calme sous la lumière transparente d'hiver. Sans un mot, Paul conduisait avec application. À la dérobée, Renée l'observait. Quelque chose le tracassait, elle le devinait à la bouche un peu pincée, à la fixité du regard. Ce désir soudain de l'accompagner à La Souterraine était singulier, sa volonté de reprendre le volant inexplicable. Que tramait-il ?

L'appréhension d'une menace lui serra soudain le cœur. Elle devait engager une conversation quelconque, tenter de le mettre en confiance.

— Te sens-tu bien ? demanda-t-elle.

Mais Paul gardait les lèvres serrées.

Un gros chien de ferme se précipita sur la route aboyant férocement. Le coup de volant déporta la voiture sur le côté gauche.

— Et si tu me laissais conduire ? proposa Renée. La route est glissante.

Un instant, elle fut tentée d'ouvrir la portière, mais la voiture filait à nouveau sur la départementale.

— Tout se paye, murmura soudain Paul. Si la justice des hommes ne le fait pas, celle de Dieu finit toujours par frapper les méchants.

La gorge serrée, Renée se rejeta sur le siège. Son mari avait perdu la tête.

— Fais attention, se contenta-t-elle de répondre, nous approchons de La Souterraine.

— Depuis longtemps je sais tout, continua Paul, en remuant à peine les lèvres. Toujours tu m'as méprisé, humilié, trompé. Tu as même jeté notre fille hors de la maison. Ton âme que tu juges sereine et forte est pervertie depuis ta naissance. À Brières, tu as insufflé le mal, comme ta mère l'avait fait avant toi.

— Tais-toi ! supplia Renée.

— Tu m'as brisé ainsi que notre famille. Après moi, ce sera Laurent qui sombrera. Mais je peux et je veux mettre fin à tes diableries. Pour moi, c'est trop tard, mais au moins je sauverai nos enfants.

— Ce que tu dis n'a aucun sens, balbutia Renée.

Maintenant la Citroën prenait de la vitesse. Quelques poules s'enfuyaient sur son passage dans des battements d'ailes affolés. Soudain, alors qu'elle amorçait un tournant, la vieille voiture quitta la route. Renée eut l'impression de rouler sur elle-même dans le fracas terrible des tôles écrasées puis celle, étrange, de devenir légère, de s'envoler avant d'être ensevelie.

— Écoute-moi, Renée. Tu dois te battre pour vivre. Toujours tu as été forte et déterminée, ne baisse pas les bras maintenant.

Penchée sur le lit d'hôpital, Colette retenait ses larmes. Le coup de téléphone de Solange l'avait anéantie : Paul mort, Renée dans le coma, gravement blessée. « Un accident de la route, sanglotait la vieille servante. Je les avais pourtant bien prévenus qu'il y avait du verglas. »

— Françoise arrive ce soir, chuchota Colette à l'oreille de sa cousine. Compte sur nous, nous allons t'aider à t'en sortir.

Un jour blafard pénétrait par les vitres dépolies de la chambre d'hôpital. Colette se redressa et s'essuya les yeux. Elle avait roulé toute la nuit et se sentait épuisée. Il fallait cependant aller chercher Françoise à la gare, préparer les obsèques de Paul. Quelle folie avait poussé Renée à lui laisser le volant !

— Je reviendrai ce soir avec Françoise, promit Colette. Ensemble, nous sommes indestructibles.

Immobile sur son lit, le visage comme un masque, Renée semblait ne rien entendre.

Durant l'interminable voyage en train, Françoise n'avait pu lire une ligne ou absorber une bouchée de nourriture. Avec la mort de son père, un diagnostic des plus pessimistes sur la survie de sa mère, Brières la rattrapait dans toute sa cruauté.

Les volets fermés par Solange donnaient au château un visage de deuil, mais le soleil d'hiver, qui parvenait à se glisser par les interstices, striait de lumière le plancher du salon.

— J'ai bon espoir, murmura Colette. Renée est une battante.

Le thé sentait la poussière et les biscuits pris au hasard dans un placard étaient imbibés d'humidité. Sans Renée, tout irait à vau-l'eau. Un instant seulement, Françoise s'était recueillie auprès de la dépouille de son père. Le visage du mort restait crispé, la plaie ouverte sur le front, les coupures multiples aux joues n'avaient pu être maquillées lors de la toilette mortuaire effectuée par Solange aidée du curé. Dans l'obscurité de la chambre, deux bougies placées de chaque côté du corps se consumaient. Françoise n'avait pu se résoudre à se pencher pour embrasser le cadavre. Le chapelet glissé entre ses mains croisées était tombé. Vite, elle l'avait remis à sa place. Une pitié immense pour cet homme solitaire, relégué au fond de sa propre demeure par les siens, l'avait submergée.

— Avant d'aller à l'hôpital voir maman, je vais faire quelques pas dehors, décida Françoise en reposant sa tasse de thé. J'ai besoin d'air.

Colette s'empara de la main de sa nièce et la caressa avec tendresse. La nouvelle tragédie qu'elles traversaient ensemble aujourd'hui les soudait un peu plus encore l'une à l'autre.

— As-tu prévenu Laurent ? interrogea la jeune femme.

— J'ai expédié un télégramme avant mon départ de La Croix-Valmer par la poste des armées. Mais personne n'a pu me confirmer la date à laquelle il lui parviendrait.

— Il faut qu'il revienne. Sans lui, maman n'aura pas la force de guérir.

— Ta mère se rétablira. De nous tous, c'est elle la plus forte. Elle l'a toujours été.

Sans se hâter, Françoise contourna le château, remonta l'allée de Diane où, tout au bout, sur son socle recouvert de mousse, la statue semblait l'attendre. Si sa carrière poursuivait une brillante ascension, sa vie privée était un naufrage : son père mort, sa mère luttant pour survivre, Laurent qui ne répondait plus à ses lettres et Christian qui la rongeait comme une blessure. Même si leur liaison paraissait stable, beaucoup de ses attitudes rudes ou maladroites la heurtaient. D'un simple désir physique, elle avait fait une histoire d'amour dans laquelle elle avait investi le meilleur d'elle-même : une illusion, une bulle irisée où elle avait cru se voir idéalisée. Conscient de sentiments qu'elle ne cachait plus, Christian avait commencé à la traiter avec une désinvolture qui l'écorchait vive. Alors qu'elle était venue lui rendre visite quelques jours plus tôt dans son bureau à l'Assemblée, il l'avait fait sortir en catimini par la porte du secrétariat quand un notable s'était annoncé. « Un homme influent, et très à cheval sur la morale, avait-il plaisanté. S'il me surprend avec une mignonne, il peut m'ôter des électeurs. »

Le gravier de l'allée crissait sous ses pas. Françoise releva la tête et respira à pleins poumons l'air froid et piquant. En la séparant pour quelques semaines de son amant, le drame qu'elle vivait lui donnerait le temps de réfléchir et probablement la force de rompre. À Brières, Christian perdait son charme, se faisait presque ennemi.

À droite, le chemin menant au cottage était boueux, encombré de chardons racornis par le froid. Françoise détourna la tête. Un jour, elle aurait le courage de l'emprunter pour remonter vers sa jeunesse. L'horloge de l'église sonna cinq heures. Il lui sembla que le repos de son père et le pardon qu'elle devait se donner à elle-même se confondaient. Le temps était venu de faire face à son passé et de l'accepter. La jeune femme fit demi-tour. Elle se sentait plus sereine pour affronter l'hôpital, prête à se consacrer à sa mère. Au loin, derrière une barrière, des vaches paissaient tandis que le soleil disparaissait derrière les bois. Avec ses volets clos, le château semblait en dehors du temps, étranger aux bruits du monde. Enveloppée d'un châle, Colette attendait sur la terrasse. Elle tentait de sourire. « Comme je les aime, maman et elle, pensa Françoise. Rien ne peut nous séparer. La mort n'a pas de pouvoir contre cette complicité. »

Avec des gestes tendres, Françoise caressa les cheveux gris éparpillés sur l'oreiller. Sa mère lui semblait vulnérable comme un enfant, fragile, perdue.

— Pardon de vous avoir jugée et condamnée, maman, murmura-t-elle. Je ne connaissais pas la vie, alors.

— Elle t'entend, chuchota Colette.

Le visage blême, les yeux clos, Renée avait légèrement bougé. Sur le drap blanc, une main semblait revivre.

Françoise poussa une chaise près du lit et s'empara des doigts qui avaient paru se tendre vers elle. Elle devait lui insuffler sa tendresse, renouer le lien autrefois si fort qui les attachait l'une à l'autre.

— Le domaine a besoin de vous, il vous attend comme nous vous attendons, Colette, Solange et moi, reprit-elle à voix basse.

Un bruit de table que l'on roule venait du couloir. Une sorte d'urgence serrait la gorge de Françoise. Elle se pencha, posa longuement ses lèvres sur la main tavelée de taches brunes.

La dernière pelletée de terre était tombée sur le cercueil. D'un geste ample, le curé bénit la tombe et se signa, imité par la poignée de villageois venus assister aux obsèques de Paul Dentu.

— Venez avec nous, monsieur le curé, pria Colette. Nous avons préparé une collation au château.

En larmes, Solange s'empara du bras de Françoise. Plus que la mort de Paul la bouleversait l'état de Renée.

— Le Bon Dieu aurait mieux fait de me prendre moi aussi, prononça-t-elle d'une voix hachée. Je ne suis plus qu'une vieille femme inutile.

Françoise posa un baiser sur la joue flétrie. Le matin même, un médecin avait appelé de l'hôpital : Renée sortait du coma. On allait bientôt arrêter les perfusions. Si tout évoluait favorablement, une opération destinée à réduire sa fracture ouverte du tibia pourrait être envisagée. Les côtes brisées, quant à elles, se réduiraient d'elles-mêmes. « Si madame Dentu s'en tire comme nous l'espérons, avait-il conclu, ce sera une sorte de miracle. »

À pied, le petit cortège reprit le chemin du château. Chacun avait besoin de se détendre et de profiter du joli soleil hivernal. Un vol de cailles s'éleva des labours à son passage. Derrière la petite porte grillagée s'ouvrant sur le parc du château, les deux chiens de Renée guettaient. « Deux âmes en peine, pensa Solange avec un petit sourire. Même en nettoyant leurs gamelles, ils gardent l'oreille dressée. Le soir de l'accident, je les ai surpris au pied du lit de leur pauvre maîtresse. »

Il faisait bon sur la terrasse. L'anxiété de Françoise s'apaisait.

— Avec Paul Dentu, toute une époque de Brières disparaît, nota le père Giron en dégustant son verre de porto. Il avait connu monsieur et madame Maurice Fortier, leurs fils Jean-Rémy et Raymond, leur belle-fille madame Madeleine. Le père Marcoux, mon prédécesseur, a laissé d'innombrables notes au presbytère sur l'histoire de votre famille et du domaine. Voici quelque temps, je les ai toutes remises à votre papa.

— Il ne m'en a jamais parlé ! s'exclama Françoise. Sûrement, il a dû les conserver. Je les donnerai à Laurent quand il sera de retour, c'est lui l'historien de la famille.

— Un passé intéressant et curieux, poursuivit le curé. Je n'ai eu le temps que d'y jeter un coup d'œil, mais il semble que tout se répète à Brières.

Pour ne pas laisser Françoise seule avec Solange, Colette avait décidé de coucher au château. La chambre qu'elle occupait sentait le moisi, l'humidité rongeait par plaques le papier peint fleuri et les boiseries où demeuraient des traces d'une ancienne peinture gris tourterelle. Elle avait laissé une veilleuse, mais l'ombre ramassée sur le sol semblait plus menaçante encore. Et les innombrables interrogations qu'elle ne cessait de se poser martelaient son esprit et empêchaient le sommeil de venir. Que s'était-il passé au juste sur la route de La Souterraine ? Pourquoi Paul était-il au volant ? Renée avait été éjectée de la voiture et Paul était mort sur le coup, emprisonné dans l'amas des tôles froissées. Pourquoi cet homme qui ne quittait plus le château que pour se rendre à pied à la messe avait-il décidé de conduire sur des routes dangereuses ? Solange avait rapporté qu'il avait sorti lui-même la voiture du garage un bon moment avant le départ. Il avait dû guetter les préparatifs de Renée afin qu'elle ne puisse pas le laisser derrière elle. Les angoisses de sa jeunesse étranglaient à nouveau Colette. On haïssait les Dames de Brières. Qui, « on » ? Était-ce des fantômes, l'esprit du Mal ou leur propre recherche de la douleur et de l'humiliation ? Valentine, Madeleine, Renée, elle-même, Françoise ne trouvaient-elles pas une certaine satisfaction dans leur marginalité, ne se plaisaient-elles pas à défier le reste du monde ou subissaient-elles simplement une incompréhensible adversité ? D'un geste nerveux, Colette repoussa les couvertures et, pieds nus, alla à la fenêtre. Le parc était paisible sous une demi-lune opalescente. Brières n'était pas une prison, mais un lieu de repos. Elle allait s'y installer pour quelques mois afin d'accompagner Renée tout au long de sa convalescence. Pour elle, les souvenirs cruels du passé étaient cicatrisés et Françoise, elle aussi, finirait par laisser les siens derrière elle.

9

Avec bonheur Renée entrouvrit les yeux sur le décor familier de sa chambre, découvrit le bouquet de roses orangées que Solange avait disposé sur la cheminée. Tout prenait une saveur rassurante, jusqu'au total épuisement physique qui la clouait sur son lit. Le cauchemar, Paul donnant un brusque coup de volant, la voiture amorçant une série d'embardées, les tonneaux, le trou noir qui la happait, était derrière elle. Accident ou vengeance ? Paul était malade depuis longtemps. Au lieu de le laisser livré à lui-même entre sa chambre, la bibliothèque et la salle à manger, elle aurait dû le contraindre à se faire soigner. Son vieil époux avait-il enfin trouvé le bonheur que jamais elle n'avait su lui donner ?

Du bruit venait du rez-de-chaussée. La fidèle Solange devait moudre le café, faire griller des tranches de pain dans la cuisine. Dans un instant, elle apparaîtrait avec le plateau du petit déjeuner puis ce serait le tour de Colette et enfin de sa Françoise. Si le temps le permettait, on installerait un fauteuil sur la terrasse face à l'allée de Diane où si souvent elle revoyait par la pensée la silhouette de sa mère, les contours élégants de son chapeau, entendait le froissement de ses jupes quand elle cheminait sur le fin gravier. Avec la disparition de Paul, son enfance la reprenait. Elle était jeune fille à nouveau, sans autre responsabilité que l'amour qu'elle portait au domaine.

Avec précaution, Renée tenta de s'asseoir mais ses côtes cassées, sa jambe encore plâtrée la faisaient trop souffrir. Elle était comme une enfant entre les mains des siens qui la choyaient, l'encourageaient. Sans eux, peut-être se serait-elle laissée mourir.

À nouveau Renée ferma les yeux. Laurent allait revenir. Jo Ortiz, chef du Front national français, qui avait tenté d'organiser la résistance des colons aux préliminaires de paix, venait d'être condamné à mort par contumace. On libérait les nationalistes. Chaque matin, Françoise lui lisait les articles du *Figaro* susceptibles de l'intéresser. Sa fille trouvait toujours des excuses au silence de Laurent, affirmait que son retour était proche. Arrivé trop tard en Grande Kabylie, le télégramme ne lui avait pas permis d'assister aux obsèques de leur père mais il aurait bientôt une permission, elle en était sûre. Docilement Renée se laissait rassurer. On la lavait, la coiffait, l'habillait. Colette lui avait coupé les cheveux. La nouvelle coiffure courte et ondulée la rajeunissait. Les cheveux, un peu jaunis, camouflés par un rinçage, avaient pris une teinte argentée qui seyait à la rondeur de son visage. Sur le dos de la bergère de sa chambre l'attendaient une élégante robe de chambre en velours matelassé commandée par Colette chez Porthault, des pantoufles en agneau fourré. Qu'aurait dit Paul de ces extravagances ? L'achat d'une simple chemise de nuit en pilou, déjà, le contrariait.

Le beau temps froid s'était gâté. De brusques coups de vent s'abattaient contre les fenêtres, tordant les branches dépouillées des arbres. Dans la cheminée de la bibliothèque, des bûches se consumaient, ajoutant leur bonne chaleur à celle de l'antique poêle à bois. « Quand te décideras-tu enfin à faire installer un chauffage central moderne ? s'étonnait Colette. Personne de nos jours ne peut plus vivre dans ces conditions : une température acceptable dans quelques pièces, un froid glacial ailleurs. Quand je vais au petit coin, je dois mettre un manteau. »

Pour la première fois, Renée avait quitté sa chambre pour déjeuner en famille. Le médecin était satisfait. Quelques semaines encore et sa patiente pourrait reprendre une activité, modérée bien sûr.

— Je pars demain, rappela Françoise. Voilà un mois que mes patrons me réclament à cor et à cri.

Ces quatre semaines passées à Brières avaient transformé la jeune femme. Si les quelques appels téléphoniques de Christian l'avaient laissée presque indifférente, ceux d'Édith, et surtout ceux de son compagnon Renaud Letellier, l'avaient beaucoup touchée.

Aidée de Solange, elle avait trié les affaires de son père : quelques vêtements usés, des objets personnels ayant accompagné sa vie, les photos de famille qui ne réveillaient en la jeune femme aucun souvenir. Raoul et Germaine Dentu, ses grands-parents, posant un peu raides et endimanchés devant l'objectif, des clichés pris lors d'excursions, de pique-niques, des visages inconnus sur lesquels, Paul mort, pratiquement aucun nom ne se poserait plus. Tout un album était consacré à son père enfant et adolescent. Ici, il étrennait un cerceau neuf, là il chevauchait sa bicyclette, l'air apeuré, ou tentait un sourire, une canne à pêche à la main. Pour sa communion, ses parents avaient fait venir un photographe professionnel qui avait réalisé une série de portraits conventionnels. Mais au-delà des naïfs artifices, le bon sourire, le regard franc du jeune garçon émouvaient. Qu'espérait-il de sa vie alors ? Sans doute reprendre l'étude de son père, fonder une famille, devenir un notable respecté dans la région. Ou bien nourrissait-il d'autres ambitions, d'autres rêves dont il n'avait soufflé mot à personne ?

« Paul s'est échoué à Brières, comme maman, oncle Jean-Rémy et Robert de Chabin, avait constaté Colette. Tel était leur destin. Mais maman, comme la petite chèvre de monsieur Seguin, a résisté très longtemps. » Désormais Colette acceptait d'évoquer Madeleine, avouait qu'elle l'avait admirée et aimée. Sa chance à elle avait été de naître plus tard, d'avoir pu faire le choix de travailler, de vivre seule.

Colette tendit à Renée l'assiette de biscuits.

— Plus de douceurs pour moi. J'ai décidé de conserver ma nouvelle sveltesse, remercia Renée en souriant.

Après l'accident, elle avait perdu dix kilos et sa silhouette lui plaisait. Sans trop de soucis d'argent désormais, elle pouvait tenter un brin d'élégance.

— Il me semblait que tu assumais fort bien tes rondeurs, remarqua Colette.

— Plaisantes-tu ? Toujours j'ai eu honte de mon corps. Place Saint-Sulpice, lorsque je te voyais dégringoler l'escalier comme une fée, virevolter au bras de tes soupirants en robe de mousseline, je me faisais l'effet non pas de la jolie Cendrillon mais de sa marraine, la bonne grosse joufflue au teint rubicond.

— Et moi, je t'admirais pour ta sagesse, ta bonté.

Jamais tu ne disais du mal de personne. C'était formidable !

— Et agaçant. Plus d'une fois, tu m'as traitée de sainte-nitouche, de vierge prude. Étais-je indulgente par lâcheté ? Longtemps, je me le suis demandé. En secret, j'avais mes petites haines, tu sais.

Avec étonnement, Françoise écoutait parler sa mère et sa tante. Jamais elle n'avait eu cette complicité avec une femme de son âge. Seul Laurent était vraiment proche d'elle mais, parce qu'il était un garçon, il y avait beaucoup de choses qu'elle ne pouvait lui confier, des éclats de rire ou des émotions impossibles à partager. L'une en face de l'autre, Colette et Renée redevenaient adolescentes.

— Nous voici entre femmes pour quelques moments encore, soupira Renée.

— Entre Dames de Brières, s'amusa Françoise. Y croyez-vous vraiment ?

Avant de monter se coucher, Françoise s'attarda dans la cuisine où ronflait encore le vieux fourneau en fonte qui, depuis peu, avait été doublé d'une cuisinière à butane. Avec bonheur, elle retrouvait les odeurs de son enfance : pain chaud ou tarte sortant du four, café tout juste réduit en poudre dans le tiroir du moulin à café calé entre les cuisses de Solange. Et les souris étaient toujours présentes dès l'obscurité venue, s'affairant dans l'arrière-cuisine, se faufilant derrière les boiseries. Le lendemain, elle serait à Paris. Un autre monde.

La pluie avait cessé. Par les fenêtres donnant sur l'allée d'honneur, Françoise voyait la lune voilée de légers nuages. Une envie irraisonnée de se rendre au Bassin des Dames lui vint soudain. En un mois, elle n'avait pas eu le temps d'y faire un seul pèlerinage. Les Dames l'y attendaient.

À la patère pendait le vieil imperméable de sa mère. Françoise s'en empara, le jeta sur ses épaules. Le vent portait des odeurs d'étable, de compost en putréfaction. La clarté laiteuse de la lune qui se dégageait par instants des nuages donnait à l'allée de Diane l'aspect d'une rivière. Sur les bois la bordant comme une berge jouaient l'ombre et la lumière. Ce mouvement fluide, mystérieux, ajoutait à la sérénité du silence. Une hulotte poussa un cri strident.

Françoise s'enfonça dans le taillis. Le chemin menant à l'étang y serpentait, coupé par des branches que les vents d'hiver avaient abattues. Déjà la jeune femme sentait l'odeur de vase, cette senteur douceâtre si familière, impossible à oublier. « Me voici chez moi », murmura-t-elle. Son histoire d'amour avec Christian lui sembla soudain pathétique. Ce qui l'avait attirée dans cet homme était son semblant de pouvoir. Auprès de lui, elle se sentait du bon côté, prête à dévorer la vie, à réaliser ses ambitions. Mais Christian, en réalité, se débattait dans ses propres médiocrités : compromissions, demi-vérités ou vrais mensonges, faiblesse, duplicité. Son charme réel, sa brillante intelligence n'étaient tournés que vers lui-même. Certes, il l'avait aidée, mais pour mieux se servir. « Si tu deviens ministre de la Justice, avait-il plaisanté un jour, tu pourras me rendre pas mal de petits services. »

Le Bassin était proche. Françoise voyait déjà le scintillement de l'eau à travers les frênes et les saules. Une bête apeurée plongea. Françoise s'adossa à un tronc, observant la surface sombre de l'étang, écoutant la rumeur du vent dans les arbres. Sous la pèlerine caoutchoutée, elle était transie. Qui l'attendait au fond de ces eaux énigmatiques, qui tentait de lui parler ? Elle aurait voulu pouvoir résister à cette force inconnue, échapper à une fascination qui l'effrayait. Sa mère aurait dû l'encourager à faire des plans d'avenir loin de la Creuse, mais Renée ne semblait imaginer d'autre futur pour sa famille qu'au cœur du domaine. « Colette qui détestait Brières s'y sent chez elle aujourd'hui, pensa Françoise. Se peut-il que j'y revienne un jour ? » C'était peu probable. Pourtant, maintenant qu'elle avait fait la paix avec sa mère, Brières était redevenu sa maison, un indispensable refuge. Tout comme Colette, elle y aménagerait un appartement où elle se sentirait vraiment chez elle, pourrait inviter des amis, Édith, et Renaud en particulier. Ils apprécieraient l'endroit. Renaud était curieux de tout, ouvert aux idées les plus étranges. La première fois qu'elle avait évoqué les Dames de l'étang, il l'avait écoutée avec beaucoup d'attention. « Toutes sortes d'explications sont possibles aux phénomènes dits surnaturels, avait-il avancé. Chacun d'entre nous a eu besoin au moins une fois dans sa vie de se réfugier dans l'inexplicable afin de ne pas affronter de cruelles, ennuyeuses ou désagréables réalités. Amenez-moi un jour dans la Creuse, avait-il suggéré. Toutes les anomalies m'intéressent. »

Elle le ferait bientôt. L'esprit de Renaud et le sien se rencontraient sans effort. Il était serein, enthousiaste, indulgent, l'exact opposé de Christian.

Sur le chemin du retour, Françoise tenta d'imaginer comment elle mènerait sa rupture. Professionnellement Christian et elle avaient trop d'intérêts en commun pour qu'elle agisse avec brutalité. Il fallait le ménager, l'amener vers une séparation affective sans que celle de leurs affaires communes soit concernée. « Sans doute sera-t-il soulagé, essaya de se persuader la jeune femme. Je suis trop exigeante, il s'en irrite sans oser prendre l'initiative d'une séparation. »

Dans la bibliothèque, Colette lisait devant les dernières braises.

— Je t'attendais, déclara-t-elle simplement à Françoise en posant son livre. On a toujours besoin de parler quand on revient du Bassin des Dames. C'est comme un voyage sur l'autre versant de soi-même.

Elle prit la main de la jeune femme et l'entraîna sur la causeuse à côté d'elle.

— Il ne faut jamais s'encombrer d'êtres inutiles. Mais nous, les Dames de Brières, choisissons tout exprès, et pour mieux les faire souffrir, ceux qui ne nous conviennent pas. Romps avec Christian Jovart, il te donne une fausse idée de la liberté.

— Comme Antoine Lefaucheux, n'est-ce pas ?

La voix de Françoise tremblait. Colette passa un bras autour des épaules de sa nièce et la serra contre elle.

— Antoine comme Christian t'ont aidée aussi à grandir. Il n'y a pas de pire gâchis dans la vie que l'inertie, la mort de tout élan vers l'avenir. Les drames que j'ai affrontés m'ont rendue plus humaine et plus sage. Si tu m'avais connue à ton âge, tu aurais vu une jeune femme arrogante et insensible aux émotions d'autrui parce que concernée uniquement par les siennes. Il ne faut pas être contrainte de s'harmoniser avec un amant, il faut ressentir en soi cette affinité.

— Et tu es seule.

Colette esquissa un sourire.

— Parce que j'attends d'aimer plutôt que d'être aimée. L'oiseau digne de mes sortilèges ne s'est pas encore présenté.

— Tu vois les choses d'une façon trop personnelle, protesta Françoise. À défaut d'adorer un homme, ne peut-on l'admirer ? S'il est capable de susciter l'intérêt de femmes telles que nous, n'est-ce pas déjà une raison de s'attacher à lui ?

— Il n'y a pas à avoir de remords, ma chérie. Ceux qui vous aiment font payer cher leur faiblesse, et pendant longtemps. Donne-moi une cigarette.

— On aime quelqu'un, murmura Françoise, parce que l'on croit, brièvement, qu'il incarnera nos rêves.

Un long moment, Françoise resta blottie contre sa tante comme elle le faisait à La Croix-Valmer lorsqu'elle y était arrivée meurtrie, affolée, des années plus tôt.

— Mais quand un homme sort de nos rêves pour pénétrer dans la réalité quotidienne, il nous déçoit immanquablement, murmura Colette. C'est ainsi. Qu'il disparaisse ou qu'il lui arrive malheur n'a pas à nous tourmenter. Seule la fatalité en est responsable.

10

Un amoncellement de pierres et de branchages coupait le chemin. « Position de défense ! » commanda Laurent. La nuit d'insomnie rougissait ses yeux, crispait ses traits. Depuis un mois, le jeune homme ressassait la mort de son père, les souffrances endurées par sa mère. En patrouille alors avec ses hommes dans le Djurjura, il n'avait pu prendre connaissance du télégramme qu'une semaine après les obsèques. Avec la tension qui montait en Algérie, l'inquiétude suscitée par les négociations d'Évian, les permissions se faisaient rares et le moral des troupes était au plus bas. Leurs efforts, leurs sacrifices avaient été vains. On les réexpédierait en métropole et tâcherait de ne plus penser à eux. En Algérie, le FLN prendrait le pouvoir, on persécuterait les colons, cracherait sur toutes les traces laissées par la présence française.

Laurent scruta les alentours. Malgré l'absence de vent, il lui sembla que les conifères bruissaient. Une nouvelle embuscade ? Ses hommes et lui ne vivaient plus que la main sur leurs armes. Tout en haut, la crête des montagnes était noire encore.

— Demi-tour ! ordonna-t-il. On se replie.

Un mois plus tôt, il avait perdu deux hommes, des types de vingt ans pleins d'enthousiasme. Avec les combines des politicards en métropole qui, bien calés dans leurs fauteuils, sapaient leurs efforts, il était décidé à ne plus prendre de risque. En contrebas, une bergerie s'éveillait. Deux jeunes garçons sortaient le troupeau qui s'égaillait en bêlant, harcelé par un chien jaune.

— On repart, répéta Laurent. Tant pis pour le village.

Même s'ils en arrêtaient ou tuaient deux ou trois, les fellaghas reviendraient à dix le soir même. Toute la population les protégeait. L'épaisse poussière soulevée par le convoi ne parvenait pas à masquer la beauté du paysage. En dépit de tout, Laurent s'attachait à ce pays. Sa violence n'avait rien à voir avec celle de Brières. Ici, on affrontait le danger en homme, à mains nues. On tuait pour ne pas être tué. Le domaine, lui, supprimait sans hâte, avec patience et douceur. Quand on prenait conscience du danger, déjà il était trop tard.

La vallée que la patrouille suivait était bordée de parois rocheuses où s'accrochaient des arbrisseaux épineux, des oliviers. À côté du chauffeur, Laurent humait l'odeur sèche des pins, celle fruitée des végétaux en décomposition. Déjà haut, le soleil éblouissait. « Ne te fais pas de souci, maman se porte beaucoup mieux, avait écrit Françoise. Je l'ai laissée avec Colette et Solange qui la maternent. Termine vite ta guerre et reviens-nous. » Pas très loin dans la vallée, Laurent discernait une ferme où tout semblait paisible, une vaste demeure de colons entourée d'un bouquet d'arbres. « Brières m'attache pour mieux m'éliminer, pensa-t-il. Jamais je n'y retournerai. » Lorsqu'on leur donnerait l'ordre d'embarquer pour la métropole, il s'enfoncerait dans le continent africain où il disparaîtrait.

— Une jeep vient vers nous, signala le chauffeur.

La voiture filait dans un nuage de poussière. Laurent distinguait le bosquet protégeant la ferme, une éolienne, la série des bâtiments regroupés autour d'une cour où s'ouvrait un puits au-dessus duquel tournoyaient des oiseaux de proie.

La jeep était proche maintenant. Laurent reconnut l'homme au volant. « Mauvaise nouvelle, pensa-t-il. Le colonel n'expédierait pas son chauffeur pour me souhaiter une bonne journée. »

Un des cadavres était sur le pas de la porte, l'autre près du puits. Les domestiques comme les ouvriers agricoles avaient fui.

— Une lâche tuerie, commenta le colonel. Ces gens-là n'ont pas pu se défendre, on les a abattus comme des chiens.

Laurent s'approcha. Instinctivement ses doigts s'accrochèrent à la crosse de son pistolet. Une nausée le fit un instant s'arrêter.

— Dites à vos hommes de ramasser les cadavres et de les porter à l'intérieur, ordonna le colonel. Ma patrouille est repartie sur Sidi-Aïch chercher un médecin légiste, les gendarmes et quelques types de l'administration.

Des étables parvenaient des bêlements et hennissements. Un cheval donnait des coups de sabots dans son box.

— Le mari et la femme, poursuivit le colonel. Des colons installés ici depuis quelques années seulement. Pauvres gens.

— Comment ont-ils... ? interrogea Laurent.

— Égorgés. Venez. Nous trouverons bien quelque part une bouteille de cognac ou d'anisette. Croyez-moi, cela chasse les idées noires !

Les yeux du colonel avaient un éclat désabusé.

Deux soldats venaient de retourner un cadavre. Les mains tremblantes, Laurent alluma une cigarette et approcha.

— Je crois que je les connais, balbutia-t-il d'une voix blanche.

— Les Tabourdeau ? On prétend pourtant qu'ils ne fréquentaient personne. Des travailleurs acharnés. Voilà quelque temps, on leur avait proposé des troufions pour assurer leur sécurité. Ils avaient refusé.

Le visage exsangue de Denise Tabourdeau semblait observer Laurent. La bouche avait gardé un rictus de surprise et de peur. Une odeur fade imprégnait la terre alentour.

Toute la nuit, Laurent revit les deux cadavres couchés côte à côte sur leur matelas taché d'un sang devenu noirâtre. Les Tabourdeau avaient choisi de quitter la Creuse pour venir en Algérie où la mort les attendait. Avaient-ils vraiment choisi ? Ils avaient acquis la ferme dépendant du château puis Colette avait racheté leurs terres. Les Dames reprenaient la main, c'était dans l'ordre des choses, comme était logique sa propre disparition, même s'il se terrait au fond de l'Afrique. À même le goulot, le jeune homme but la fin de la fiole de cognac des Tabourdeau que le colonel avait fourrée dans la poche de son treillis. Il n'avait plus de cigarettes. D'un coup d'œil, il vérifia la présence du pistolet posé sur le sol à côté du lit. Le canon dans la bouche, le courage d'appuyer sur la gâchette et il devancerait la malédiction.

L'aube se levait. Ses lèvres sèches avaient un goût âpre. Par l'étroite fenêtre de la chambre, il distinguait le mess couleur d'argile, les baraquements des soldats, un bouquet de cactus. Un couple de tourterelles se posa sur le toit de la citerne. Le jeune homme pensa à un verre d'eau fraîche et sortit. Quelque part dans Sidi-Aïch, Denise et Joseph reposaient, attendant d'être mis en terre. Derniers descendants des Tabourdeau, la famille s'éteignait avec eux comme avaient disparu les Fortier, les Genche, les Chabin, les Foulque.

L'impression d'être suivi fit brusquement se retourner Laurent. C'était l'effroi, et non la soif, qui donnait à sa salive le goût amer de la bile.

Tout autour du baraquement, pins et oliviers avaient été abattus. Laurent croisa un harki revenant de la prière du matin, son petit tapis sous le bras. En dépit du sourire et d'un aimable salut, le jeune homme s'écarta. Le monde était fait de sournois qui lui voulaient du mal.

L'eau fraîche le calma un peu. Si cette malédiction était une légende, par ses angoisses irraisonnées, il était en train d'en faire une réalité. « Là est le triomphe de la sorcière, pensa-t-il. Quelques mots jetés du haut d'un bûcher et les effets de ses imprécations apparaissent aussitôt dans les esprits simples qui l'ont écoutée, ils croissent, se développent sans cesse, acculent à l'autodestruction. »

« Se tuer pour échapper au diable », songea-t-il à nouveau. La confiance qu'il avait eue en sa mère et sa sœur était ébranlée. Depuis toujours, Françoise suivait un chemin qui n'était pas le sien : le sacrifice de la chouette au grenier, les paroles magiques prononcées au bord de l'étang l'avaient épouvanté. Il n'avait obéi à sa sœur que par lâcheté.

— Du thé, mon lieutenant ?

Une tasse à la main, le harki se tenait devant lui.

— Personne n'est responsable du sang versé, poursuivit-il en la tendant à Laurent. La violence entraîne la violence, les représailles appellent la vengeance. L'armée tue les fellaghas qui à leur tour assassinent ceux qui sont les alliés des Français. J'ai bien vu que la mort des deux colons t'avait fait du mal.

— Je les connaissais, ils étaient de mon pays, murmura Laurent.

— Moi aussi, j'ai connu pas mal des types du FLN qui ont été abattus, poursuivit le harki. Quand on fait la guerre, il ne faut pas avoir de mémoire. À quoi sert aux cadavres d'avoir éprouvé des émotions ? Mort, on n'a plus d'amour ni de haine, mon lieutenant.

À petites gorgées, Laurent absorba le thé brûlant. Ce type avait raison. Il mènerait sa guerre sans états d'âme aussi longtemps qu'on le lui demanderait. Ensuite, il tenterait de se refaire une vie loin d'une mère et d'une sœur qu'il aimait.

Aux lettres de Françoise, désormais il ne répondait pas. Sa vie à Paris, ses amours lui étaient étrangères. Quand elle évoquait Claude Chabrol, François Truffaut, les jeunes artistes du Golf-Drouot, il se sentait dans un autre monde, tout comme lui étaient indifférents les ténors de la politique qu'elle fréquentait. Seul son amant lui était plutôt sympathique. Françoise ne le laisserait pas indemne. À plusieurs reprises lui était venue l'idée bizarre de le mettre en garde : si sa famille était originaire de Brières, il courait auprès de sa sœur un danger mortel.

Laurent s'assit sur le mur en pierres sèches qui entourait ce qui restait d'un verger encombré de broussailles. Les quelques maisons indigènes avaient été vidées et servaient de resserres. Avec le soleil qui montait, des nuages se regroupaient autour des cimes. Les pluies de printemps pouvaient être fortes en Kabylie et changer brutalement les chemins en fondrières. Si leurs convois s'enlisaient, ils devenaient une proie facile.

Sans cesse le souvenir de son père le hantait. Jamais celui-ci n'avait su renverser le courant de son existence. Passivement, il avait attendu l'inéluctable. Ses ambitions personnelles, sa réelle culture, jusqu'à son amour pour les siens s'étaient décomposés à Brières. Le temps s'y arrêtait, pourrissait les êtres. À plusieurs reprises, il avait tenté de se rapprocher de lui, proposant une excursion, une partie de pêche dans l'étang, des courses en ville. Paul acceptait d'abord puis se désistait au dernier moment. Un jour cependant, il l'avait suivi par une splendide après-midi d'automne dans une promenade jusqu'à la Lanterne des Morts. La forêt sentait l'humus et le champignon. Sans cesse à l'affût, Onyx trottait devant eux. Un vent tiède faisait frémir les branches des hêtres et des châtaigniers dans la futaie. Ils avaient parlé de choses et d'autres, puis cheminé en silence. Arrivé au carrefour, Paul avait voulu s'asseoir pour souffler.

— Le manque d'exercice, avait-il plaisanté. Je m'avachis à ne rien faire.

— Vous pourriez avoir de multiples occupations, papa. Il suffit de le vouloir.

Paul l'avait fait asseoir à côté de lui. Onyx s'était couché sur le tapis de feuilles mortes, le museau entre les pattes, guettant les mouches qu'il tentait de happer lorsqu'elles se hasardaient à portée de sa gueule.

— Autrefois je me consacrais beaucoup à mon travail, avait prononcé Paul. De mon père, je tenais une étude florissante et respectée. Les Dentu, tu sais, étaient considérés.

— Ils le sont toujours.

— Plus guère. Trop de scandales. La mort suspecte de mon beau-père, l'extravagance de sa belle-sœur Madeleine Fortier, la malheureuse affaire de ta tante Colette à la Libération, ma terrible erreur à l'étude, tout cela a irrémédiablement terni des familles dont tu es le dernier descendant.

— L'opinion publique est versatile, papa. Réagissez et faites-moi aussi confiance.

— Nous ne sommes pas maîtres de nos destins, avait chuchoté Paul. Il y a bien longtemps que j'ai compris cela.

— Si vous tenez pour vraies les superstitions colportées dans la région, elles vous détruiront. Nous sommes chrétiens vous et moi et croyons au libre arbitre, n'est-ce pas ?

— Pas à Brières. Le domaine attire, englue, dévore.

Comme s'il flairait un danger, son père avait jeté un regard furtif autour de lui.

— Même ici, je sens une présence.

Laurent se souvenait encore de la surprise qui l'avait immobilisé. Se pouvait-il qu'un homme terne, réfléchi comme son père puisse éprouver des craintes aussi peu conformes à la raison ? Il avait seize ans alors et, à cette époque, adorait Brières. Le temps des chouettes immolées et des bougies allumées à la lune montante le faisait sourire. Dans un geste affectueux qui leur était inhabituel, Paul et son père s'étaient donné la main. « Vous vivez trop en solitaire, papa. Distrayez-vous », avait-il suggéré d'un ton affectueux. Comme un naufragé à une bouée, son père s'était accroché à lui. « Je suis un arbre mort. Autour de moi, il n'y a que des corbeaux. »

« Reposez en paix, papa », pensa Laurent. Il posa la tasse sur le bord du muret et se leva. Aujourd'hui, c'était lui l'arbre mort. Un éclair trop violent, une bourrasque soudaine et il s'abattrait. Un vol de mouches bourdonnait dans un rayon de soleil. Quelques semaines et ce serait l'été, le harcèlement des insectes, les nuits trop chaudes où il faudrait tirer son matelas dehors pour prendre un peu de repos, l'air étouffant du milieu du jour, le ciel d'un bleu métallique au-dessus des villages poussiéreux. Mais peut-être alors aurait-il déjà pris la route du Sud.

11

Sous un des gros tilleuls, Colette installa une chaise pliante et son chevalet. La lumière du matin teintait le château de rose, lui donnant l'aspect d'un manoir de conte de fées. À tout moment on s'attendait à voir surgir sur la terrasse une dame en robe à paniers, les cheveux poudrés, accompagnée d'un petit marquis vêtu de soie et de velours. Mais c'était la perspective de l'allée de Diane qui intéressait Colette. Depuis qu'elle s'était mise à l'aquarelle afin d'occuper son temps pendant la convalescence de Renée, elle tentait de saisir les dégradés de la lumière se tamisant peu à peu jusqu'à envelopper l'antique statue d'une teinte laiteuse, un peu nacrée, où se mouvait l'ombre des feuillages alentour. Habituée aux croquis dépouillés des dessins de mode, le défi de capturer les contours vaporeux suggérés par la lumière la stimulait. Elle se souvenait de l'intérêt de sa tante Valentine pour ses premiers coloriages d'enfant. « Tu as la patte de Sérusier », avait-elle assuré. Bien que la voyant rarement, Colette adorait sa tante, jamais distante malgré son allure altière. Sa passion adultère vécue au grand jour, la rupture définitive avec le clan Fortier avaient été la preuve d'une indépendance peu commune pour une femme de sa génération.

Colette esquissa la silhouette de la statue, le socle où s'accrochaient des plaques de mousse. Se sentir aussi heureuse à Brières après le drame qu'elle y avait vécu l'étonnait. « Papa aurait supporté que maman le quitte pour un autre homme, pensa-t-elle en traçant d'un trait ferme le carquois de pierre de la chasseresse, pas pour des idées fumeuses sur les droits des femmes. En lui fermant sa porte définitivement, en l'empêchant de me voir, il a montré trop d'intolérance. »

La tête un peu penchée, Colette jugea la première ébauche. Mai fleurissait les buissons d'aubépine, levait de frêles véroniques le long des talus. De retour, les martinets s'affairaient à nourrir leurs oisillons. Le vent tiède sentait la vase. Elle avait été tentée d'installer son chevalet sur les berges du Bassin des Dames, mais y avait renoncé par crainte de s'immiscer avec ses couleurs et ses pinceaux dans un monde interdit.

À petites touches, Colette visualisa la frondaison qui cernait le rond-point. Autrefois, lui semblait-il, les proportions de celui-ci étaient plus imposantes. Elle se souvenait de son oncle accompagné de Loulou remontant l'allée pour se perdre dans la forêt. En dépit de sa bienveillance, le taciturne Jean-Rémy l'intimidait. Arrachée à la vie parisienne, à ses parents et à l'appartement raffiné de la rue Raynouard, Brières, derrière ses hauts murs de pierre, lui avait semblé inquiétant, une sorte de château de la Belle au bois dormant. Sauvage, Renée ne l'avait adoptée qu'avec réticence. Que venait faire dans son domaine cette jolie cousine habillée de linon et de batiste qui ne savait ni monter à bicyclette, ni pêcher à la ligne et avait peur des bêtes ? Colette se souvenait de sa solitude à Brières. Jean-Rémy et Renée y vivaient à l'écart du reste du monde avec leurs traditions, leurs habitudes, une sorte de code secret où rien n'était dit, ni l'absence de Valentine, ni leurs chagrins, ni leurs frustrations. Et sur le salon austère régnait le portrait d'une femme délicieuse et hautaine dans sa robe d'ondine.

— Bravo ! la félicita Renée. Tu as su redonner du style et de l'audace à notre vieille chasseresse.

Presque achevée, l'aquarelle était posée sur une console dans le salon. L'éclat doux de la lampe à l'abat-jour de soie fanée jouait sur le flou des contours, s'arrêtait sur la statue qui semblait jaillir des bois.

Désormais Renée pouvait quitter la chambre une partie de la journée et s'attarder après le dîner en compagnie de sa cousine. Elle avait même repris le chemin du potager et, au bras de Solange, faisait à petits pas la tournée des étables.

— Te voilà plus creusoise que moi ! constata Renée en riant. Lorsque nous aurons disparu, les gens d'ici ne se souviendront plus que de toi. « Colette Fortier, l'artiste, vous savez, celle qui avait si bien percé l'âme de notre pays. »

Les fenêtres étaient ouvertes sur le parc d'où venaient des odeurs de tilleul et d'herbes séchées par le soleil. Appuyée sur la canne d'ébène qui avait appartenu à sa mère, Renée resta un long moment silencieuse face au parc. De plus en plus, elle ressemblait à Valentine, non pas physiquement, mais dans une sorte de royauté altière et sereine.

— Certaines personnes, prononça-t-elle enfin, ne naissent pas à leur place et gardent là où elles voient le jour par hasard la nostalgie de leur vraie terre. Parfois le destin les ramène à cet endroit privilégié auquel les attachent des liens forts et mystérieux. Ici, j'ai l'impression que tu trouves la paix.

— Et toi, Renée ?

Depuis la mort de Paul, Colette n'avait osé sonder les véritables sentiments de sa cousine. Solange et Françoise avaient trié les affaires du mort, donné les vêtements à la paroisse, jeté les innombrables journaux entassés par Paul. Ne restaient dans la chambre que quelques papiers et objets personnels. Seule Renée pouvait décider de leur sort.

— Paul m'avait quittée depuis longtemps.

Pour rien au monde elle ne confierait à sa cousine le doute terrible qui la taraudait : l'accident avait-il été voulu par Paul ? Sans cesse elle revoyait son regard désespéré, le soudain coup de volant.

Colette prit la main de Renée et la serra dans la sienne. Françoise avait promis de venir en juillet, elle en profiterait pour faire un saut à La Croix-Valmer où Janine l'appelait sans répit pour de menus travaux. Une fuite avait été détectée dans la piscine, les toilettes étaient bouchées par les racines du figuier, l'humidité avait descellé plusieurs dalles de la terrasse.

La nuit tombait. Colette ferma les fenêtres du salon. Une légère brume montait au loin de l'étang comme une haleine, le souffle du domaine. « Nos destins sont immuables, pensa Colette, mais nous craignons la vérité. Si elle était là, à portée de main, seulement dissimulée sous un voile, le soulèverions-nous ? Renée n'a jamais aimé son mari et sa mort ne l'a guère bouleversée. Je suis une femme plus seule que libre qui voit venir avec angoisse la vieillesse. Françoise est mal dans sa peau et Laurent est un enfant perdu. Là où le terrain se dérobe, nul ne peut bâtir. Brières nous ramène inéluctablement au passé qui nous entrave et nous dirige. »

Avec soin, Françoise déroula l'aquarelle expédiée par Colette. La lumière du soir éclairant son salon mettait en valeur l'élégance des vieux bâtiments qui jouxtaient le château : l'ancienne écurie convertie en garage, le bûcher, la remise. Colette avait suggéré l'enchevêtrement des buissons, rosiers, lilas et églantiers, la noblesse des chênes et des tilleuls qui les cernaient et il en ressortait une émotion un peu mystérieuse, la curiosité de pénétrer cette végétation folle pour découvrir les abris secrets qu'un éclat de lumière, un imperceptible fragment de toit suggéraient. Sa tante dessinait à ravir, montrait en décoration un goût subtil, jouait bien du piano. De surcroît, elle nageait comme une sirène, excellait à la voile, se défendait plus qu'honorablement au tennis. Elle coupait les cheveux avec art, réalisait des maquillages n'ayant rien à envier à ceux des plus talentueuses esthéticiennes. « Tout semble facile, évident, joyeux à tante Colette », pensa Françoise. Et, cependant, elle n'ignorait pas les ombres, la mort de Raymond, son père, la folie de Madeleine, sa mère, des amants peu aimés, la perte de sa maison de couture, sa tentative de suicide après le drame de la Libération où le bon pays de Brières lui avait rasé le crâne pour la punir d'avoir aimé un officier allemand. Mais pas plus que le bonheur, le malheur ne la retenait, comme si finalement elle avait annexé les aléas de la vie, bons ou mauvais, à sa propre force, une sorte d'immobilité intemporelle contre laquelle tout venait se briser.

Françoise réenroula le dessin de sa tante. Il fallait le montrer à un professionnel qui, mieux qu'elle, saurait le juger. Soudain, la jeune femme songea à ce marchand de tableaux qui, à tort en fin de compte, avait été poursuivi en justice par un de ses clients. À cinquante ans passés, célibataire, Michel de Méricourt régnait sur sa galerie de la rive gauche avec charme et philanthropie, un immense amour des idées, des créateurs de toutes sortes, même les plus iconoclastes. Elle allait lui téléphoner. Contrairement aux instants partagés avec Christian qui avait le don de la rendre nerveuse, déjeuner en sa compagnie serait un moment de détente heureuse. Pourquoi supportait-elle un homme qui jour après jour la heurtait un peu plus ? L'affaire Claire Source l'avait désagréablement troublée. Sans moyens, mal organisés, mal informés, privés du moteur de leur association, l'ancien ouvrier de la tannerie, auquel on avait proposé un poste inespéré dans la région lyonnaise, les résidents avaient abandonné la procédure.

D'un coup d'œil, Françoise vérifia sa montre. Elle avait tout le temps de se rendre dans le petit restaurant de Neuilly où son amant lui avait donné rendez-vous. Il était régulièrement en retard, mais elle avait cessé de lui en faire reproche. L'unique lien qui demeurait entre eux était la sensualité.

Le fracas du chemin de fer de ceinture poussa Françoise à fermer la fenêtre. Les week-ends l'accablaient et sans les dossiers qu'elle ramenait chez elle, l'amitié que lui portaient Édith et Renaud, elle aurait été déprimée. Si Laurent avait cessé de lui écrire, à leur mère il expédiait des lettres dans lesquelles il se complaisait à évoquer les blessures, le sang, la souffrance et la mort. L'état d'anxiété où se trouvait Renée après ces lectures nuisant à sa convalescence, Colette avait décidé de les lui soustraire. « Il va bientôt avoir une permission, assurait-elle, et après quelques semaines de repos tout sera oublié, la misère comme la gloire. »

Narré minutieusement par la presse locale, le meurtre des Tabourdeau avait consterné les habitants de Brières. « La fatalité, avait affirmé Renée au téléphone lorsqu'elle l'avait annoncé à sa fille. Leur destin a été arrêté quand ils ont commencé à convoiter mon domaine. »

La sonnerie du téléphone fit sursauter Françoise ; le samedi elle ne recevait que de rares appels. « Pardonne-moi ma biche, mais j'aurai du retard. Pour être franc, je dois dîner d'abord avec Marie-Christine qui a invité des amis sans me prévenir et m'a menacé des pires représailles si je lui faisais faux bond. » Le rire de Christian au bout du fil se voulait désinvolte mais Françoise ne se laissait plus duper. Son amant était pitoyable, un petit garçon pris en faute. « Annulons. » D'un geste sec, la jeune femme raccrocha le combiné. Plus que la colère, le chagrin lui serrait le cœur. Pourquoi souffrait-elle ainsi ? Elle avait vibré, s'était enthousiasmée pour soutenir les causes, les amis, les ambitions de Christian. Ensemble, ils avaient été prêts à se lancer à la conquête du monde. Une larme coula sur la joue de Françoise. Le visage, le corps qu'elle avait adorés lui devenaient étrangers.

Le boulevard Beauséjour était tranquille. Sur le trottoir d'en face, le long de la voie de chemin de fer de ceinture, un couple s'enlaçait. À nouveau le téléphone sonna.

— Je veux te voir, implora Christian. Puis-je monter chez toi après dix heures ?

Les derniers rayons d'un clair soleil de juin jouaient sur les rideaux de taffetas bouton-d'or, se posaient sur la console d'acier et de verre où était posée une statuette de Giacometti.

— Comme tu veux, consentit Françoise.

Les yeux de la jeune femme tombèrent sur un presse-papiers en bronze offert quelques mois plus tôt par Christian : un épagneul allongé levait vers un être invisible un regard de fidèle adorateur. Elle se souvenait avoir ri lorsqu'elle l'avait extirpé de sa boîte. « Me vois-tu ainsi ? » « Il s'agit de moi », avait-il corrigé, mi-amusé, mi-sérieux. À cette époque, elle était encore amoureuse et n'était jamais sûre qu'il le fût. Chaque mot personnel qu'il prononçait, chaque attitude un peu intime lui semblait lourde de signification. Sans cesse elle observait, scrutait, tâchait de deviner les variations sentimentales de son amant afin de s'y adapter. Cette relation n'était ni honnête ni équilibrée. L'apparente complicité qu'elle témoignait envers les amis de Christian et ses relations politiques n'était qu'affectation.

Le silence de l'appartement oppressa soudain Françoise. Machinalement, elle posa un disque de Fats Domino sur son électrophone. D'avoir si vite accepté la visite de Christian la remplissait d'une sorte de découragement.

La clarté douce de l'abat-jour teintait le tissu tapissant les murs de la chambre à coucher d'une lumière crémeuse. Appuyé sur un coude, Christian la regardait. Ils avaient échangé quelques mots, bu du champagne puis fait l'amour par habitude.

— Conviens que tu as toujours envie de moi, murmura-t-il.

Françoise détourna la tête. Prétendre le contraire serait une fable qu'elle se raconterait à elle-même. Cette relation n'était qu'une banale histoire de sexe et cela devenait terrible à admettre. Finalement, elle n'avait aucune prise sur Christian, n'était pas parvenue à s'emparer de son cœur.

— Tu demandes trop aux êtres et à la vie, poursuivit Christian. Pourquoi cet acharnement à détruire ? Tu sembles ne vivre que par l'imagination.

— Je suis seulement exigeante.

— Que veux-tu ? Que je quitte tout pour toi ? Que nous partions seuls au bout du monde ? Nous n'avons plus quinze ans, un peu de bon sens s'il te plaît !

Françoise se mordit les lèvres. Que croyait Christian ? Qu'elle était jalouse, envieuse, frustrée ? Triste simplement, terriblement malheureuse.

— Je vais prendre une douche, décida-t-elle.

D'un geste presque brutal, Christian la retint par le bras.

— Explique-moi ce que tu espères de notre relation.

Le regard sérieux de son amant immobilisa Françoise. Tout autant qu'à elle, elle le comprenait, cette question s'adressait à lui-même.

— Du respect l'un pour l'autre.

Interdit, Christian resta un moment silencieux.

— Je t'estime beaucoup, prononça-t-il enfin.

La jeune femme ferma les yeux. Sa gorge se serrait.

— Nous sommes de bons associés. Disons que j'ai trop d'amour-propre.

Fermement, elle se dégagea de l'étreinte de son amant, s'assit sur le rebord du lit.

— Tant que j'ai été en harmonie avec moi-même, j'ai été heureuse. C'était une aventure solitaire.

— Veux-tu dire que tu ne m'as jamais aimé ?

— Plus que je ne pensais pouvoir aimer un homme.

— Je renonce à te comprendre, murmura Christian.

À son tour, il se leva, passa sa chemise, enfila son pantalon.

— Désires-tu que je divorce ? interrogea-t-il sans regarder sa maîtresse. Tu m'en veux de n'avoir pas su prendre le moindre risque, n'est-ce pas ?

Sans lune, la nuit était angoissante. Françoise avait envie d'être seule.

— Restons amis et continuons à travailler ensemble, prononça-t-elle d'une voix qu'elle voulait garder neutre. C'est ce que nous avons de plus durable à partager.

Avec des gestes appliqués, Christian nouait les lacets de ses chaussures.

— Est-ce un arrangement qui te convient vraiment ? interrogea-t-il. Pour ma part, je le refuse. Si tu ne veux plus de moi, n'espère plus me revoir.

Debout face à sa maîtresse, Christian serrait les mâchoires. Quoique n'ayant jamais cru en la stabilité de leur liaison, le choc de la rupture le prenait de plein fouet. Peut-être n'avait-il pas su donner à Françoise les preuves d'amour qu'elle attendait, mais il tenait profondément à elle.

— Si tu avais un peu d'honnêteté, tu conviendrais que je suis beaucoup plus proche de toi que de Marie-Christine. Elle est la mère de mes enfants, nos relations se bornent là.

« Tout est faux-semblant et mensonge, pensa Françoise. Christian appartient à sa famille, même s'il parle de sa femme d'une façon parfois ironique, elle le tient solidement et il ne la quittera jamais. »

— Laisse-moi, murmura-t-elle.

Christian ne bougeait pas. Ne comprenait-il pas qu'elle était lasse ?

Il était minuit passé. Françoise avait fait une omelette, ouvert une bouteille de vin de Savoie. Avec un feint laisser-aller, Christian mangeait tandis que, la gorge nouée, elle absorbait un peu de vin.

— Retournons à Hammamet, proposa-t-il soudain en repoussant son assiette.

D'un geste, il tenta de s'emparer de la main de Françoise. La jeune femme eut un mouvement de recul. Curieusement elle pensait aux gens ayant occupé son appartement avant elle. Y avait-il eu des amoureux qui s'étaient querellés, des haines, des jalousies, des incompréhensions ? Ces émotions diverses imprégnaient-elles encore les murs ? Tout n'était-il, comme à Brières, que fatalité et recommencement ?

Le vent qui pénétrait par la fenêtre ouverte de la salle à manger apportait l'odeur légère du chèvrefeuille qui s'accrochait aux grilles bordant l'immeuble. Encore une fois, l'esprit de Françoise revint vers le domaine. En mai, les haies d'aubépines moussaient, les fleurs des ormeaux parsemaient les prairies, partout dans le bois retentissaient les appels des coucous, boutons-d'or et reines-des-prés tapissaient les herbages. En juin, elle prenait son premier bain dans l'étang. L'eau froide la grisait un peu, elle en ressortait en claquant des dents, le corps parcouru de frissons. Mais le bien-être éprouvé était au-delà d'un délicieux stimulant. En nageant dans le Bassin des Dames, son corps et son esprit se sentaient enfin en harmonie.

— Parle, lui intima enfin Christian. Dis-moi que tu es fatiguée ou de mauvaise humeur. Fais-moi une scène mais ne reste pas silencieuse comme une morte.

Françoise sursauta. Elle avait presque oublié la présence de son amant. L'odeur de Christian qu'elle avait tant aimée l'écœurait aujourd'hui.

— Tu veux que je m'en aille, poursuivit-il après

un moment. Comprends bien qu'alors rien de ce que nous avons eu en commun n'existera plus. Ne compte sur aucun de mes amis, tous seront prévenus de ne plus avoir affaire à toi.

— C'est une menace ?

La combativité de Françoise revenait. Si Christian voulait la guerre, il l'aurait.

— Tu n'as pas que des amis, poursuivit-elle. Et pas mal de malveillances que l'on colporte sur toi sont fondées, je suis bien placée pour le savoir !

— Tu ne me fais pas peur, répliqua Christian en jetant sa serviette sur la table. Tu es une destructrice, une femme incapable de jouir du bonheur. Tu te crois libre et vis dans une cage où tu tournes en rond, la tête pleine de rêves que la réalité tourne un par un en dérision. Il y a en toi quelque chose d'équivoque, de faux.

Un air de musique venait de l'appartement du dessus dont les fenêtres étaient grandes ouvertes sur la tiédeur de la nuit. Le long du boulevard, les réverbères brillaient.

L'impression presque intolérable de violence contenue qu'avait ressentie Françoise se dissipait. Elle voyait Christian froidement comme un homme déjà à terre. Son esprit était devenu une arme qu'elle affûterait avec patience. Longtemps, elle resta sans bouger, sans dire un mot, attentive aux menaces proférées par cet homme qu'elle avait aimé, contemplant le rictus de dépit qui marquait son visage, l'expression des yeux se voulant dure alors qu'elle était celle d'un pleutre. Elle savait qu'il avait peur du danger potentiel qu'elle représentait, peur de ne pouvoir l'abattre avant qu'elle ne le détruise. Elle était libre et, d'une certaine façon, Christian demeurait sous sa dépendance. « Chacun de nos actes, prétendait

Colette, est un désir surgissant du passé. » Quelle nécessité la faisait vouloir si fort se venger de Christian Jovart ?

— Tu m'accuses d'être égoïste mais tu es incapable de t'intéresser aux autres, sinon dans ton propre intérêt, poursuivit-il. Je suis heureux de me libérer car je commençais à trop m'investir en toi. Figure-toi que je t'aimais.

12

Dans le bistrot à la mode choisi par Michel de Méricourt, Françoise se détendit un peu. Depuis une semaine, elle avait mal dormi, hantée par la scène de rupture, le visage dur de Christian quand il l'avait toisée une dernière fois avant de claquer la porte derrière lui. La nuit, elle sursautait le cœur battant, sûre qu'il pénétrait dans l'appartement pour la provoquer.

Un damier d'ombres et de soleil jouait sur la nappe. En face d'elle, Michel lui souriait.

— Petite mine, ma chère Françoise, constata-t-il en remplissant son verre de vin de Loire. Il faudrait vous reposer.

— J'irai à Brières début août, encore un mois de patience !

— Des ennuis ?

— Une rupture.

— Rien de très grave alors, plaisanta le marchand de tableaux. On croit venue la fin du monde quand il ne s'agit que d'une perturbation. Elle passe, vous verrez. J'ai quelque expérience dans ce domaine.

— Je m'en remettrai vite, crâna-t-elle en trempant ses lèvres dans le vin d'un rouge framboisé.

— Parlons de votre tante. J'ai beaucoup apprécié l'aquarelle que vous m'avez confiée. La simplicité du trait est presque japonaise quand la chaleur des coloris se veut méditerranéenne. Est-ce une débutante ?

— Pas tout à fait. Entre les deux guerres, ma tante a créé une maison de couture qui marchait bien.

— Sous quel nom ?

— Colette Fortier.

— Mon Dieu ! Mais j'ai connu votre tante autrefois chez Chanel où je ramassais les épingles quand elle était déjà assistante.

Une surprise heureuse illuminait son visage.

— Une femme extraordinaire. Bien qu'elle m'intimidât, j'en étais un peu amoureux. Mais elle avait un amant, un homme dont l'élégance et la parfaite aisance me rendaient jaloux.

— À cinquante-sept ans, Colette est toujours célibataire.

Le garçon servait des filets de sole grillée, quelques chanterelles parsemées de thym.

— Votre tante et moi sommes deux sages, constata Michel. N'ayant rien amassé sentimentalement, nous n'avons rien à perdre.

— Vous êtes trop conscients tous deux peut-être de la dispersion des sentiments à travers les êtres. Comment de la couture en êtes-vous venu à la peinture ?

— La structure, les couleurs. Mais quand la couture est une fleur que l'on respire, qui se fane et que l'on jette, une œuvre artistique est un musc : plus elle prend de l'âge, plus elle embaume. La couture donne corps au visible, la peinture à l'invisible.

— Ma tante a toujours cru aux réalités invisibles et intemporelles, c'est une tare de famille.

— Vous aussi ?

— Tout ce que j'entreprends me semble destiné à m'acquitter d'un passé.

— Angoissant et banal. Mais le destin finit toujours par s'infléchir dans le sens de la volonté.

— Je voudrais bien le croire, murmura Françoise.

Sur le trottoir, une poignée de moineaux piaillaient en se disputant un croûton de pain. Un bateau-mouche passait sur la Seine. De la main, un couple salua joyeusement Françoise et Michel.

— Amenez Colette à Paris. Dites-lui que le propriétaire d'une galerie s'intéresse à son œuvre et veut la rencontrer. Rien de plus, c'est promis ?

Avec le courrier, Annie déposa une tasse de café sur le bureau de Françoise.

— Vous avez l'air fatigué, remarqua la jeune femme.

— Merci Annie, se contenta de répondre Françoise. Vous n'êtes pas la première à me le dire.

En effet, elle se sentait épuisée. L'un après l'autre, les amis de Christian lui avaient retiré leurs dossiers. De son ancien amant, elle avait reçu un mot bref : « Ton insouciance des autres et de leurs sentiments se retournera tôt ou tard contre toi. Si tu recherches la souffrance, sois heureuse, tu souffriras. » Elle avait déchiré le billet en menus morceaux.

— Votre tante a téléphoné voici cinq minutes. Elle voulait juste vous confirmer son arrivée demain.

— Je la rappelle.

Entendre la voix de Colette et celle de sa mère lui ferait du bien. L'une et l'autre étaient son refuge, le bloc affectif contre lequel nul n'avait de pouvoir.

La voix de Colette était joyeuse. Sans donner de détails, Françoise lui avait annoncé un rendez-vous dans une galerie de tableaux de la rue de Seine. L'éventualité d'intéresser quelqu'un à son talent la ramenait trente-six années en arrière, à l'aube de sa carrière dans le monde de la mode, quand elle vivait place Saint-Sulpice entre Renée et sa grand-mère, moqueuse bien souvent d'un conformisme étriqué aux idées et usages de leur milieu, impatiente de braver toute bienséance, d'être enfin elle-même.

— Je ne resterai que quarante-huit heures à Paris, annonça-t-elle. Renée a encore besoin de moi. Sans voiture, on ne survit pas bien longtemps à la campagne.

— Maman devrait se remettre à conduire.

— Plus tard. Elle est encore fatiguée et se tourmente pour Laurent.

— Je m'inquiète aussi, avoua Françoise, on dirait qu'il nous fuit. Son silence est comme une ombre, il donne la chair de poule.

Pour tenter de maîtriser la canicule, Françoise avait laissé les persiennes closes. « Grève générale au Congo », débita le speaker. La jeune femme tourna le bouton du poste de radio. Toute violence la dérangeait comme si les soubresauts qui agitaient le monde avivaient ses propres révoltes. La veille, maître Leroy lui avait demandé des explications sur la désertion de ses clients. Quelques jours plus tôt dans un restaurant proche du Palais, il avait aperçu Christian Jovart déjeunant en compagnie de maître Templier, un jeune avocat ambitieux, tout juste embauché par un confrère. Avait-elle un problème dont elle désirait parler ? « Si je peux me permettre de vous donner un conseil, avait-il insinué, évitez à l'avenir des relations trop personnelles avec vos clients. »

La chambre de Colette était prête. Françoise s'imaginait la surprise heureuse de sa tante en retrouvant quelqu'un de sa jeunesse. Le marchand de tableaux semblait décidé à la prendre sous contrat, « non pas au nom du bon vieux temps chez Chanel, avait-il précisé, mais à celui du flair professionnel ».

Un balayeur avait ouvert grands les robinets alimentant le caniveau en bas de l'immeuble et le murmure de l'eau qui ruisselait suggérait une fraîcheur apaisante. « Pas de résultat des négociations de Melun, avait titré *Le Figaro*. Les journalistes sont confinés derrière les grilles de la préfecture d'où filtrent des informations contradictoires. Rien ne permet d'affirmer que nous sommes proches d'une paix honorable en Algérie. » Aujourd'hui encore, aucune réponse de Laurent à la lettre expédiée deux semaines plus tôt. Mais s'il avait été blessé, leur mère aurait été aussitôt prévenue. « Continuons à lui écrire, conseillait Colette. Il y a des moments dans la vie où l'on n'a pas envie de s'expliquer, même en face de ceux qui vous sont les plus chers. » « Ce repliement sur lui-même me donne à penser qu'il désire mourir », avait rétorqué Françoise, la voix tremblante.

Autour de la gare d'Austerlitz, une foule bruyante se pressait. Des femmes houspillaient leurs marmots tandis que les porteurs se frayaient résolument un passage vers les quais au milieu des marchands de sandwichs et de boissons gazeuses.

— Vite un bain et un bon dîner, ma chérie !

En pantalon et chemisier beiges, un cardigan de cashmere noir jeté sur ses épaules, Colette semblait surgir d'un autre monde. « Elle ne vieillit pas », pensa Françoise en la serrant dans ses bras.

Le long du boulevard Beauséjour, peu de voitures restaient en stationnement. Jusqu'à la fin du mois d'août, la plupart des familles de ce quartier bourgeois étaient à la mer ou à la campagne. Même la concierge de l'immeuble avait déserté. Deux fois par jour, une remplaçante passait pour distribuer le courrier et s'occuper des poubelles.

— Nous voilà comme dans un hôtel particulier, se réjouit Françoise. Pas un voisin pour nuire à notre bien-être. Demain, j'ai pris une journée de vacances car nous aurons toi et moi un programme chargé.

Au restaurant L'Hirondelle du Bois, rue du Ranelagh, une seule table était occupée.

— J'ai une dizaine d'aquarelles dans ma valise, signala Colette en s'emparant du menu. Je désire présenter à ton ami un choix un peu éclectique. Je travaille beaucoup en ce moment et sens que je progresse. Tu choisiras l'aquarelle que tu préfères, je te la ferai encadrer.

— As-tu étudié notre étang ?

— Je crains d'être incapable d'en saisir l'âme. À la surface, rien ne bouge, la vie ne grouille que dans l'obscurité de ses eaux. Comment rendre cela ?

— Le Bassin nous ressemble, à maman, toi, Laurent et moi. Nous avons l'air serein, exigeons en apparence peu des autres et sommes en réalité des tourmentés, des êtres secrets et difficiles.

— À qui en veux-tu en ce moment, ma chérie ?

— Christian et moi venons de nous séparer. Une mauvaise rupture.

Colette dégusta une bouchée de jambon de Parme et garda un instant le silence.

— Il semble que les femmes de notre famille

recherchent leurs partenaires selon des critères déraisonnables et même ineptes. Ta mère, moi, toi n'avons cessé de nous engager dans des voies sans issue. À moins que...

Attentivement Françoise écoutait.

— À quoi penses-tu ?

— Et si nous recherchions des partenaires qui ne nous conviennent en rien pour mieux les exclure ?

La jeune femme ne put s'empêcher de sourire.

— Le mythe de la veuve noire. Il est toujours vivace à Brières, à ce que je vois.

— Le mythe de l'apparence, rectifia Colette, le temps qui illusionne, le langage qui limite, les rêves, les souvenirs, la vie omniprésente et vaine, le pur et l'impur vécus et infligés avec la même innocence. C'est en tout cas ce que j'ai envie d'exprimer avec mes pinceaux. Tu l'expliqueras à ton marchand de tableaux. À quoi ressemble-t-il au fait ?

Il était minuit passé. En pyjama, appuyée sur la rambarde du balcon, Colette s'imprégnait du silence, de la douceur de la nuit. Qu'après toutes ces années, le chemin de Michel de Méricourt et le sien se croisent à nouveau était extraordinaire. Le grand dadais timide et empressé avait fait place à un homme mûr, serein, vraiment séduisant. Le léger déjeuner organisé dans le salon de sa galerie avait été ponctué d'éclats de rire suscités par maints souvenirs : les colères de mademoiselle Chanel, la trouille des vendeuses, jusqu'aux paniques de Fulco di Verdura, nommé Monsieur Grand Protégé, lorsque le regard d'aigle de Coco se posait sur sa nouvelle collection de bijoux. Michel n'était resté qu'une année rue Cambon pour s'essayer par la suite à la sculpture, au dessin sur soie et même à la création de jardins. « J'avais trop de choses dans la tête, avait-il expliqué, un très vaste choix ou peut-être un grand désaccord intérieur. Mais le jour où j'ai eu la chance de déjeuner avec Kandinsky, mes doutes se sont dissipés. L'art, la peinture en particulier, s'est emparé de moi. La suite n'a pas toujours été facile, mais logique et sereine. J'ai rencontré Dubuffet, Poliakoff, Gillet, Bram Van Velde, Jorn. Tous m'ont fait confiance et j'ai pu organiser à Francfort, Londres, Bruxelles des expositions qui ont obtenu du succès. En vieillissant, je perds un peu de mon agressivité et aime à me considérer comme un amateur éclairé, un modeste collectionneur. Les divas m'ennuient. De nos jours, les peintres célèbres sont devenus de redoutables hommes d'affaires, ils ont des agents et des secrétaires. Les relations d'amitié se font moins étroites. Si une exposition marche moins bien, c'est toujours la faute du marchand. » « Je promets de n'avoir aucune exigence ! » s'était écriée Colette.

Ils avaient flâné dans les jardins des Tuileries désertés par les familles. Spontanément Michel de Méricourt lui avait pris la main pour la porter à ses lèvres et Colette en avait éprouvé du bonheur. « Rendez-vous en octobre pour votre première exposition, avait-il déclaré en prenant congé. Pendant l'été réunissez quelques aquarelles où vous exprimerez cette touche de mystère, de surréalisme maîtrisé. Manifestez vos émotions, vos rêves, mais aussi ce que vous avez deviné, compris au fond de votre cœur. Vous êtes une femme obstinée, passionnée, batailleuse, n'hésitez pas à le peindre. »

Un instant, le regard de Colette se perdit dans la masse sombre des arbres derrière la voie de chemin de fer. Elle travaillerait tout l'été et aurait la volonté de planter enfin son chevalet au bord du Bassin. Déjà, les yeux clos, elle voyait les fougères, les bruyères et l'inextricable fouillis des joncs, des salicaires et des chanvres d'eau. De minces vaguelettes clapotaient sur la ligne boueuse des berges. Et soudain, venant du fond de l'onde, Colette imagina une tête de femme qui la regardait de ses yeux verdâtres, une femme belle encore en dépit des rides et des cheveux blancs. « Est-ce moi qui me contemple moi-même, s'effraya Colette, ou est-ce le regard de maman ? » Au cours des années, la force irradiante de Madeleine la gagnait de plus en plus : le visage mince, les yeux pers, la masse féline des cheveux roux, le rire sarcastique devenu fou à la fin de son existence, sa lumière comme un soleil perdu. Elle était née de cette violence et de cette confusion pétries d'une sensualité volontairement non maîtrisée, d'un besoin permanent de défi et d'autodestruction comme une course éperdue et incohérente vers l'amour.

Dans la pièce voisine, Françoise dormait, un flacon de tranquillisants sur sa table de chevet. Qui liquidait-elle à travers Christian Jovart ? L'absence de Paul, le silence de Laurent ? Une image masculine sans cesse dégradée par les Dames de Brières ?

— Le billet de train est sur votre bureau, précisa Annie. J'ai prévenu vos clients que vous seriez absente durant une quinzaine de jours.

— En cas d'urgence, vous pourrez m'appeler à Brières. Mais en août tout est calme et j'avoue avoir besoin de repos. Aujourd'hui, je quitterai le bureau à trois heures.

Annie n'osa la questionner. Maître Dentu semblait avoir oublié qu'une série de dossiers importants attendaient d'être bouclés avant son départ.

À pied, Françoise descendit l'avenue Raymond-Poincaré, traversa la place du Trocadéro et s'engagea rue Franklin. Le court séjour de Colette lui avait fait du bien, mais aujourd'hui la fatigue l'écrasait à nouveau. « C'est un bon gynécologue, avait assuré Édith. Tu peux avoir toute confiance en lui. » Le doute taraudait Françoise et pour rien au monde elle ne serait restée toute la matinée sous ses draps, ensevelie, cachée peut-être, pour ne pas avoir à affronter la réalité.

L'après-midi était torride. Deux garçonnets s'aspergeaient en riant avec l'eau du caniveau. Un chien noir allongé de tout son long à l'ombre d'un banc haletait. À nouveau une nausée leva le cœur de la jeune femme. Et si ses pressentiments étaient vrais ?

En appuyant sur le bouton commandant la porte de l'immeuble, Françoise inspira profondément. L'étroite ruelle donnant sur la rue de Passy était silencieuse.

« C'est peut-être la chaleur combinée avec la fatigue, tentait-elle de se persuader. On va me prescrire des fortifiants et m'ordonner le complet repos. À Brières, ce ne sera pas difficile. » Colette s'était mis dans la tête de faire son portrait et exigeait quelques séances de pose. Sur la terrasse, à l'ombre du vieux tilleul, une tasse de thé à la main, ce serait un vrai plaisir.

En se tenant à la rampe, Françoise gravit les deux étages du modeste immeuble. Elle avait envie de regagner son lit, de dormir des heures et des heures, volets clos, un masque sur les yeux, retranchée du monde.

Une femme sans âge l'introduisit dans une salle d'attente tapissée d'un papier à rayures sur lequel étaient accrochées des reproductions de gravures anglaises, des scènes de chasse pour la plupart où l'on voyait un renard traqué qui s'obstinait à fuir.

— Asseyez-vous. Le docteur Jolivet va vous recevoir dans un instant.

Le tic-tac de la pendule rendait l'attente plus insupportable encore. Françoise saisit un journal qu'elle feuilleta nerveusement. À l'annulaire gauche, elle avait passé une alliance achetée au Prisunic. Édith le lui avait conseillé. « Ainsi, pas de questions indiscrètes ni d'allusions désagréables. Ce petit rond de métal garantit la respectabilité. C'est ce que j'ai fait pour mes deux visites... » « Étais-tu enceinte ? » avait interrogé Françoise, la voix tremblante. « Deux grossesses non désirées. » « De Renaud ? » « Renaud aurait voulu garder son enfant, c'est un idéaliste. Les pères présumés n'étaient pas même au courant. L'affaire s'est vite réglée. C'est cher, douloureux, mais sûr. Jolivet est discret. Dis-lui bien que tu viens de ma part, sinon il se méfiera. La loi ne fait pas de cadeaux aux femmes ni à ceux qui les secourent. »

Au fur et à mesure de son attente, des bouffées de souvenirs étouffaient Françoise : Colette la prenant dans ses bras lorsqu'elles étaient arrivées à La Croix-Valmer après sa fuite de la pension, ses attentions lorsqu'elle était entrée dans le bloc opératoire de la clinique de Casablanca où on allait l'avorter de l'enfant d'Antoine, son visage penché sur elle à son réveil. « Tout va bien, ma chérie. Ne crains rien », murmurait-elle. Mais tout n'allait pas bien et il n'y avait en elle aucune sérénité. Le cours de la vie qu'elle venait d'arrêter l'engloutissait et elle avait envie de se laisser couler à pic. Il lui avait fallu de nombreuses semaines dans la paix des Lavandins pour refaire des projets d'avenir.

Un petit homme souriant ouvrit soudain une porte au fond de la salle d'attente.

— Madame Fortier ?

Françoise mit un court instant à réagir. Pour ne pas risquer d'être identifiée, elle avait donné ce nom à la réceptionniste.

Abandonnant la revue sur la table basse, la jeune femme se leva. La tête lui tournait et elle dut s'appuyer sur le dos du fauteuil recouvert de velours vert olive.

En silence, le docteur l'avait examinée.

— Venez dans mon bureau, la pria-t-il ensuite sans se départir de son gentil sourire.

D'un tiroir, Jolivet tira un bloc d'ordonnances, quelques crayons, un petit calendrier.

— Vous êtes enceinte de six semaines, déclara-t-il enfin.

Françoise sentit qu'il guettait sa réaction. Était-il en face d'une patiente normale, heureuse à la perspective de donner la vie ou d'une jeune femme paniquée par une situation impossible à gérer ?

— Une grossesse doit être un bonheur, murmura-t-il enfin, et je ne vois guère de joie sur votre visage. Avez-vous un problème que vous désirez me confier ?

— Je n'avais pas envisagé la possibilité d'être mère, balbutia-t-elle. J'ai un métier, une vie active.

— Je comprends.

— J'ignore quoi faire, confessa Françoise.

Elle avait envie de mettre la tête entre ses mains et de sangloter.

— Le problème a peu de solutions, madame, assura l'aimable docteur. Vous gardez cet enfant qui pourrait vous apporter plus de bonheur que vous ne le supposez, ou vous oubliez ce qui ne sera plus qu'un accident. Plus vite votre décision sera prise, mieux ce sera.

Calé dans son fauteuil, Jolivet tapotait le cuir du bureau du bout des doigts. Un rayon de soleil traversait la fenêtre entrouverte et se posait sur la veste de fin lainage tabac qu'il venait de réenfiler.

— Tout cela restera entre nous, bien sûr, crut-il cependant devoir préciser. Vous êtes une amie d'Édith Duval, cela me suffit pour vous faire confiance.

— Je dois réfléchir, murmura Françoise.

Elle voulait fuir ce bureau à l'odeur écœurante, courir chez elle, se coucher, dormir.

— Bien entendu, chère madame, mais ne tergiversez pas trop. Dans trois semaines, je ne pourrai plus vous aider.

Jolivet se leva, prit entre les siennes la main que Françoise lui tendait.

— Distrayez-vous en attendant, la décision viendra seule. À votre âge, on est capable de peser objectivement le pour et le contre d'une grossesse. J'attends un appel de vous, discret, au cours des jours qui viennent.

« Demain, je serai à Brières, pensa Françoise, sauvée. »

Les rideaux de la chambre hermétiquement croisés ne laissaient pénétrer qu'un filet de lumière. Du lit, Françoise apercevait la commode en bois fruitier où se côtoyaient des photographies encadrées d'argent : ses parents, Colette, Laurent, Solange tenant une de ses petites-filles dans ses bras, le vieil Onyx sommeillant sur sa couverture juste avant sa mort. Celle de Christian avait été ôtée. Elle ne lui dirait rien. Leur intimité avait pris fin et avec elle tout partage. L'enfant n'était qu'à elle. Que pouvait-il tenter pour faire valoir ses droits ? À peine osait-il contrarier Marie-

Christine. Une foule de détails mesquins envahirent la mémoire de la jeune femme : demi-vérités, vantardises, marques de servilité en face de plus puissant que lui et d'arrogance envers ses subordonnés. Par sa connaissance des lois, elle l'avait aidé bien souvent à louvoyer entre les réels abîmes et les terrains où l'on finissait toujours par reprendre pied. Un fin sourire aux lèvres, il l'écoutait alors avec attention. La jeune femme revoyait le beau visage au menton un peu empâté, la bouche sensuelle, les cheveux déjà rares sur le dessus du crâne. « Pourquoi m'as-tu juré que tu mettais un diaphragme ? » s'irriterait-il, si elle lui faisait part de sa grossesse. Lors de la cérémonie des adieux, n'ayant pas envisagé d'intimité physique, elle ne l'avait pas mis.

Couchée sur le dos, la jeune femme fixait les points de lumière qui dansaient sur le plafond. Selon ses plans, elle prendrait le train le lendemain pour Brières, aurait le courage le soir même d'avouer à sa mère et à sa tante qu'enceinte, elle désirait garder l'enfant. Jamais elle ne retournerait chez le docteur Jolivet ni ne se rendrait dans une clinique marocaine avec sa petite valise et ses rêves en miettes. Jamais elle n'accepterait à nouveau cette solidarité odieuse avec un gentil chirurgien, cette sorte de complicité sexuelle sans désir qui l'avait hantée des années durant.

Dans le domaine, son enfant retrouverait la magie de sa propre jeunesse. Sa grand-mère l'élèverait. Quoique tout d'abord elle puisse être heurtée par cette naissance illégitime, ce bébé serait pour Renée un souffle d'air, une porte réouverte sur le destin de Brières dont ses propres enfants se détournaient.

Des rayons d'un clair soleil pénétraient par les interstices des rideaux. Des moineaux pépiaient sur le balcon, un train passait. « La beauté est partout, pensa Françoise, il suffit de fermer les yeux pour la découvrir. »

L'enfant naîtrait par idéalisme, solitude, amertume, tendresse ou vengeance mais il naîtrait, léger maillon dans la longue chaîne des Fortier et des Dentu qui se déroulait depuis le fond des temps.

13

La fatigue, le découragement et la chaleur clouaient Laurent sur l'étroit lit de sangles de sa chambre. Le Manifeste des 121 appelant les soldats du contingent à ne plus servir et la population française à soutenir les rebelles algériens avait jeté le désarroi dans son bataillon. Avec l'éloignement, cette déclaration prenait de l'ampleur, semblait exprimer l'opinion publique française tout entière. On les trahissait, on les abandonnait. Et les jugements sévères de maints pays étrangers achevaient l'œuvre de démoralisation. Un jeune adjudant collectionnait les coupures de presse expédiées par son père. Ici, on les traitait de « soldatesque », là, de « tortionnaires » et même d'« assassins ». Des photos de civils algériens tués circulaient, toujours les mêmes, quand aucune ne témoignait de la souffrance des soldats du contingent. Il semblait que les cadavres fussent toujours algériens, les bons invariablement rebelles et les méchants constamment en uniforme. En dépit de la population des pieds-noirs qui leur faisait fête, tous se sentaient des parias. « L'Algérie française est fichue, affirmait leur colonel. Vingt pour cent de chrétiens et de juifs ne peuvent tenir longtemps en face de quatre-vingts pour cent de musulmans. Mieux vaudrait plier bagage tout de suite. »

Laurent écrasa le mégot de sa cigarette et but une gorgée d'eau. L'été n'en finissait pas. Derrière un bosquet de myrtes, une alouette chantait, quelques bouffées de vent montaient de la vallée. Le ciel couvert ne dévoilait aucune étoile. À travers les murs blanchis à la chaux de sa chambre, le jeune homme vit soudain jaillir des visages qui le scrutaient, des silhouettes de femmes jeunes ou vieilles, des mains décharnées qui se tendaient pour l'agripper. Il fallait décamper. Dans un bar de Tizi-Ouzou, il avait sympathisé avec un marginal qui lui avait parlé du Congo : on y embauchait des mercenaires et la solde était excellente. Plutôt que de croupir dans un taudis à Marseille après l'indépendance, il était prêt à risquer le coup. « Si j'avais un compagnon de voyage, avait affirmé l'homme, c'est dès demain que je prendrais mes cliques et mes claques. L'Algérie est un pays foutu. » En le quittant, Laurent avait accepté un numéro de téléphone griffonné sur une boîte d'allumettes.

Le jeune homme s'empara de la petite boîte en carton jetée sur sa table de chevet. Au Congo, il serait un déserteur, un dégradé, un paria, mais les morts le laisseraient peut-être tranquille. Son père décédé, nul ne se soucierait plus de l'honneur des Dentu ; sa mère était une Fortier, comme sa tante Colette. Maîtresse d'un homme marié, un condamné en sursis, Françoise se fichait pas mal désormais de sa famille, elle avait tourné le dos aux principes inculqués par leur père : droiture, religion, respect de soi et des autres. Lorsqu'elle était devenue avocate, il l'avait rêvée défendant les opprimés alors qu'elle ne faisait que profiter de l'ambiguïté des lois pour faire triompher le monde de l'argent et des politiciens, au service de leurs ambitions personnelles. Qu'avaient-ils désormais en commun, elle et lui ? Laurent passa le bout d'un ongle sur le numéro de téléphone tracé à côté du nom de Louis Suares. L'évidence d'un prochain lâchage de l'Algérie française rendait la discipline de l'armée moins rigoureuse. On pouvait emprunter les routes sans être trop inquiété par des barrages de gendarmerie. Mais il ne partirait pas en uniforme, cette protection serait une lâcheté. Avec difficulté, le jeune homme avala sa salive. La sueur inondait son visage, son cou, le creux de ses reins. Un baluchon était prêt, jeté au pied de son lit. Entre deux chemises, il y avait glissé le livre. Au Congo, il le jetterait dans le fleuve ou bien le brûlerait. Vengeance pour vengeance, les Dames de Brières se consumeraient ou rejoindraient les profondeurs des eaux.

Laurent avala un long trait de cognac, s'essuya les lèvres d'un revers de main puis, fébrilement, fouilla ses poches à la recherche d'une cigarette. Son plan était fait. Il prendrait le car jusqu'à Tizi-Ouzou et là contacterait le type du bar. S'il était toujours partant, ils mettraient au point les détails de leur voyage. La meilleure solution serait sans doute de franchir la frontière tunisienne pour rejoindre la Libye d'où ils s'envoleraient pour Léopoldville. Il avait un peu d'argent. Chaque mois, en cachette, son père lui expédiait un mandat postal « pour le beurre dans les épinards », mentionnait-il invariablement. Sa mort soudaine avait confirmé les pressentiments de Laurent. À son tour, il était traqué.

Les lèvres sèches, le jeune homme tira sur sa cigarette. L'aube allait se lever, une lumière ténue ourlait déjà le sommet des montagnes. « Si je ne me tire pas d'ici, pensa-t-il, je vais devenir fou. »

Poussant une brouette chargée de pommes de terre, Renée remonta du verger à petits pas. Neuf mois après son accident, il ne lui restait qu'une raideur dans les jambes, des douleurs chroniques aux épaules et à la nuque. Le château était baigné par le soleil couchant et, une fois encore, Renée s'émerveilla de sa beauté. Avec l'âge et les déceptions, elle avait appris à jouir au jour le jour des petits bonheurs et à en remercier Dieu. En l'espace de quelques semaines, elle avait été terrassée par le chagrin d'apprendre la désertion de Laurent, passible de la cour martiale, et profondément émue par la nouvelle de la grossesse de Françoise. Si elle ne reverrait plus son fils chéri d'ici longtemps, Brières allait à nouveau s'illuminer du sourire d'un enfant et cette perspective avait abattu bien vite sa première réaction de vive réprobation. « Je vais accoucher à Guéret, avait décidé Françoise, et vous vous occuperez de mon bébé, maman. À Paris, il serait malheureux. » Attendries, Colette et Renée avaient aménagé une nursery, posé un joli papier peint représentant des moutons floconneux et de gracieuses bergères, descendu du grenier l'antique berceau. Colette avait refait un voile en plumetis, confectionné un couvre-pieds en satin brodé, ourlé les oreillers et les petits draps de dentelles. « Voilà un chagrin épargné à Paul, avait pensé Renée. Les opinions de ce pauvre homme étaient incapables d'évoluer. »

Dans la cuisine déserte, le reste du bœuf en daube de la veille réchauffait sur la gazinière. Solange avait dressé le couvert, disposé un cruchon de cidre, du pain, un morceau de fromage de chèvre et posé un mot sur la longue table de châtaignier noircie par le temps : « Ne m'attendez pas, je suis partie au café d'Arlette Le Bossu pour regarder à la télévision le mariage de Fabiola et du roi Baudouin. » Renée ne put contenir un sourire. Depuis longtemps, sa sœur de lait la bassinait pour qu'elle achète un poste de télévision. « Nous sommes bien les derniers à vivre comme des ermites, reprochait-elle. Monsieur le curé lui-même en possède un. » « Offert par ses paroissiens, corrigeait Renée. Notre bon père ne regarde que les nouvelles et les reportages d'actualité. » « C'est mieux que rien, grommelait Solange. À Brières, notre existence est aussi austère que celle de nos parents. » Renée ôta ses bottes, suspendit à la patère la confortable veste en laine bouillie. En dépit de ses bonnes résolutions, elle avait regrossi et les belles jupes achetées à Guéret sur les conseils de Colette la boudinaient. « Après le déjeuner, résolut Renée, je téléphonerai à Françoise. Il faut qu'elle lève le pied et se repose davantage. »

Avec étonnement et bonheur, elle acceptait désormais ce petit-enfant pour ainsi dire tombé du ciel. Jamais elle n'avait rencontré Christian Jovart, pas même aperçu une photo de lui. Mais à Brières, ce nom était familier et la vieille Marie-Thérèse Le Bossu, dont les quatre-vingt-dix années n'avaient guère interrompu les incessants commérages, l'avait harponnée un matin au milieu d'une rue pour lui déclarer que la famille de l'amant de sa fille était du pays. « Le pépé Jovart était sellier, avait-elle déclaré, l'air perfide, de la même génération que votre aïeul Honoré, le maçon. Il avait deux fils, un qui s'est fait écraser par un tombereau un jour où il était plus soûl que d'habitude, l'autre qui est monté à Limoges faire des études. Faut reconnaître que si Brières porte chance à certains, il colle la poisse aux autres. » « Il y a beaucoup de Jovart en France ! avait répliqué Renée d'un ton sec. L'ami de ma fille n'a probablement rien à voir avec la Creuse. » « Qui sait ? avait ricané la très vieille femme. À mon âge, j'ai vu et compris bien des choses. »

Cette conversation avait ébranlé Renée. Se pourrait-il qu'il y ait une parenté entre le vieux père Jovart enterré au cimetière à côté des Dentu et ce Jovart de Paris ? Et si cela était, pourquoi n'aurait-il jamais évoqué son arrière-grand-oncle devant Françoise ? Parce qu'il l'ignorait sans doute. Qui se préoccupait de savoir où vivotait sa famille un siècle et demi plus tôt ? Surtout pas un homme politique jeune et plein d'ambition. Si les Fortier n'avaient jamais renié leurs ancêtres maçons, c'était que l'exceptionnelle réussite de l'un d'entre eux permettait la largeur d'esprit. Mais cette parenté possible lui donnait la vague et confuse appréhension d'une menace suspendue sur l'ancien amant de sa fille.

À côté de la porte de la cuisine, Solange avait abandonné le sapin de Noël coupé la veille par le cantonnier. L'année suivante, il y aurait des petits souliers, des joujoux. Qui aurait imaginé qu'un nouvel enfant grandirait à Brières ? Le souvenir de son petit frère se faisait si lointain que Renée avait du mal à revoir l'expression de son visage, à retrouver le son de sa voix. Elle n'avait pas aimé Jean-Claude comme il le méritait. Ce qu'il symbolisait de rancœurs l'avait emporté sur sa délicieuse et timide personnalité.

La sonnerie du téléphone fit se hâter Renée. À Paris depuis trois semaines, Colette avait promis de l'appeler pour lui annoncer la date de son retour. Elle guettait ce moment. Quoique habituée à la solitude de sa grande demeure, sa cousine lui manquait. Et puis désormais Solange rabâchait. L'univers féerique de sa mère Bernadette se réduisait pour elle à un cercle clos, angoissant où les forces du Mal cherchaient inlassablement à pénétrer. Devenue acerbe, rien ni personne, hormis son fils Victor, sa belle-fille Josiane et leurs enfants, ne trouvait grâce à ses yeux. Françoise était une égoïste, une fille sans religion, Laurent un naïf qui croyait encore aux lois de l'honneur et de la dignité morale dont personne n'avait plus la moindre idée. Pourtant sa désertion l'avait interloquée. « Il est tombé sous la coupe d'un voyou, avait-elle assuré. Laurent a toujours été influençable. Il fallait voir comme il obéissait à sa sœur au doigt et à l'œil. »

— Colette ! Je m'inquiétais ! s'exclama Renée.

— Tu n'as aucune raison de te faire le moindre souci, ma bonne Renée. En dépit du petit qui s'agite dans son ventre comme un diable, Françoise se porte à merveille. Quant à moi, je vis sur un nuage.

— Tes tableaux, sans doute ?

— L'exposition a bien marché. J'ai vendu cinq aquarelles mais l'explication de mon euphorie est tout autre. Je me demande, figure-toi, si je ne suis pas un brin amoureuse. À cinquante-sept printemps, il serait temps, n'est-ce pas ?

Le cœur de Renée se serra. Tout ce qui évoquait l'amour, la passion la blessait.

— Quel genre d'homme a pu te séduire ? interrogea-t-elle d'un ton qu'elle s'efforçait de garder léger.

— Michel de Méricourt. Voilà plus de trente ans, rue Cambon, je le considérais comme un galopin, assez doué il est vrai, mais n'avais d'yeux alors que pour le bel Étienne de Crozet. Et voilà que par l'intermédiaire de notre petite Françoise, le destin remet en présence deux vieux un peu bosselés par la vie, mais toujours présentables. Qu'en penses-tu ?

— Je suis heureuse pour toi, affirma Renée, mais ces retrouvailles ne datent pas de bien longtemps. Sois prudente.

Le rire de Colette fit remonter à la mémoire de Renée les jours anciens de sa jeunesse quand, place Saint-Sulpice, sa cousine tournait en dérision ses amours avec Henri du Four. Après avoir raté sa vie sentimentale, comment pouvait-elle prodiguer à quiconque le moindre conseil ?

— Rassure-toi, ma Renée. Pour mieux connaître Michel et avoir ton opinion sur lui, je lui ai proposé de l'amener à Brières. Françoise, lui et moi arriverons demain dans sa respectable Bentley. Ne nous attends pas avant le dîner.

Un long moment, Renée resta songeuse près du téléphone. De tout son cœur, elle souhaitait le bonheur de Colette. Mais avec cette nouvelle aventure, leur intimité à toutes deux ne se trouverait-elle pas bouleversée ? La jugeant provinciale et terne, l'élégant marchand de tableaux la snoberait.

De retour dans la cuisine, Renée se servit un verre de cidre, une assiette de ragoût. Ce qu'elle avait vécu, les êtres qu'elle avait connus et aimés avaient tous une signification. C'était une des leçons de Brières : rien n'était dû au hasard, inutile ou absurde, pas même son moment de folie quand elle s'était offerte à Antoine Lefaucheux au bord du Bassin des Dames. Avec le recul du temps, la sérénité effaçait drames et deuils, oblitérait les moments déprimants de sa vie. Seule restait la joie de demeurer dans son domaine, d'avoir envers et contre tout su le conserver dans son intégrité. Les berges de l'étang elles-mêmes lui procuraient aujourd'hui la paix du cœur. En lui rendant son corps et en le lui faisant, ne serait-ce qu'un instant, aimer, Antoine l'avait fait devenir plus forte, en osmose avec cette terre tant chérie, génitrice de moissons, de fruits et de fleurs. La jouissance physique dont elle gardait un bref et fulgurant souvenir se mêlait aux nuits et aux jours, au soleil, au vent, à la pluie.

Son café bu, Renée monta dans la chambre de Françoise. Les meubles sentaient bon la cire, le linge, la lavande. Sa fille se confierait-elle enfin ? Exprimerait-elle le chagrin qu'elle avait ressenti après sa rupture avec Christian Jovart, elle qui n'avait jamais prononcé un mot sur Antoine Lefaucheux ? Par Colette, Renée savait que Jovart avait décidé de ne pas épargner son ex-maîtresse. « Il s'est juré de lui enfoncer la tête sous l'eau, de ruiner sa carrière. Ce pauvre garçon ignore qui sont les Dames de Brières, gare au retour de manivelle ! S'il veut la guerre, il n'en sortira pas vainqueur », avait encore plaisanté Colette. Renée n'avait pu partager cette désinvolture. Elle avait connu trop de règlements de comptes, de vengeances, jusqu'au souvenir de Paul qui la blessait encore. Jamais elle n'avait laissé la moindre chance à son mari. Au jour de leur mariage, son sort de victime semblait avoir été fixé et sa longue chute n'avait pris fin que lors d'un ultime sursaut, quand enfin il avait eu le courage de réagir, geste absurde ou sublime qui lui conférait au tout dernier moment un peu d'autorité. La chambre de Paul était sans âme. Son prie-Dieu se dressait toujours devant le petit oratoire où reposait le chapelet de sa première communion, le lit était recouvert du même édredon matelassé d'un jaune fané, les rideaux de cotonnade restaient tirés, la pendule Empire posée sur la cheminée était muette. Il ne restait de lui que quelques menus objets qu'elle avait enfermés dans une armoire avec les paperasses dont le père Marcoux s'était débarrassé, des archives poussiéreuses accumulées par sa mère Valentine et le vieux curé sur les généalogies de quelques familles du département désormais sans descendance. Comme cela avait été le cas pour son père, pour Robert de Chabin et Jean-Claude, Brières avait pris et effacé Paul Dentu.

14

— Ceux qui sont frappés viennent tous des mêmes familles : les Dentu, Le Bossu, Tabourdeau, Chabin et bientôt sans doute l'amant de ma sœur, Christian Jovart. Tu peux penser ce que tu veux, Brières est porteur d'une malédiction.

— Calme-toi, conseilla Louis Suares. Tu as trop bu.

— C'est pour cette raison que je me suis sauvé, vociféra Laurent. Je ne veux pas crever comme les autres.

De la brousse montait un concert assourdissant d'insectes nocturnes. Quelques lumières brillaient çà et là.

— Rentrons, décida Louis Suares. Demain nous partons tôt pour Léopoldville. Ce diable de Lumumba aurait pu attendre un peu pour se faire descendre.

Depuis son arrivée au Congo, le jeune homme buvait avec excès. Tout le heurtait, ses souvenirs, sa vie au jour le jour, sa désertion, la cause même pour laquelle il se battait désormais. Souvent, il avait été tenté d'écrire à sa mère pour se confier à elle mais avait renoncé. Elle avait eu assez d'ennuis comme cela.

Le livre de la comtesse de Morillon restait dans le

fond de son sac. Le jour où il avait voulu le brûler, il n'avait pu craquer l'allumette. Une force l'en empêchait.

Depuis une semaine, les mercenaires campaient en pleine brousse avec une poignée de soldats, tous à la solde du président Kasavubu qui cherchait à battre Moïse Tschombé pour rétablir l'ordre dans le pays. La nuit, bêtes ou ennemis étaient tenus à distance par de grands feux de camp sur lesquels veillaient les hommes de garde. Laurent dormait mal, un sommeil ponctué de cauchemars dans lesquels il entendait des bruits effrayants, voyait surgir des fantômes. Loin d'effacer ses hantises, le climat étrange de l'Afrique, ses légendes fantastiques le replongeaient un peu plus profondément encore dans l'atmosphère de Brières.

Dans la cahute convertie en bistrot, quelques mercenaires vidaient force bouteilles de bière, verres de gin ou de whisky. Chacun parlait fort, riait bruyamment. Louis Suares alluma un gros cigare et souffla longuement la première bouffée. Laurent Dentu l'inquiétait et il regrettait de l'avoir pris comme compagnon d'aventures. Quelque chose avait dû se passer dans sa vie qui avait ébranlé ses nerfs, égaré son esprit. Il ne voulait pas savoir quoi. Les combats qu'il menait au jour le jour ne permettaient aucune réflexion, aucune analyse ou spéculation. Il y avait ceux qui tenaient le coup et ceux qui craquaient. Et Louis doutait que Laurent résistât encore longtemps. Presque quotidiennement on voyait des types qui perdaient la boule. Certains choisissaient de se battre en faisant fi de toute protection, un suicide honorable, d'autres disparaissaient purement et simplement. La brousse les engloutissait. Louis espérait que le petit lieutenant choisirait cette dernière issue. « Elles sont revenues, martelait Laurent. Elles me parlent, elles me menacent. Je vais leur obéir et me faire sauter le caisson. »

Louis haussa les épaules et éloigna de Laurent la bouteille de mauvais gin.

— À Léopoldville, tu pourras aller à l'hôpital, suggéra-t-il. Il existe des médicaments contre les obsessions morbides.

— Si je meurs, balbutia Laurent, n'expédie pas ma dépouille à Brières. Là-bas, les morts sortent de leur tombe.

Une dernière fois, Françoise vérifia les quelques bagages rassemblés au pied de son lit. Son accouchement, un séjour de six semaines à Brières l'obligeaient à emporter une foule de choses indispensables, difficiles à trouver dans la Creuse. Et sa mère, rendue timorée par l'accident, ne conduisait qu'avec réticence la 2CV nouvellement acquise. Dieu merci, Colette avait promis de passer un moment avec elle ! Amoureuse, rayonnante, sa tante s'épanouissait de jour en jour. Michel avait adoré Brières et il semblait que le domaine l'ait adopté. En un clin d'œil, il avait changé tous les meubles du grand salon de place et la pièce, endormie depuis Valentine, s'était métamorphosée. Stimulées, Renée, Solange et Colette avaient confectionné de nouveaux rideaux, battu les tapis, nettoyé les vitres, repeint les portes et les encadrements des fenêtres. Pressée par le marchand de tableaux, Renée avait fini par lui céder et accepté de mettre en vente une aquarelle de Kandinsky, une autre de Klee. La somme suggérée l'avait stupéfiée. Avec cet argent, elle pourrait faire colmater des brèches du mur ceinturant le parc, restaurer le tennis et l'allée d'honneur, repeindre la grille d'entrée et même se payer le luxe d'une petite réserve à la banque. « Quand chacun s'extasiait toujours devant le talent des impressionnistes, avait-elle remarqué, maman découvrait les artistes du Bauhaus. Nous la jugions tous absurde dans ses goûts artistiques. Sans cesse, papa évoquait les horreurs qu'il devait supporter sur ses murs. Seule Bernadette semblait les apprécier. "Ces gens-là, remarquait-elle, savent reproduire ce que les yeux ne voient pas." »

Françoise poussa les fermoirs de son vanity-case qu'elle déposa à côté des deux valises. Michel de Méricourt et Colette allaient arriver d'un moment à l'autre pour la conduire à la gare. Une malle, partie en petite vitesse, la précéderait de peu dans la Creuse. Là-bas, elle se laisserait prendre en charge, dorloter par sa mère et Solange, retrouverait brièvement une enfance qu'elle allait quitter pour toujours. La chambre du bébé était prête, à côté de celle de Renée. Déjà, il lui appartenait. « Pas de nostalgie, se persuada Françoise. Ma décision de rompre était la seule possible. » La paternité de Christian se faisait floue, presque inexistante. Une vague appréhension, en outre, lui faisait redouter de lier le sort de cet enfant à celui de son père.

La sonnerie du téléphone fit sursauter la jeune femme. Était-ce Renaud qui voulait lui souhaiter un bon voyage ? Ses relations avec le jeune psychologue se faisaient plus ambiguës. Depuis qu'il avait appris sa rupture avec Christian, il ne la traitait plus vraiment en amie sans encore oser la courtiser franchement. Leur relation était devenue intime, exprimée par de longues conversations téléphoniques et des déjeuners organisés au hasard de leurs moments disponibles. Tout en restant attaché à Édith, Renaud avait confirmé que leur liaison battait de l'aile. Sa compagne passait de la sujétion la plus enfantine à un autoritarisme presque agressif. Lorsqu'il avait voulu s'exprimer franchement, elle s'était piquée. Édith était admirable, généreuse, enthousiaste, intelligente, sensible, elle avait toutes les qualités, mais il ne l'aimait plus. « Et que pense-t-elle de toi ? avait interrogé Françoise. On est si souvent enclin à attribuer à autrui des défauts dont nous tirons parti pour notre propre bénéfice comme nous avions mis à son crédit les qualités qui nous convenaient. La personnalité de Christian, qui m'épatait, aujourd'hui me révolte. » « La discordance vient dès qu'on veut absolument s'harmoniser avec l'autre, avait remarqué Renaud. J'admets aujourd'hui qu'Édith et moi sommes très différents. »

Au bout du fil, il y eut un court instant de silence. Le cœur de Françoise se serra. D'instinct, elle devinait que l'appel venait de Christian.

— Il paraît que tu te sauves dans la Creuse, prononça-t-il enfin d'un ton qu'il tentait de garder neutre. Ne penses-tu pas qu'il aurait été amical de ta part de me prévenir ?

— Je n'ai pas de comptes à te rendre.

Tout de suite, Françoise regretta son agressivité. Christian n'attendait qu'elle pour la provoquer et elle n'avait plus le courage de se bagarrer. Avant tout, elle désirait la paix, oublier, se réfugier à Brières pour y accoucher sereinement.

— Tu en as. Personne ne s'est jamais servi impunément de moi.

— Quand tu sais parfaitement te servir des autres. À quoi bon revenir sur ce genre de reproche, Christian ? Il me semble que nous les avons tous épuisés.

Françoise inspira profondément. Avec effort, elle parvenait à maîtriser sa voix.

— Tes manigances pour me ficher à la poubelle ne me font aucun effet, riposta Christian. Tu as insinué auprès de certains de mes amis que j'étais une girouette, prêt à retourner ma veste par intérêt politique. Ce genre d'allusions m'est préjudiciable. Jamais je te laisserai saboter ma carrière.

— Pas plus que je ne t'autoriserai à détruire la mienne. Tu frappes, je riposte. Et maintenant, j'ai un train à prendre. Permets-moi de prendre congé.

— Cet enfant que tu vas cacher dans la Creuse est le mien.

La voix était sourde, presque anxieuse.

— Si tu voulais t'en déclarer officiellement le père, il le serait. Mais ta chère femme et tes deux filles risqueraient de ne pas apprécier cette petite surprise. N'espère pas le beurre et l'argent du beurre. Tu m'as voulue dans l'ombre autrefois, à toi d'y rester aujourd'hui. Chacun son tour.

La main de la jeune femme tremblait lorsqu'elle raccrocha.

Derrière la haute fenêtre de la chambre, Françoise apercevait les nuages, un vol d'étourneaux. Le silence de Brières l'avait tout d'abord étourdie avant de la reprendre. Chaque matin, Solange lui apportait son petit déjeuner au lit, du pain beurré, du café à la chicorée, des confitures faites à la maison. Elle tirait les rideaux, retapait les oreillers, risquait un commentaire sur le temps, le programme de la journée : Renée irait faire des courses à La Souterraine, le curé venait déjeuner, les forestiers abattraient une centaine de peupliers, un représentant allait passer pour leur faire connaître de nouveaux engrais et des granulés révolutionnaires pour l'alimentation des vaches.

À dix heures, Françoise quittait son lit, s'habillait et descendait dans la bibliothèque où la discrète chaleur du chauffage central nouvellement installé l'année précédente était améliorée par celle du poêle à bois, celui-là même auprès duquel Paul aimait lire ses journaux. À deux semaines de la naissance, la jeune femme se mouvait avec peine. À pas comptés, elle était montée au grenier, avait parcouru le château, s'était longuement attardée dans la chambre de Laurent. La nouvelle de sa désertion l'avait bouleversée. Quel drame secret avait-il vécu pour prendre une telle décision ? Une femme ? Une affaire d'argent ? Un différend avec les autorités militaires ? « Cette sale guerre détruit nos jeunes gens ! s'était insurgée Édith. Qui peut prétendre exiger la vie d'un homme pour une cause sans noblesse ? »

Sur le bureau de Laurent, quelques objets soigneusement rangés subsistaient : un briquet à essence, cadeau de Paul qui le tenait de son père Raoul, la pochette d'un disque de Georges Brassens, une photo de Brigitte Bardot signée Sam Levin, quelques bibelots, souvenirs achetés lors d'excursions dans le Berry, d'un court voyage à Paris. Mais le vrai Laurent restait absent de la chambre. « Comme mon grand-père Jean-Rémy, mon oncle Jean-Claude et papa, avait-elle songé. C'est étrange. Et cependant Laurent aimait ce domaine plus que moi. »

Un instant Françoise s'était assise sur le rebord du lit. Si elle avait un garçon comme elle en avait le pressentiment, elle le prénommerait Joachim, en l'honneur du prince Murat, le héros de Laurent. Cent fois, il avait lu l'épopée de ce fils d'aubergiste devenu prince d'Empire puis roi de Naples, s'était enthousiasmé à propos de son courage, avait admiré son aplomb, envié ses succès féminins. Même absent, son frère serait le parrain de cet enfant et Édith avait accepté d'être la marraine. La pensée de Françoise s'attarda sur son amie. Mieux valait qu'elle accepte une rupture définitive avec Renaud que ces constants revirements émotionnels qui la perturbaient. Comment une femme aussi forte, décidée, autoritaire même, pouvait-elle accepter qu'un homme joue ainsi avec ses sentiments ? Intransigeante dans ses options politiques, elle laissait sa vie amoureuse aller à vau-l'eau.

Renaud téléphonait souvent à Brières. Elle avait avec lui des conversations sereines. S'ils voulaient tous deux commencer une relation amoureuse, il faudrait auparavant qu'il rompe définitivement avec Édith. Même si celle-ci ne nourrissait plus d'illusions, Françoise n'envisageait pas de pouvoir trahir son amie. Renaud l'attirait de plus en plus. Avec lui, l'impression d'isolement, d'insécurité qui l'habitait depuis son enfance s'atténuait. Elle se sentait comprise sans avoir à s'expliquer. La perpétuelle nécessité de se justifier avait empoisonné sa relation avec Christian. Toujours il la soupçonnait de s'approprier la part la plus importante des affaires qu'ils partageaient. Généreux dans la vie quotidienne, il pouvait se montrer alors mesquin, tatillon, injuste. Pourquoi avoir appelé un certain ami commun sans lui en parler au préalable ? Pourquoi déjeuner avec le secrétaire général du MRP devenu son client ? Sans cesse, Christian imaginait des complots contre lui, des manœuvres destinées à l'affaiblir politiquement. Au sein du MRP, il prenait désormais quelque distance, sûr que ce parti était sur son déclin, et lorgnait du côté de la SFIO, sensible aux avances de Guy Mollet. Tout pour lui se jouait sur les nuances, des convictions nouvelles qui ne soient pas des reniements, des retournements de veste paraissant en droite ligne avec ses anciens engagements, toutes sortes de contorsions devenues si naturelles qu'il s'offusquait quand Françoise en souriait. Fiévreusement durant leurs tête-à-tête, il échafaudait des plans, laissait s'exprimer librement ses ambitions : faire parti d'un cabinet ministériel, avoir accès enfin aux leviers du véritable pouvoir. « À tout prix ? » interrogeait-elle. Il la regardait avec étonnement. « Qui veut la fin veut les moyens, ma chérie. Quand je serai ministre, tu seras bâtonnier. » Mais depuis longtemps elle n'était plus sûre de vouloir accrocher sa carrière à celle de Christian.

À midi, Solange servait le repas dans la salle à manger, le soir dans la cuisine à sept heures précises. L'après-midi, seule ou avec sa mère, Françoise se promenait dans le parc. Elle avait la certitude d'achever une phase de sa vie, trente années plus ou moins bien assumées, des ambitions d'adolescente atteintes sans pour autant goûter au bonheur.

Ses pas résonnaient sur la terre gelée et le froid de mars gagnait le cœur de la jeune femme. Au loin, derrière les bosquets, montait un peu de brume comme un appel. Mais Françoise refusait de se rendre à l'étang. L'idée bizarre que son enfant puisse y être en danger l'en tenait éloignée. Elle se contentait de remonter l'allée d'honneur, bifurquant parfois vers le potager ou vers le sentier menant à la petite porte donnant sur les champs. À plusieurs reprises, elle s'était rendue au cottage. La maisonnette était froide et humide, des mousses envahissaient les montants disjoints des fenêtres. Le parquet craquait sous ses pas. Là, songeait-elle avec étonnement, elle avait conçu avec l'ouvrier agricole de ses parents son premier enfant. Elle se souvenait du visage d'Antoine Lefaucheux : un menton carré, un nez court et droit, des yeux fendus, presque asiatiques, à l'expression caressante ou brutale. Mais ces traits ne formaient pas un tout, n'avaient plus d'existence. Le retour au passé était sans issue.

Les mains sur son ventre comme pour protéger l'enfant, Françoise quittait le cottage avec l'impression que, dans les bois, une bête la suivait : Bel Amant ? Mais lorsqu'elle s'arrêtait et scrutait les buissons, elle ne voyait rien, n'entendait pas un souffle. « Notre religion n'accepte pas les fantômes », assurait Paul lorsque enfant elle affirmait avoir aperçu trois dames se déplaçant au bord de l'étang. Et, cependant, le côté ténébreux de Brières avait fini par ensevelir son père vivant.

Les heures sonnaient à l'horloge du clocher. Françoise regagnait le château où Solange avait préparé du thé, un gâteau. La paix que goûtait la jeune femme la rejetait hors du temps. Après le dîner, elle lisait à la bibliothèque ou faisait une partie de cartes avec sa mère. Les nouvelles diffusées à la radio annonçaient une manifestation d'étudiants africains protestant contre la présence militaire belge au Congo, donnaient une critique du *Voyage*, une pièce de Schéhadé mise en scène par Jean-Louis Barrault. Renée écoutait avec attention, ses aiguilles à tricoter un instant immobiles : « Voilà quinze ans que je n'ai été à Paris, murmurait-elle. Je n'y reconnaîtrais rien. » Parfois, elle évoquait l'hôtel particulier des Fortier, place Saint-Sulpice, ses grands-parents, les vieux domestiques, tous disparus aujourd'hui. « Colette m'a confié qu'étudiante, vous aviez été très amoureuse », avait avoué un soir Françoise. Renée avait souri. « À vingt ans, j'étais naïve comme une adolescente. Henri me récitait des poèmes au Luxembourg, m'invitait chez ses parents pour prendre le thé, me déclarait qu'il avait besoin de moi. Je croyais qu'il était amoureux. » En dépit du ton un peu ironique de la voix, Françoise détectait une certaine tristesse. Sa mère n'avait-elle jamais été heureuse ? « C'est elle qu'Antoine aurait dû aimer, pensait-elle. Plus que moi, elle méritait qu'un homme s'attachât à elle. J'étais un fruit vert qui aimait faire grincer les dents. » Elle avait quitté son fauteuil, déposé un léger baiser sur la joue de sa mère. « Je vais me coucher. » « À la première douleur, réveille-moi, s'inquiétait Renée. Je veux avoir mon temps pour te conduire à la clinique de Guéret. » La radio jouait *Ne me quitte pas*. La cage d'escalier était glaciale. Des chouettes nichaient-elles encore au grenier ? Quelques frôlements s'y faisaient parfois entendre, comme une respiration. « Les chouettes sont nos gardiennes, assurait Solange. Elles feront du raffut quand tes douleurs commenceront. Ce sera bon signe. »

Françoise se pelotonnait sous la couette. La chambre qu'elle occupait, sa chambre de petite fille, avait été celle de sa mère enfant. Avec difficulté, elle s'imaginait la petite Renée courant dans le château, travaillant dans la salle d'étude, jouant sur la terrasse aux côtés de son père et, plus tard, de sa mère, de son demi-frère. Sa grand-mère Valentine hantait encore le salon, la chambre dite persane à cause des rideaux de perse où son père et sa mère s'étaient installés après leur mariage. Mais son souvenir habitait surtout le parc, les berges du Bassin des Dames. Si elle s'y rendait, Françoise savait qu'elle la retrouverait aux côtés de sa tante Madeleine Fortier, ombres légères, présence indéfinissable et protectrice que son cœur reconnaîtrait. À Paris, elle se moquait d'elle-même. Il fallait que la Creuse fût bien retirée pour que tant de superstitions puissent y demeurer vivantes. À Brières, l'incompréhensible devenait ordinaire.

15

— Ne débarque pas à Brières avant la fin du mois, conseilla Colette à Michel. Trois femmes, bientôt quatre, gâteuses devant un nourrisson vagissant, te feraient fuir. Comme de jeunes amoureux, nous allons penser l'un à l'autre, nous écrire, nous téléphoner. Ce sera beaucoup mieux.

Un beau soleil de printemps baignait l'appartement occupant le dernier étage d'un immeuble de l'avenue de Saxe, dans le 7e arrondissement, loué par Michel et Colette. Aussitôt installée, Colette avait posé sa patte sur la décoration : canapés de velours profonds aux teintes cuivrées, épaisse moquette, quelques meubles modernes et anciens qui se côtoyaient avec harmonie. Michel avait accroché aux murs les toiles qu'il aimait : un Jean Dubuffet, un cheval de Karel Appel, un Jacobsen en rouge et vert, une nature morte d'Auguste Herbin. Entre La Croix-Valmer et Brières, Colette venait y partager avec Michel de Méricourt des moments privilégiés qu'ils tenaient à garder intimes. « J'ai rompu avec Paris et les Parisiens voici bien longtemps, remarquait Colette, et mes come-back impulsifs sont toujours des échecs. Je veux garder l'illusion grisante d'y être toujours quelqu'un alors que je ne suis plus rien ici depuis longtemps. »

« Tu pourrais racheter une boutique, suggérait Michel, repartir de zéro. Regarde Chanel. » « Un bastion qui lutte contre le passage du temps. En prenant d'assaut les grands magasins, c'est Cardin qui a raison. Si je me remettais à mes crayons et ciseaux, ce serait pour vendre chacun de mes modèles à dix mille exemplaires. Mais j'aurais alors à supporter des banquiers pointilleux, des agents du fisc inquisiteurs, une trop grande masse d'ouvrières que j'aurais du mal à gérer. Créer était pour moi une passion qui me happait au détriment de tout épanouissement personnel. Mon mode d'expression était la couture, aujourd'hui c'est la vie. »

Michel ne l'influençait en rien. Ils s'aimaient en partenaires égaux, en amis émerveillés de leur parfaite entente, en amants tranquilles. Il avait adopté Françoise, Renée, Solange, le domaine de Brières et ses fantômes, la villa de La Croix-Valmer et ses incessants travaux. Êtres, objets, biens, tout l'intéressait, il en captait aussitôt la force, la personnalité, la poésie. Son existence d'esthète solitaire n'avait été, affirmait-il, qu'une préparation à cet épanouissement affectif offert par Colette. Enfin il était heureux. Colette était un hymne à la femme, sublime, parfois indifférente ou cruelle, toujours généreuse. Elle lui échappait un peu et il aimait cela. Alors que bien des hommes de son âge étaient enlisés dans le confort des habitudes, Colette l'entraînait dans le Midi et l'embarquait à bord de son voilier pour le griser de vent, de soleil, de tendresse. À Paris, ils communiaient dans l'amour de l'art, de l'élégance, à Brières c'était la nature qui les prenait, une poésie sauvage mettant l'âme à nu.

— Tu vas me manquer, reprocha Michel. Pourquoi me préfères-tu déjà ce petit Joachim qui doit être vilain comme un singe ?

Colette ne put s'empêcher de sourire. Michel n'avait jamais dû tenir un bébé dans ses bras.

— Françoise est un peu ma fille. Me voilà grand-mère par adoption aujourd'hui et toi grand-père par alliance. Tu vas très bien te débrouiller sans moi. L'exposition Gillet va t'accaparer jour et nuit et je te rends personnellement responsable des plantes de mon atelier.

Dans une vaste pièce vitrée aménagée à l'étage des chambres de bonne par un ancien locataire, amateur d'horticulture, Colette avait installé son lieu de travail. Chaque matin, elle peignait, fumait ou regardait à travers les hautes vitres la course des nuages. Enfin elle était en harmonie avec elle-même. Sur les murs, elle avait accroché une série de photos : ses parents dans les jardins du Trocadéro, sa bonne-maman dans son fauteuil préféré, Simon, Julien et Céleste souriant sur le pas de la porte de la maison, place Saint-Sulpice, Renée en blouse dans son potager, Françoise en elfe grimpant dans un arbre à Brières, puis, sérieuse, des lunettes sur le nez, à son bureau de l'avenue Raymond-Poincaré, Laurent en uniforme de Saint-Cyr, Solange endimanchée se rendant à la messe, Janine devant le gros bouquet de mimosas qui envahissait le patio des Lavandins. Elle avait besoin d'eux, de leur présence immobile, de leurs sourires. Tout s'harmonisait, avait un sens qui ôtait angoisses et peurs. À Michel, Colette n'avait rien caché de son passé : la folie de sa mère, son irresponsabilité qui avait fait d'un amant de passage, Sebastiani, son père biologique, et puis la mort de Raymond, celui qu'elle avait reconnu comme son vrai père, après un dur combat avec elle-même. La guerre, la tonsure, son suicide raté, le mal lancinant qui lui avait rongé le cœur des années durant jusqu'à ce que la venue de Françoise l'en guérisse. Une vie en quelques phrases écoutées avec émotion. Michel n'avait prononcé aucune vaine parole de sympathie. « Jamais je n'aurais pu aimer une femme jeune, avait-il simplement déclaré. Ce qui compte chez un être, c'est la spiritualité qui entraîne l'imagination, l'âme dépouillée de sa matière charnelle. Une âme doit être martelée, cabossée comme une sculpture pour devenir unique. Tout comme les œuvres d'art, les êtres doivent receler des secrets laissant entrevoir un mystère, ils doivent offrir à l'imagination quelque chose de neuf et de très ancien : le pays perdu. Tout cela, ma Colette, tu me le donnes. »

Le train filait le long de labours et de pâturages, passait des rivières, traversait des forêts. Emmitouflée dans un manteau de loutre, coiffée d'un calot de feutre noir, Colette regardait vaguement le paysage. Dans sa joie de serrer bientôt Françoise et son petit Joachim dans ses bras, la tristesse de sa première séparation d'avec Michel s'atténuait. Elle l'aimait comme elle n'avait jamais aimé aucun homme avant lui. La femme changeante, joyeuse ou désespérée, autoritaire jusqu'à être coupante mais vulnérable qu'elle était se sentait acceptée, respectée. Le temps pouvait attaquer, la vieillesse gagner la bataille, ce qu'il aimait en elle, et ce qu'elle aimait en lui, était hors d'atteinte, en sécurité.

— Tout est effacé, murmura Françoise. Joachim a cautérisé la dernière de mes plaies. À toi seule, je peux l'avouer.

Dans le joli berceau des Naudet, le bébé dormait. À peine Colette avait-elle osé le toucher.

— Le portrait de ton grand-père Jean-Rémy, avait-elle remarqué. Ce sera un poète, un amoureux. Comment se comporte Renée ?

— Maman est la sérénité même. Elle n'a pas perdu la main avec les nourrissons.

— Ta mère est de celles qui perpétuent la vie. C'est une âme vieille comme le monde.

Savourant la quiétude de l'instant présent, Françoise garda un instant les yeux clos.

— Solange a eu un rêve curieux la nuit de mon accouchement, avança-t-elle. Elle a entendu un hibou hululer en plein soleil.

Dans son fauteuil, Colette se raidit. Les inquiétantes légendes de Brières allaient-elles harceler leur famille jusqu'à la fin des temps ? Mais elle ne pouvait nier que le Bassin des Dames était singulier, étrange et effrayant, comme une porte close sur l'inconnu. À la fin de la guerre, alors qu'elle était terrée dans la maisonnette des métayers, elle s'était attardée un soir sur ses berges. La lumière qui déclinait déchiquetait des ombres mouvantes. Le silence était total. Un instant, elle avait été tentée d'avancer dans l'eau glacée, de se laisser submerger, sûre qu'un autre monde l'attendait de l'autre côté, un monde reculé dans le temps où elle se verrait comme reflétée par un miroir. Surmontant cette affreuse attirance, elle avait reculé. La clarté du crépuscule s'était métamorphosée en demi-jour cendreux.

— Nous vivons dans une société qui cherche à traquer les êtres, à leur arracher jusqu'à la moindre de leurs pensées. La lumière n'existe que par rapport à l'ombre et la vérité n'est qu'éphémère. Tu pourras apprendre cela à ton petit Joachim.

Françoise entrouvrit les yeux. Le beau visage de sa tante, le décor rassurant de sa chambre, l'odeur déjà familière de son bébé la reprenaient tout entière. Depuis son enfance, elle savait où elle voulait aller. Brières et ses légendes ne la retiendraient pas. Dans un mois, elle serait de retour à Paris, reprendrait ses dossiers pour ne revenir dans la Creuse qu'au début de juillet. Quel autre choix avait-elle ? S'enterrer à Brières et vivoter entre sa mère et son enfant ou se débattre à Paris dans la vie d'une mère célibataire à peine tolérée, abandonnant son fils à des mains étrangères ? Sa mère, elle-même avaient grandi à Brières, c'était là et nulle part ailleurs que Joachim devait passer les premières années de sa vie. Elle n'avait pas le droit de s'approprier son enfance.

Les pommes de terre épluchées, Solange alluma le four et assaisonna de thym et de romarin le filet de porc. Aussitôt le dîner en route, elle dresserait le couvert et remonterait une bouteille de vin de la cave tandis que Renée ramasserait les œufs et enfermerait les oies pour la nuit. Ensuite, elle filerait vérifier la traite et rassemblerait les bidons de lait que la coopérative ramassait au petit matin. Colette parfois proposait ses services du bout des lèvres, mais que savait-elle faire hormis des bouquets et quelques desserts ? Jamais Solange ne s'était senti d'affinité avec cette femme élégante aux ongles carminés qui le soir mettait sur l'électrophone des disques de « jazz », une musique qui lui déchirait les oreilles. Mais en présence de sa cousine, Renée s'épanouissait, elle ne pouvait le nier. Et Françoise adorait sa tante.

Solange s'essuya les mains à son tablier. Avec l'humidité du château, ses rhumatismes la tourmentaient et pendant ses nuits d'insomnie, elle pensait à son Victor, à Josiane, à ses petites-filles qu'elle voyait si peu. Les avait-elle jamais tenues bébés dans ses bras ? Elles étaient presque des jeunes filles aujourd'hui et écrivaient rarement quelques lignes anodines, sans doute dictées par leur mère. Les Genche n'avaient guère été choyés par la vie et ce n'était pas un malheur si elle restait la dernière du nom. Tout comme les Fortier, les vieilles familles du pays s'étiolaient. « Le mauvais sort », aurait affirmé sa mère. Bernadette lui manquait toujours. Ce qu'elle lui avait légué, la compréhension des signes, ne faisait que l'isoler dans une société ne voulant plus y croire. Seule Renée la suivait encore dans ses souvenirs. « Nous serons les dernières à avoir respecté les Dames, à croire en ces superstitions », plaisantait-elle.

Solange s'empara d'un couteau et entreprit de couper les pommes de terre en rondelles. Dans la poêle une grosse cuillerée de graisse d'oie chauffait sur la cuisinière, la salade égouttait dans le panier suspendu au robinet de l'évier. « Ce ne sont pas des superstitions, marmonna-t-elle. Monsieur le curé ne veut pas comprendre. » Les rondelles de pommes de terre rassemblées dans une terrine, Solange les saupoudra d'une pincée de gros sel et de quelques tours de moulin de poivre blanc. « Françoise non plus n'oublie pas, pensa-t-elle. Pourquoi aurait-elle décidé d'accoucher dans la Creuse et de laisser son petit à Brières si elle ne voyait pas le domaine comme un asile ? »

Il pleuvait à verse. La rue était grise et triste. Dans un moment, Christian serait à la Chambre des députés enfiévrée par le putsch des généraux d'Alger. Mais aujourd'hui, il se moquait de tout.

Déjà en tailleur, impeccablement coiffée et maquillée, Marie-Christine tendit à son mari une tasse de café. Un instant, Christian songea à Françoise, à ses vêtements simples et confortables, son naturel, son allure souple et libre, la masse indomptée de ses cheveux roux dans laquelle il avait tant aimé passer les doigts. Plus qu'il n'avait jamais voulu en convenir, il l'avait aimée. Un amour toujours sur le qui-vive, susceptible, parfois jaloux mais profond, presque dépendant. À petites gorgées, Christian absorba le liquide sucré. Prêt un moment à pardonner, il était aujourd'hui décidé à rendre coup pour coup. Là s'exprimeraient les derniers sursauts de sa passion. Elle ne voulait plus de lui, elle lui volait son fils, il la détruirait.

— Tu as mauvaise mine, nota Marie-Christine en lui tendant son trench-coat. Pourquoi ne ferions-nous pas un saut aux Baléares ? Le printemps doit y être exquis.

Christian rendit la tasse vide sans répondre. Le prix qu'il avait payé pour garder une famille lui donnait le droit de ne pas prendre de gants. Aux yeux du monde, ils restaient monsieur et madame Christian Jovart. Lui seul savait combien l'association de ces deux noms était vide de sens. Aurait-il dû divorcer pour épouser Françoise ?

L'air frais fit du bien à Christian. Adossé à la voiture, Félix lisait le journal. « De Gaulle a condamné le quarteron de généraux à la retraite, annonça-t-il d'un ton gai. Nous vivons des temps curieux. Bonjour monsieur. »

16

De retour dans son appartement du boulevard Beauséjour, les idées noires avaient envahi Françoise. Colette séjournait aux Lavandins en compagnie de Michel jusqu'à la mi-juin et Édith était partie rejoindre des compagnons de lutte à Évian où se déroulaient les premières négociations sur l'indépendance de l'Algérie. « Inutile de se lamenter, tentait de se convaincre Françoise. La décision que j'ai prise est la seule raisonnable. Entre maman et Solange qui l'adorent, mon bébé sera heureux à Brières. » Pas mal de travail l'attendait, quelques nouveaux rendez-vous pris par Annie. S'impliquer dans des dossiers difficiles l'empêcherait de déprimer. Françoise rompit un morceau de baguette, ouvrit la terrine de pâté de lapin fourrée dans son sac de voyage par Solange à côté de quelques pots de confiture. Plusieurs photos de Joachim prises le jour de son baptême trônaient déjà sur la commode de sa chambre et sur la console du salon. Renée avait promis de lui en expédier d'autres.

À petites gorgées, la jeune femme acheva son verre de Chinon. Après quelques semaines passées à Brières, cet appartement qu'elle adorait lui semblait exigu, le bruit provenant du carrefour assourdissant. À Paris, la présence de Christian s'imposait à nouveau avec une incontournable réalité. Un jour ou l'autre, ici ou là, ils se croiseraient.

Au bout du fil, la voix chaleureuse de Renaud la réconforta. Accepterait-elle de prendre un verre avec lui ? Elle avait tant de choses à lui raconter. « Et Édith ? » interrogea Françoise. « Rupture amoureuse définitive. Mais notre amitié demeure. »

Dans le bar de l'hôtel Raphaël presque désert, Renaud l'attendait. Pour la première fois depuis bien longtemps, Françoise se sentait une jeune femme normale, heureuse de retrouver un homme, d'être libre et désirable. Les sentiments d'affection qui la liaient depuis longtemps au jeune psychologue supprimaient la contrainte des premiers rendez-vous, ne laissant subsister que le plaisir. Rapidement ses lèvres effleurèrent celles de Renaud. Le jeune homme commanda deux coupes de champagne, une assiette de canapés au saumon fumé. Françoise se cala dans son fauteuil. Un bonheur diffus l'envahissait, chassant l'inquiétant souvenir de Christian.

— Voilà que je te retrouve mère de famille, constata Renaud. Cela te va bien, tu es ravissante.

Françoise trempa ses lèvres dans la coupe de champagne. En face de cet homme, elle n'éprouvait aucune agressivité. Il semblait être à son côté pour la soutenir, et non l'abuser.

— Je me sens un peu floue. Ce n'est pas évident de reprendre pied à Paris en laissant un bébé derrière soi.

— Pas évident en effet, mais décidé par toi seule. Ne te mésestime pas. Tu es une femme qui sait exactement ce qu'elle fait et où elle va.

— L'avis du psy ! plaisanta Françoise.

— Celui d'un homme amoureux de toi depuis longtemps.

Renaud tendit la main et s'empara de celle de Françoise. Avant qu'ils entreprennent ensemble quoi que ce fût de fort et de durable, le jeune psychologue était convaincu qu'il devait l'aider à normaliser ses relations avec Christian Jovart. En prenant au sérieux les menaces de son ancien amant et en fourbissant ses propres armes afin de lui rendre coup pour coup, Françoise agissait d'une façon infantile. Après tout, il était le père de son enfant, un homme lui ayant donné de multiples preuves de son attachement. Cette opiniâtreté était difficile à interpréter.

Derrière les fenêtres du bar, les arbres déployaient un feuillage encore vert tendre. La nuit tombait.

— Si nous allions dans un bistrot ? proposa Renaud.

Françoise quitta son fauteuil, se pencha un instant sur Renaud, ses bras entourant son cou, sa joue effleurant la sienne. Le calme qu'elle éprouvait, l'attente vive mais douce d'une future relation physique la remplissaient de sérénité. L'endroit était confortable, complice de bien des amours. La jeune femme déposa un léger baiser sur les lèvres de son ami.

— À ton client d'assumer sa naïveté. L'accord verbal qui le liait à ma mairie est nul et non avenu puisqu'il existait un autre contrat signé, lui, en bonne et due forme. Tu as perdu encore une fois, reconnais-le.

L'ironie du ton de Christian exaspéra un peu plus Françoise.

— Tu es un homme méprisable.

— Et toi une avocate sur le déclin. Voilà le troisième dossier que tu perds. Et pourquoi cette débandade parmi tes fidèles clients ? Certains chuchotent que tu parles trop. Ils n'ont plus confiance sans doute...

— Que veux-tu ? interrompit Françoise d'une voix blanche. Me briser ? C'est mal me connaître.

— Je veux que tu en baves comme tu m'en as fait baver. Au petit jeu du plus fort, la partie est d'avance en ma faveur. Je suis député, je suis maire, un notable. Tu es une petite avocate arriviste. Laisse tomber et va plaider dans la Creuse, je suis sûr que là-bas quelques chicanes sur des bris de clôtures et des larcins de poules sauront t'occuper.

Françoise raccrocha. Une semaine après son retour, la guerre était déclarée. Elle avait espéré un peu plus de répit, le temps d'assurer le début d'une relation harmonieuse avec Renaud, de récupérer Colette et Michel, d'asseoir ses bases, de cicatriser la blessure d'avoir laissé Joachim derrière elle.

— Votre client est arrivé, maître.

Annie gardait le sourire, mais il était évident que sa secrétaire était au courant de tous les méchants bruits commençant à circuler sur maître Dentu.

— Faites-le entrer.

Françoise inspira profondément et rajusta le cercle de velours qui maintenait la masse de ses cheveux. Ce soir, elle allait réfléchir et passerait à l'action demain. Le dossier Claire Source était bien à l'abri dans le tiroir de son bureau boulevard Beauséjour. Elle n'aurait aucune difficulté à retrouver la trace de l'ancien ouvrier de la tannerie. On lui reprocherait, bien sûr, d'avoir défendu autrefois celui-là même qu'elle mettait aujourd'hui au pilori, mais l'opinion publique se laissait facilement attendrir par le cran des honnêtes gens qui s'étaient jadis fourvoyés et faisaient amende honorable. « J'ai eu tort, clamerait-elle, je me suis laissé abuser par un homme malhonnête en qui, comme ses administrés, comme tous les Français vis-à-vis de leur élus, j'avais confiance. » S'il le fallait, elle accepterait une interview de *France-Soir* et lancerait suffisamment d'allusions pour que les journalistes accourent chez Christian. Il fallait qu'il fasse aussi vite que possible figure de méchant afin de servir une histoire simple et crédible, une histoire où les puissants étaient corrompus et les humbles abusés. « Un cas facile, assura-t-elle au client assis en face d'elle tout en jouant avec son stylo, vous avez déposé un brevet, vous êtes protégé. Ne craignez rien, je m'occupe de tout. »

— Ton bébé est superbe, avale ses biberons sans même se donner le temps de respirer et amorce des sourires. J'en suis gâteuse.

La voix joyeuse de sa mère fit du bien à Françoise.

— Et Laurent ? s'enquit-elle.

— Toujours pas de nouvelles mais, au fond de mon cœur, je sais qu'il est vivant. Quand les accords de paix seront signés, peut-être y aura-t-il une amnistie générale.

— Je l'espère, murmura Françoise. Joachim aura grand besoin de son parrain. Et puis, j'ai une idée pour tenter de retrouver sa trace. Je vous en reparlerai.

À sa mère, elle ne dirait rien dans l'immédiat de son règlement de comptes avec Christian. Mais quoi qu'il arrive, Françoise savait que sa mère, autant que Colette, la comprendrait et la soutiendrait.

Après quelques hésitations, elle avait invité Renaud à dîner. De gros nuages annonçaient la pluie, il faisait doux. « Renaud m'aidera à garder mon sang-froid, se répéta-t-elle en mettant le couvert. » Le soleil qui s'allongeait éclaboussait de lumière la console de son salon où, dans un cadre d'acajou, Joachim la regardait. Du frigidaire, Françoise sortit une salade de pommes de terre achetée chez un charcutier de la rue de Passy, du jambon de Parme. En vitesse, elle s'était arrêtée à la pâtisserie Coquelin pour choisir une douzaine de petits-fours et des gâteaux salés. Renaud avait proposé d'apporter une bouteille de vin. Son intimité avec lui était d'ordre tendrement amical et, tant qu'elle mènerait son combat contre Christian, elle n'était pas prête à la transformer en relation physique. Il la comprenait.

Place de la Muette, Renaud gara sa voiture au coin de l'avenue Mozart pour acheter à Françoise un bouquet de fleurs. Au téléphone, il avait deviné dans la tension de la voix sa nervosité. « Une femme finalement fragile, pensa-t-il en posant les roses jaune-orangé sur le siège avant de sa voiture. Il doit y avoir dans sa famille pas mal de cas de psychose. » Sous son joli visage poudré, Colette, qu'il avait rencontrée à plusieurs reprises, cachait également des secrets. De temps à autre, il avait capté de la tristesse, de la peur aussi au fond de son regard, une certaine crispation dans son sourire. « Toutes les femmes Naudet, Fortier, Bertelin et Dentu ont un grain », avait-elle plaisanté un soir.

Alors qu'une bouteille de vin dans une main et le bouquet dans l'autre, Renaud s'efforçait d'appuyer sur le bouton de l'ascenseur, il songea soudain à

Édith. Se doutait-elle qu'il était sur le point de devenir l'amant de Françoise ? Sans doute avait-elle deviné depuis longtemps leur réciproque attirance mais elle était trop entière pour imaginer qu'à peine leur relation rompue, son amant se précipiterait vers sa meilleure amie. Édith ne cherchait pas à savoir ce qui la faisait souffrir, elle marchait droit devant elle, maltraitant son corps et ses émotions. À la fin de leur liaison, d'un ton triste, elle lui avait avoué : « Ce n'est plus moi que tu regardes. » Mais pas une fois elle n'avait évoqué Françoise. Depuis son aurore, leur amour trop raisonnable avait dégénéré en une tendre habitude et plus tard en solitude à deux. À maintes reprises, Renaud avait tenté d'entraîner Édith aux Puces, chez les bouquinistes, dans un théâtre d'avant-garde de la banlieue. Il aimait flâner, elle souffrait de se distraire quand des opprimés avaient besoin d'elle. Il était un bohème, elle une militante.

À force de préserver sa sacro-sainte liberté, Renaud lui-même n'avait pas que des souvenirs immuablement heureux de ses relations amoureuses. À trente-cinq ans passés, il s'était ingénié à ne donner aux femmes aucun espoir et à atténuer les frustrations des ruptures. « Tu ne fais que t'aimer toi-même à travers l'amour, lui avait un jour reproché une de ses maîtresses. Tu es un charmant égoïste et un destructeur. La femme que tu aimeras enfin devra être encore plus égoïste et destructrice que toi. » Peut-être l'avait-il trouvée.

17

— Épuisement nerveux, abus d'alcool, mauvaise alimentation, névroses, choisissez. Ce jeune homme est au bout du rouleau. Je peux le garder ici pour quelques jours, mais sa place est dans un hôpital où l'on dispose de spécialistes pour s'occuper de lui. Je vous conseille de faire évacuer votre copain sur Franceville, au Gabon.

— Et comment donc ? s'insurgea Louis Suares. Les militaires n'accepteront jamais d'embarquer un type sur le seul diagnostic qu'il est timbré.

Le médecin fit un geste d'impuissance. Dans son hôpital où l'on amenait des hommes en charpie à toute heure, il n'avait guère de temps à consacrer à un grand déprimé. Néanmoins, ce garçon l'émouvait. En lui semblaient venir mourir tous les rêves et les enthousiasmes de la jeunesse.

— Espérons que la libération de Moïse Tschombé apaisera les choses. On peut croire en la fin prochaine des prétentions katangaises à l'indépendance. Alors, votre ami pourra rejoindre le Gabon en toute sécurité et de là, je le lui souhaite, la France. Il doit bien avoir de la famille quelque part.

— Je l'ignore, avoua Suares.

Jamais devant lui Laurent n'avait évoqué de

parents. Il n'écrivait pas, ne recevait pas le moindre courrier. Sa solde de mercenaire ne semblait guère l'intéresser. Il achetait de l'alcool, des cigarettes, offrait le reste à des inconnus, parfois des prostituées sans exiger en retour quoi que ce fût. Après avoir avalé un flacon de mauvais alcool la veille, il avait tenté de se suicider en se tirant une balle dans la tête. Mais sa main tremblait si fort qu'il s'était raté.

— C'est un copain, insista Suares. Je ne peux accepter de le voir crever devant moi sans tenter de l'aider.

— Nous allons lui faire une piqûre et il dormira. Revenez demain.

Louis Suares essuya la sueur qui ruisselait sur son visage d'un revers de main. L'état du « petit », comme il l'appelait, l'attristait mais il ne pouvait rien faire de plus pour l'aider. Lui-même se débattait dans un univers de fin du monde où il avait le plus grand mal à survivre. Débarqué dans l'enthousiasme au Congo neuf mois plus tôt, il était aujourd'hui à bout. Aussitôt son temps accompli, il plierait bagage et irait tenter sa chance ailleurs.

Sur le lit de fer enduit d'une peinture blanchâtre écaillée, Laurent dormait. Un moment le docteur Lejeune contempla son patient. Il aurait voulu être un magicien pour lui rendre sa jeunesse mais, s'il pourrait guérir son corps, il savait que son esprit resterait longtemps meurtri. Quel âge pouvait avoir ce garçon ? Moins de trente ans certainement et, déjà, les traits s'émaciaient, le front était barré de plis. Son propre fils était mort à Bruxelles à vingt-trois ans. Peu après les obsèques, son ménage s'était disloqué. Sa femme avait regagné Gand, sa ville natale, et lui s'était exilé à Léopoldville où on lui proposait un poste avantageux à l'hôpital.

— Appelez-moi quand il se réveillera, recommanda-t-il à l'infirmière qui se tenait à côté de lui.

La vieille fille hocha la tête. Sur les lits voisins gémissaient des amputés, des types au ventre éclaté, au visage écrabouillé. L'intérêt que le docteur Lejeune portait au nouveau patient ne lui semblait pas prioritaire.

— Comptez sur moi, grommela-t-elle. De toute façon, tel que je vous connais, docteur, vous serez de retour dans moins de six heures. Cela m'étonnerait qu'il se réveille avant.

— Mon vieux, vous avez dormi près de vingt-quatre heures, murmura Lejeune. Après ce petit somme, vous allez voir la vie sous un jour nouveau.

Laurent jeta un coup d'œil hagard autour de lui. Était-il blessé ? Il ne se souvenait de rien, hormis le goût brûlant de l'alcool dans sa bouche et une terrible envie de dormir.

— Pourquoi suis-je ici ?
— Tentative de suicide. Sans votre copain, votre cadavre se décomposerait quelque part au cœur de cette ville qui ressemble probablement à l'enfer. Il y a beaucoup de mercenaires qui n'ont pas votre chance. La semaine dernière, on m'a amené un Roumain qui s'était volontairement amputé de la main droite.

Laurent referma les yeux. Il n'avait aucune envie d'engager la conversation avec ce vieil homme. Il voulait se rendormir.

— On ne peut vous garder ici plus de quarante-huit heures, poursuivit Lejeune. Si vous voulez, je peux vous prendre chez moi. J'ai une grande maison qui est vide.

Le médecin fut étonné du bonheur que lui procurait cette offre irréfléchie.

— Je dois rejoindre mon bataillon, prononça Laurent d'une voix sourde.

— J'écrirai dès cet après-midi à votre commandant. Ils n'ont rien à faire des épaves.

— Je n'ai pas d'argent.

— Ne vous inquiétez pas. Et maintenant, reposez-vous. On vous apportera tout à l'heure un peu de riz et de manioc, tout ce que nous avons ici. Mais plus une goutte d'alcool, me comprenez-vous ?

Laurent hocha à peine la tête. Une bile amère lui remplissait la bouche. Il aurait donné n'importe quoi pour un verre de cognac ou de rhum.

Le docteur sorti, il suivit un moment le vol désordonné d'une grosse mouche velue. Sur le lit voisin du sien, un type, la tête enveloppée de bandelettes, gardait une immobilité de statue. Laurent se raidit. Un instant, il avait eu l'impression de voir une momie. Avec difficulté, il avala un peu de salive. Était-il devenu fou ? Des pans entiers de sa mémoire lui faisaient défaut et il ne parvenait plus à se souvenir des visages qui lui avaient été chers : son père, Solange, son ami vietnamien de Saint-Cyr invité plusieurs fois à Brières et qui avait regagné son pays acquis aux utopies communistes. Seules demeuraient précises, lancinantes, les images de sa mère, de sa tante Colette et de Françoise. Avec insistance, elles le dévisageaient.

Par la fenêtre grande ouverte pénétrait un vent chaud et humide qu'un gros ventilateur posé à même le sol rafraîchissait à peine. Laurent pensa au Bassin des Dames, aux vapeurs de brume qui s'étiraient sur sa surface grise à l'automne et au début du printemps. Là, Étiennette Récollé avait jeté sa malédiction, là avaient péri brûlées les trois sorcières. À quoi ressemblait la plus jeune ? Avait-elle la beauté rousse et acide de sa sœur ? Françoise était-elle cette fille effacée par le temps ? Laurent eut l'impression qu'elle était là, à deux pas, tapie quelque part dans cet hôpital rempli de spectres. Il fallait fuir.

— Qu'est-ce qui vous prend ? gronda l'infirmière en lui barrant la porte de la salle. Vous voulez que l'on vous attache sur votre lit ?

Laurent la repoussa. On cherchait à le rattraper, à le mettre à mort. Mais personne ne l'empêcherait de décamper pour aller se cacher. Des infirmiers s'élancèrent. Le jeune homme se rendit compte qu'on le ceinturait. Son pied glissa sur un liquide visqueux, sa tête heurta les carreaux de faïence. Il perdit connaissance.

— De quoi, de qui avez-vous si peur ? interrogea une voix proche de lui.

Laurent ouvrit les yeux. Il se trouvait dans une chambre aux rideaux fleuris. Il n'avait plus de force, pas même celle de soulever la tête du bon oreiller recouvert de lin frais.

— Je veux qu'on me laisse tranquille, supplia-t-il.

— Vous le serez. Ici, personne ne vous inquiétera.

L'homme penché sur le lit avait un visage serein, des traits un peu ronds qui inspiraient confiance.

— Me reconnaissez-vous ? Je suis le docteur Lejeune qui vous a soigné lors de votre arrivée à l'hôpital. Vous êtes ici chez moi et y resterez aussi longtemps que je ne verrai pas naître un sourire sur vos lèvres. Quel âge avez-vous ?

— Vingt-six ans, murmura Laurent.

Lejeune songeait à Justin, son fils, ses vingt-trois ans brutalement interrompus, à sa famille. Depuis qu'il était installé à Léopoldville, il n'en avait pas reçu de nouvelles.

Les yeux mi-clos, Laurent s'efforçait de repérer la porte, la fenêtre. Dès que cet homme l'aurait quitté, il s'évaderait.

— Ne pensez pas à vous en aller, prononça son hôte comme s'il devinait ses pensées. Ici, vous êtes à l'abri. Il n'y a pas de meilleure cachette pour vous que cette maison. Pas même les rebelles n'oseraient y pénétrer. Je suis « le docteur », quelqu'un qu'on respecte parce que chacun, à un moment ou à un autre, peut avoir besoin de moi pour survivre.

— Je veux mourir.

La voix de Laurent était décidée, il avait ouvert les yeux et regardait Lejeune en face.

— Vous avez tout simplement perdu l'envie de vous battre.

Un oiseau froissa les feuilles d'un manguier, juste derrière la fenêtre. Une odeur de bois brûlé et de beignets de haricots montait de la ruelle derrière les murs du jardin. Laurent pressentit que cet homme ne lui ferait aucun mal.

— Empêchez-les d'entrer, supplia-t-il. Elles sont toutes trois à l'affût, quelque part dans le jardin, pour s'emparer de moi.

Lorsque Lejeune revenait de l'hôpital à la nuit tombée, Hortense, la bonne, avait dressé la table dans la véranda, allumé une lampe à pétrole. Laurent fumait une cigarette, regardait fixement le jardin, incapable encore de s'y promener, de s'éloigner même de quelques pas du havre de la maison. Il avait appris à se raser de nouveau, à accepter de porter la chemise et le pantalon fraîchement repassés que la jeune servante déposait chaque matin sur la chaise de sa chambre. Lejeune lui laissait des cigarettes, des livres. Il se levait tard, se recouchait après le repas de midi puis gagnait la terrasse lorsque le soleil déclinait. Avant d'être expédié en brousse, Suares était passé de temps à autre. « Sacré veinard ! l'avait-il envié en franchissant le pas de la porte de la villa. Ton toubib est un vrai cadeau du ciel ! » « Si tu ne m'avais pas traîné dans cet hôpital, avait avoué Laurent, il y a longtemps que je me serais fait sauter le caisson. »

Sevré d'alcool, au calme, Laurent se reprenait. En présumant de ses forces, il avait laissé des fantômes devenir réalité, le hanter jusqu'au désespoir. Mais les Dames de Brières ne l'avaient pas tué. Toujours au fond de son sac, le livre le terrifiait moins. Un jour, il avait même osé le prendre un instant en main. Quelle vérité historique avaient ces quelques pages tachées de rouille ? Leur seul maléfice n'était-il pas leur pouvoir de susciter la peur de soi-même, de disloquer les obscurs secrets de l'âme ?

— Si je crois au surnaturel ? Peut-être n'ai-je pas eu encore le temps de m'interroger à ce sujet, avoua Lejeune. Mais il est vrai que j'ai assisté, ici en Afrique, à des guérisons inexplicables.

Le repas achevé, les deux hommes fumaient un cigare dans la véranda. L'humidité qui pesait sur le jardin donnait à la nuit une opacité semblant l'envelopper d'un suaire. Lejeune tapota du doigt son cigare pour en faire tomber la cendre. Laurent allait mieux mais un éclair soudain de peur dans son regard, la fébrilité d'un geste révélaient toujours sa fragilité.

— Ici, les hommes croient à la sorcellerie, poursuivit-il.

— Avez-vous la foi ? interrogea Laurent.

— Je l'avais. Aujourd'hui, je ne me fie plus à grand-chose.

Les yeux de Laurent le scrutaient. Le jeune hésita.

— Sauf au miracle de certaines rencontres, la nôtre par exemple, avoua le docteur. J'ai cru retrouver en vous le fils perdu, voici plus de vingt ans. Je crois en une certaine forme de compassion. Ceux que je vois arriver dans mon hôpital me secouent. Je ne me résigne pas à les voir mourir. Si ces cris, ces hurlements, ces râles me déchirent le cœur, c'est donc que j'en possède un. Quant à la bonté de Dieu, permettez-moi de m'interroger sur son sens.

— Ma foi en Dieu est inébranlable, murmura Laurent. Et cependant, si je ne croyais pas en Lui, je ne croirais pas non plus au diable et serais délivré.

Au loin, un incendie jetait des lueurs mouvantes. Désertée par le couvre-feu, la rue était silencieuse. La nuit engloutissait les arbres, les buissons, jusqu'à la silhouette du mur surmonté de barbelés.

Laurent avait dans la bouche un goût de cendre. Longuement il tira sur son cigare.

— Je possède un petit livre que j'aimerais vous prêter, déclara-t-il soudain. Cet ouvrage évoque le domaine de ma famille dans la Creuse et son lointain passé.

Malgré la pénombre, le docteur discernait de l'angoisse sur le visage de Laurent. Son hôte avait peur à nouveau. Ses mains tremblaient légèrement. À travers les paupières mi-closes, ses yeux brillaient comme s'il avait de la fièvre. « Une telle panique pour un simple livre ! pensa-t-il. Est-il plus malade que je ne le croyais ? »

Toutes les nuits, Laurent luttait contre le sommeil artificiel de la pilule avalée à l'heure du coucher. Immobile sur le dos, il guettait la porte et la fenêtre, une ombre, un frôlement indiquant « leur » présence, mais il n'entendait que les pulsations de son cœur, le léger bruit de son souffle. Il était vivant et elles étaient mortes. Depuis des siècles, leurs cadavres calcinés s'étaient dissous dans les eaux du Bassin, à moins que, pris d'un reste de sentiment chrétien, les villageois de Brières les aient ensevelies au cimetière. Les âmes se réincarnaient-elles comme le suggérait Solange ? Guettaient-elles un corps en train de se former dans le sein de sa mère pour l'investir et reprendre vie ? Ou simplement constituaient-ils tous une infime partie de l'âme universelle qui venait, partait et revenait comme le flux des vagues ? Pourquoi penser à de l'hostilité ? La sorcière de Brières avait raison : châtiment et mauvais sorts, les hommes se les infligeaient eux-mêmes. Aussi longtemps qu'ils croiraient en une fatalité, ils porteraient comme une croix leur longue hérédité de peur. Son père avait ressenti cet effroi, Laurent le devinait. Il aurait dû tenter de pénétrer l'effrayant monde clos où Paul s'était enfermé, essayer de lui parler, de le rassurer avant que sa prison intérieure soit devenue absolu dépouillement.

Un vent chaud portant une odeur un peu écœurante de végétation pourrie et d'eau croupie passait à travers le fin grillage de la fenêtre. Laurent enfin ferma les yeux. Parler du livre de la comtesse de Morillon avec Lejeune lui ferait du bien.

Hortense avait servi la soupe aux haricots, du pain de manioc, un poisson grillé entouré d'oignons. « Lejeune, pensa Laurent, a l'air plus fatigué que d'habitude. » Pendant une partie du repas, le docteur avait gardé le silence. Puis au dessert, un gâteau d'ignames, il avait avoué :

— Je me bats contre des moulins à vent. On m'a amené six blessés aujourd'hui, quatre Noirs et deux Blancs. Tous sont morts.

— L'ONU va intervenir, assura Laurent. De gré ou de force, les gendarmes katangais devront cesser leur rébellion.

— Il y aura des règlements de comptes. La population civile continuera à souffrir. Ici, depuis la nuit des temps, on se déteste de famille en famille, de tribu en tribu, d'ethnie en ethnie. La vengeance est normale, nécessaire, comme dans le livre que vous m'avez confié. Les forces dites du Bien et du Mal sont toujours là, fluctuantes, insaisissables et meurtrières. Cette nécessité de punir son ennemi est un cercle vicieux. Plus on essaie de persuader les populations de le rompre, plus on les y enferme. La haine n'a plus de raison précise, elle devient une partie de l'individu comme respirer, manger ou dormir. Après avoir lu ce recueil, vous aussi avez eu la certitude d'être la proie d'un invisible et mortel ennemi. Cette peur est devenue cancer. Vous l'avez forgée, nourrie, lui avez donné un visage et un souffle. À partir de vos propres angoisses, vous avez créé une entité menaçante. Elle se dresse sur votre chemin, rampe dans vos rêves. Cessez de croire en sa présence et elle se désagrégera.

La lampe à pétrole jetait des lueurs jaunes sur la table que la petite bonne n'avait pas encore débarrassée. « Où viennent se tapir les hantises des hommes ?

se demanda Lejeune. Dans les cas de pathologie mentale, la réalité n'a en fait qu'une importance minime. Voici un garçon intelligent, qui pense être poursuivi, possédé par des fantômes et qui aurait pu en mourir. »

— Qui sont ces sorcières ? interrogea-t-il.

— Trois femmes ayant vécu à l'emplacement exact de notre propriété familiale dans la Creuse. Bien avant que je découvre ce livre, leur présence m'était familière. À Brières, les Dames font partie de la vie des habitants. Maman, ma tante, notre gouvernante les évoquaient fréquemment. On situait leur demeure dans l'étang que nous appelons le Bassin des Dames.

Dans le fouillis végétal du jardin, une lune ronde à la clarté métallique levait des ombres mouvantes. Confuse, une rumeur d'ailes battait encore dans le grand manguier qui jouxtait la véranda.

— Et depuis quand votre famille possède-t-elle cette propriété ?

— Peu de temps en réalité, le début du siècle. Mais mes ancêtres paternels comme maternels étaient originaires du nord de la Creuse. Maman m'a toujours dit que mes grands-parents avaient acheté le château aussitôt après l'avoir visité. Un coup de foudre, une attirance forte et inexplicable.

— Nous voici déjà au début de la légende, sourit Lejeune.

— Ce n'en est pas une ! protesta Laurent. À la lecture du livre, les morts étranges et brutales de mon grand-père Fortier, de celui qui fut le second mari de ma grand-mère et de son fils m'ont semblé soudain très éloquentes. Il y a peu, papa est décédé dans un accident ! Il était impossible de ne pas en déduire que je serais la prochaine victime. Je le pense encore.

— L'homme a toujours été désireux de créer des

mythes, des dieux et des diables, terrifié ensuite de se retrouver au centre de sa propre imagination. Ce curé qui a enquêté à Brières me semble avoir eu l'esprit troublé. En portant foi aux affirmations les plus absurdes, il donnait corps à ce qui n'était alors qu'une rumeur, une sorte d'exorcisme destiné à se débarrasser d'une terrible culpabilité collective, celle d'avoir occis trois inoffensives pauvresses. Ce genre de conjuration existe partout ici. Promenez-vous dans les villages de brousse, ouvrez les yeux, les oreilles et gardez l'esprit serein. Vous trouverez bien vivants les rites magiques qui semblent avoir disparu des pays occidentaux. Épreuves rituelles avec apparitions fantomales, hommes-bêtes, possessions. Ceux qui ne surmontent pas leur terreur ne sont pas admis dans le clan des hommes. Vous n'avez pas su en devenir un, Laurent. De régression en régression, probablement trop fortement dominé par les femmes de votre famille, vous êtes revenu à l'état de jeune enfant qu'une ombre terrorise.

Laurent se raidit. En prêtant le livre à Lejeune, il avait fait une erreur. Comment pouvoir espérer que ce vieil homme féru de philosophie et de science puisse comprendre Brières ? Comment pouvait-il imaginer ce qu'il avait vu, senti dans le domaine ? La chouette sacrifiée, les ombres sur l'étang, la trace de pas sur une neige tout juste tombée. Il était facile d'ironiser, de le traiter d'illuminé, de transformer ses angoisses en névrose guérissable grâce à une poignée de pilules. Mais aucune pilule ne donnait de réponse aux frontières indécises entre la vie et la mort, le Bien et le Mal.

— Pardonnez-moi d'avoir été aussi franc, s'excusa Lejeune, mais je pense qu'il serait néfaste de vous ménager. Pour guérir, vous devez affronter la vérité.

— Comment pouvez-vous définir ce qui est vérité ou mensonge, réalité ou illusion, sur quels critères, quelles certitudes ? interrogea Laurent. Vous m'avez avoué ne plus être croyant. Est-ce l'homme qui peut alors se substituer à Dieu et Ses mystères, à Satan et ses maléfices ?

— L'homme peut être plus mauvais que tous les diables réunis. Regardez ce qui se passe ici. Pensez-vous vraiment que ce soit Satan qui mène cette danse macabre ?

— Peut-être. Si on libère les forces du Mal, il faut accepter qu'elles vous dévorent.

Lejeune haussa les sourcils. Pour que son jeune hôte ne se cabrât pas, il lui fallait se montrer patient.

— Croyez en tout cela puisque vous avez décidé d'y croire mais battez-vous et anéantissez les sortilèges des Dames de Brières.

Laurent repoussa son assiette. À nouveau, il avait la bouche sèche et amère. Parfois, depuis qu'il était au Congo, lui était venu le désir de conjurer son envoûtement avec l'aide de sorciers indigènes. Mais tapie au plus profond de son esprit demeurait l'horrible vision de sa mère, de sa tante et de sa sœur, une fois le sort exorcisé, réduites à l'état de squelettes calcinés que les eaux verdâtres de l'étang viendraient engloutir.

18

Il était près de huit heures du soir. Seule dans son bureau, Françoise parcourut une fois encore le dossier Claire Source. Même la perspective de revoir son bébé ne pouvait la retenir de boucler cette affaire, dût-elle y consacrer le mois de juillet. Christian voulait l'abattre ? Ce serait lui qui serait bientôt à terre. D'un air qui ne cachait plus sa désapprobation, maître Leroy l'avait interrogée quelques jours plus tôt sur la raison de la défection de ses clients. Des dossiers importants passaient à des confrères parisiens, jetant des doutes sur la compétence de leur cabinet. Et il y avait pire. Un journaliste d'un hebdomadaire professionnel insinuait qu'une jeune avocate connue dans les milieux politiques s'était montrée capable d'indiscrétions compromettant l'honorabilité de certaines personnes en vue. Il avait reçu plusieurs coups de téléphone après la parution. En face d'elle, maître Leroy avait une expression méchante.

— Il existe une déontologie dans notre métier, mademoiselle. Si vous l'avez ignorée et que la chose est prouvée, ce sera tant pis pour vous. Notre association prendra fin.

La jeune femme avait compris qu'elle était désormais engagée dans une course contre la montre. Les avantages tirés des amis politiques de Christian étaient réels : causes fort bien rémunérées, luxueux week-ends tous frais payés, et surtout la réputation d'être une avocate de talent capable de trouver dans toute loi la faille permettant aux malins bien argentés de s'engouffrer. Ce talent, elle allait aujourd'hui l'exercer contre son ancien amant, le père de son enfant.

Bloqués dans l'avenue Raymond-Poincaré, des conducteurs s'impatientaient. Françoise se souvenait de ses années d'étudiante chez Marie-Noëlle Vigier, la vieille amie de Colette, qui, rue de Rennes, garait sa Panhard au pied de l'immeuble, rouspétant lorsqu'elle devait faire cinquante mètres à pied. Après Serge, son mari, foudroyé par une crise cardiaque, Marie-Noëlle s'était éteinte d'un cancer quelques jours après que sa jeune pensionnaire eut fait son entrée au barreau. « Si l'ouvrier tanneur accepte de faire une déposition, ce sera le début de la fin pour Christian », pensa Françoise.

D'un geste familier, la jeune femme ajusta le bandeau retenant la masse de ses cheveux, remonta sur son nez les lunettes qu'elle mettait pour lire. Dans la soirée, elle téléphonerait à Brières pour retarder à nouveau son arrivée. Sa mère serait déçue mais elle comprendrait. « Avant la fin de la semaine, décida Françoise, il faut que je me sois procuré une liste des personnes prêtes à témoigner en justice. » En outre, des ennemis de Christian, comme son adjoint, lui donneraient peut-être un coup de main pour charger le dossier.

Les cheveux hirsutes, un veston avachi, des chaussures de randonneur lui donnant un air bohème,

Renaud avait apporté une brassée de pois de senteur, une bouteille de nuits-saint-georges.

— Si tu veux bien, je m'invite à Brières pour le week-end du quinze août. Nous pourrions revenir ensemble à Paris, suggéra-t-il. Entre la Creuse et l'Île-de-France, je connais de sympathiques petites auberges.

Françoise avait été tentée d'annuler son rendez-vous avec Renaud, mais la présence du jeune psychologue lui redonnait du courage.

— Tu seras le bienvenu dans notre domaine, prononça-t-elle d'une voix douce. Voilà longtemps que je voulais te le faire découvrir.

— Tu te sens reine là-bas, n'est-ce pas ? De quoi aurai-je l'air ? Ton prince charmant, ton bouffon, un vilain crapaud que nul sort ne changera en amant chéri ?

La tête un peu penchée, Françoise l'observait avec sérieux. Enfin elle esquissa un sourire.

— Tu te verras avec mon regard.

Elle se leva. Sa silhouette longue et fragile se découpait dans la demi-obscurité. Renaud maîtrisa l'envie qu'il avait de la prendre dans ses bras, de l'embrasser, de lui faire l'amour, d'exiger qu'elle parle de ce regard et des émotions qui s'y cachaient. Lors de leurs rencontres, souvent brèves, Françoise paraissait heureuse. Ensemble, ils parlaient musique, littérature, voyages imaginaires. Françoise ne connaissait que la Tunisie et l'Italie, s'obstinant à oublier son court séjour au Maroc, lui l'Écosse et l'Irlande. Un jour, s'étaient-ils promis, ils découvriraient ensemble l'Égypte, l'île de Pâques, le Pérou, le Cambodge, des noms porteurs de mystères.

— Où en es-tu dans ta vie privée ? interrogea Renaud en se resservant un verre de vin. J'ai l'impression que tu n'es pas encore tout à fait libre.

— Bientôt, je le serai.
— Que feras-tu alors ?
— Je prendrai un amant. Toi peut-être.

Quoique le ton de Françoise fût ironique, Renaud se sentit misérable.

— Tu veux me rendre jaloux ?
— Sans jalousie, pas d'amour, n'est-ce pas ?
— Tu es née infidèle.

Françoise s'immobilisa. Ce que Renaud affirmait était faux, elle était simplement décidée à n'être possédée par personne.

— Françoise vient d'appeler, annonça Renée. Elle reporte son arrivée à la semaine prochaine.

Colette posa son pinceau et s'essuya les mains. Depuis quelques jours, elle tentait de capter sur sa toile le sentier menant au Bassin, un imbroglio de végétation découvrant çà et là un éclat de lumière, des reflets aquatiques.

— Qu'elle ne tarde pas plus. Michel s'impatiente aux Lavandins et Janine n'en peut plus de supporter ses manies.

Décidée à embrasser sa nièce, Colette s'était résignée à différer son départ pour La Croix-Valmer. Mais tout autant que la joie d'apercevoir Françoise la retenait à Brières le bonheur de pouponner. À trois mois et demi, Joachim était un bébé rieur que les trois femmes idolâtraient. Souvent Colette installait le couffin à côté de son chevalet. En secret elle avait fait son portrait et disposé l'aquarelle dans la chambre de Françoise. Ce serait un joli cadeau de bienvenue.

Le bébé dans les bras, la silhouette de Renée s'éloignait, se découpant dans la lumière du soleil couchant. « Elle qui a été une jeune fille ingrate devient une femme mûre pleine de séduction », pensa Colette. Les échecs et chagrins de son passé étaient oubliés. Efficace, sereine, Renée régnait sur sa terre.

Colette replia le chevalet, aligna ses tubes dans la boîte d'acajou. La force de l'éclat de lumière surgissant du plus profond taillis lui échappait encore. Mais sa lente progression vers l'étang était inexorable. Bientôt elle s'installerait sur ses berges et commencerait à le peindre.

Dans sa chambre, Colette repensa à Françoise. Pour avoir retardé deux fois sa venue à Brières, il se passait quelque chose de grave. Elle devinait un règlement de comptes avec Christian. « Un homme non pas méchant mais intéressé, mesquin », pensa-t-elle. Était-ce dans le but de l'anéantir que Françoise s'était entichée de lui ? Vue de loin, cette relation ayant abouti à la naissance de Joachim paraissait étrange, incompréhensible. Brillante, agressive, Françoise n'avait nul besoin d'un mentor pour réussir.

Dehors le crépuscule avait des éclats dorés. Par la fenêtre de sa ferme, Colette voyait l'allée plantée de troènes et le bouquet de châtaigniers dissimulant les communs. Michel aimait Brières et il lui semblait que Brières avait adopté son vieil amoureux. Dès l'arrivée de Françoise, elle filerait le rejoindre aux Lavandins pour un mois de solitude à deux. À une ou deux reprises, il avait fait allusion à un mariage. Bien qu'elle ait fait semblant ne pas comprendre, l'idée de s'unir à lui faisait son chemin. Pourquoi ne pas tenter de rendre définitive la paix qu'elle avait conclue avec elle-même ? « Cela n'a pas été facile d'être moi-même, pensa Colette. Inutile de faire l'orgueilleuse ou la tête de mule, je suis amoureuse de cet homme. »

Elle se souvenait de sa nervosité face à Étienne de Crozet, des colères et des caprices infligés à Dietmar, son bel officier allemand. Jamais elle n'avait été sereine, vraiment joyeuse comme elle l'était aujourd'hui. Outre sa culture, sa gentillesse, il y avait en Michel une immense sensibilité. Sa pensée vive, indulgente, bien qu'exigeante, était en accord avec sa vie. Ni puritain, ni licencieux, il aimait l'amour et sa maîtresse avec une grande simplicité, presque de l'étonnement, avec l'émotion qu'il ressentait devant une œuvre d'art. Avec lui, Colette avait l'impression que chaque jour était un cadeau, une somme de découvertes, d'émerveillements, mais aussi d'engagements à respecter.

Au loin sonnait la cloche du dîner. Le rythme lent et immuable de Brières, qui autrefois l'avait tant angoissée, aujourd'hui lui procurait une grande paix. Après le dîner, elle s'installerait sur la terrasse avec Renée pour savourer une tisane, commencer peut-être une partie de cartes ou de dames. À la nuit tombée, toutes deux regagneraient le salon. Tandis que Renée se remettrait à son ouvrage ou qu'elle piocherait dans la corbeille de raccommodage, elle s'emparerait du livre abandonné la veille sur la table en marqueterie qu'entouraient deux vénérables fauteuils recouverts d'une tapisserie au petit point. En face d'elle, le portrait de sa tante Valentine la scruterait de son regard altier et interrogateur.

Sur la table de la salle à manger s'épanouissait un bouquet de lupins bleus. Le soleil couchant jouait en éclats de lumière sur la carafe de cristal taillé. Une bonne odeur d'herbes montait de la soupière déjà posée sur la table. En pénétrant dans la pièce, Colette fut étonnée qu'une atmosphère aussi dépourvue de toute sophistication pût lui remplir le cœur d'un bonheur si grand. « Me voici prête pour le mariage, pensa-t-elle. Et pourquoi pas après tout ? Ce que j'ai toujours voulu, exigé même, c'est une vie qui vaille la peine d'être vécue. »

19

« C'est Marie-Christine qui m'appelle de La Baule », espéra Christian en décrochant le téléphone. La voix au bout du fil le glaça : « Désolé, cher ami, mais il va falloir que nous ayons une conversation sérieuse. » Sur le récepteur, la main de Christian tremblait. Depuis quelques jours, le jeune député-maire se sentait pris dans un piège. D'abord une allusion lancée dans l'éditorial d'un quotidien sur la bonne gestion de certains maires, plus impliqués, semblait-il, dans de juteuses affaires que dans le bien-être de leurs administrés, puis un rapport déposé sur le bureau de sa mairie demandant une vérification de l'exercice du budget des cinq dernières années. Enfin, plus embarrassant encore, le dépôt d'une plainte par un entrepreneur pour « concurrence illicite ». À plusieurs reprises, l'idée que son ancienne maîtresse fût au cœur de cette cabale lui était venue à l'esprit. Françoise était capable du pire. Pourquoi tant de haine ? L'enfant ? C'était elle qui l'avait voulu, lui interdisant de le connaître, le cachant au fond de la Creuse. Par déception de ne pas avoir évincé Marie-Christine ? Mais Françoise était trop intelligente pour ne pas comprendre ce que signifiait sa réelle relation avec sa femme, une façade mondaine qu'il ne pouvait démolir sans avoir à en subir des conséquences fâcheuses pour sa carrière. D'autre part, il avait deux filles qu'il ne désirait pas voir grandir loin de lui. Non, l'aversion que lui vouait Françoise semblait se nourrir de celle qu'inconsciemment elle avait toujours éprouvée à son égard. Un amour-haine venu de lointaines névroses qu'il devinait sans les cerner tout à fait : un père victimisé, une mère dominatrice, un frère trop fragile pour assumer la carrière militaire qu'il s'était choisie. Avec elle, il avait essayé de construire une solide relation sentimentale, mais il avait échoué. Françoise voulait son anéantissement.

Prostré, Christian restait assis devant son bureau, la tête entre les mains. Des souvenirs envahissaient sa mémoire : Françoise en cardigan de coton, les cheveux libres au vent sur la plage d'Hammamet, l'appartement du boulevard Beauséjour où tant de fois il était venu dîner, mais trop rarement avait pu passer une nuit entière, des promenades dans la campagne. Mais Françoise avait-elle jamais éprouvé pour lui de réelle tendresse ? Avec effort, Christian quitta son fauteuil et vérifia sa montre. Il se rendrait à la convocation de la SFIO en fin d'après-midi et saurait bien trouver les mots pour se défendre. Dès le lendemain, il sauterait dans un train pour rejoindre à La Baule Marie-Christine et ses filles, tâcherait d'oublier pour quelques jours ses soucis, chasserait Françoise de ses pensées.

Une fois le panier rempli de fraises, Françoise se redressa et jeta un coup d'œil dans la poussette où dormait Joachim. Le potager était moins bien entretenu qu'autrefois, les laitues étaient montées, le persil avait envahi la plate-bande des radis et des herbes folles longeaient les allées qui se coupaient à angle droit. Tout au fond, contre le mur orienté au sud, les arbres en espalier n'avaient pas été taillés et des rejets indisciplinés dépassaient d'un bon mètre la ligne de faîte. « Avec l'âge, maman et Solange montrent moins d'entrain », pensa-t-elle.

Le soleil déclinait, jetant une lueur dorée sur les tomates qui embaumaient, les figues encore vertes accrochées au vieil arbre qui jouxtait les soubassements de l'ancien abri de jardin. Françoise n'ignorait pas le drame qui était survenu dans la vieille cabane aujourd'hui abattue, mais jamais Renée n'évoquait son demi-frère. C'était comme s'il n'avait pas existé. Dans quelle mémoire était resté vivant le souvenir du jeune garçon ?

Françoise posa le panier et caressa les joues de son bébé. Un fin duvet blond recouvrait son crâne. Joachim ne ressemblait ni à son père ni à elle. C'était un petit être paisible, souriant, qui semblait vouloir se faire aimer de chacune des femmes penchées sur son berceau, comme les bonnes fées de *La Belle au bois dormant*. Une méchante sorcière surgirait-elle un jour pour lui vouloir du mal ? Une fois seulement depuis son arrivée à la fin juillet, Françoise s'était rendue sur les berges de l'étang. C'était le crépuscule, un soir comme les autres avec un joli ciel d'été pommelé. Les oiseaux avaient déjà regagné l'abri des frondaisons pour la nuit, des grenouilles se répondaient en brefs appels. Un vol de canards était passé et la jeune femme avait éprouvé la brusque et terrifiante impression que leurs cris aigus n'étaient que les lamentations d'âmes souffrantes. Instinctivement, elle s'était signée avant de rire d'elle-même. Mais le malaise avait subsisté. Inquiète, un peu triste, Françoise avait regagné le château. Sa vengeance contre

Christian était lancée. Grâce à certains membres du conseil municipal, elle avait pu mettre au jour pas mal de ses petits secrets : le financement mirobolant de ses campagnes électorales provenait de deux sociétés-écrans, l'une ayant présenté à la mairie de nombreuses factures pour l'entretien du parc, la réfection de locaux, les réparations de plomberie et de chauffage, l'autre ayant émis maints chèques pour des « activités culturelles », de futures infrastructures « polyvalentes », des projets de séminaires. « Nous le tenons ! » avait triomphé Françoise. Aussitôt, elle avait ébauché un plan de guerre. Un entrepreneur était prêt à le dénoncer en justice pour concurrence déloyale. Aucun appel d'offres ne lui étant parvenu, jamais il n'avait eu la moindre possibilité de décrocher les marchés importants de la mairie. Il était prêt à déposer une plainte contre le maire dont il avait depuis toujours soupçonné les intrigues.

Joachim s'était réveillé et agitait les mains, un joli sourire aux lèvres. Quoi qu'il ait fait ou fasse contre elle, Christian lui avait offert le merveilleux cadeau de cet enfant. « Une fois à terre, il saura se relever », se convainquit-elle. Ce qui était accompli était accompli, il ne fallait penser qu'à l'avenir. Douze ans plus tôt, Colette lui avait répété à leur retour du Maroc, alors qu'elle la voyait pleurer : « Ne nourris aucun désir d'expiation, ma chérie. Tu n'es pas la cause de ton propre chagrin, tu n'en seras pas la bénéficiaire. Dépouille-toi un moment de tout sentiment. Tiens bon et tu retourneras enfin à toi-même. Quant à la peine, accepte-la. Nulle science humaine n'a le pouvoir d'éradiquer ce mal-là. » La voix de Colette vibrait et Françoise devinait que sa tante évoquait ses propres souffrances et la fin de ses rêves d'enfant.

Par la fenêtre rabattue de la 2CV, Renaud se pencha pour jouir du spectacle d'un troupeau de chèvres obstruant la départementale. Sur le quai de la gare, ils s'étaient embrassés d'une façon spontanée, tendre et joyeuse.

— Je me sens comme un roi, clama Renaud. Un homme heureux dans son poétique royaume.

Le soleil baissait, allongeant des ombres sur les broussailles en lisière de la forêt, les bouquets de châtaigniers ou d'ormes au milieu des pâturages, les toits des maisonnettes couvertes de tuiles. Au loin, un ruisseau serpentait entre de hauts joncs.

— Quelles nouvelles de Paris ? s'enquit Françoise.

— Les Chaussettes Noires vont de triomphe en triomphe et Bardot se lance dans la chanson. À part cela, peu de choses, un mur se construit à Berlin entre l'Ouest et l'Est. Tout le monde proteste, mais personne ne fera rien. L'URSS fait peur.

La 2CV traversait un village tranquille avec des jardins aux fleurs exubérantes au-dessus desquelles du linge séchait sur des cordes. Des corbeaux, des pies, des étourneaux s'éloignaient au passage de la voiture.

— Où sont les landes, les marécages, les carrefours maudits ? interrogea Renaud. Tu évoques toujours un pays maléfique et je découvre une riante campagne avec d'inoffensives biquettes et des jupons qui battent au vent.

— La Creuse se mérite, murmura Françoise. Elle te prendra si elle le veut bien.

Aussitôt franchies les grilles de Brières, Renaud se sentit désorienté. Aperçu au bout de l'allée d'honneur, le château était pourtant ravissant, la nature qui l'entourait luxuriante, étendant un rideau de verdure à l'infini. « Françoise ressemble à son domaine, pensa-t-il, charme et impénétrabilité. » Un jeu de lumière tachait l'allée recouverte de gravier comme une série de vagues qui venaient et se retiraient.

— La première impression sur Brières est toujours la bonne, déclara Françoise. Mon grand-père fut, paraît-il, charmé, son frère intrigué, papa inquiet. Que ressens-tu ?

— Le bonheur d'être admis dans ton refuge.

En un clin d'œil, Renaud avait séduit Solange et Renée et était parvenu à faire rire Joachim. Son sac de voyage posé dans l'ancien appartement de Colette, le jeune psychologue était descendu sur la terrasse savourer un verre de citronnade en compagnie de ses hôtesses, ce charmant et particulier cénacle de femmes que le domaine semblait protéger et épanouir. Derrière les hautes fenêtres grandes ouvertes, le ciel était rosé, couleur de perle, un ciel féminin.

Renaud prit Françoise dans ses bras. La chambre sentait l'encaustique, l'odeur fruitée du gros bouquet de soucis posé sur la commode.

— Voilà longtemps que j'attendais ce moment, murmura le jeune homme.

Françoise ferma les yeux, laissant la chaleur de Renaud la rejoindre, se fondre en elle. Elle avait envie de s'abandonner tout entière, de suivre Renaud où il voulait la mener. Toutes les décisions prises dans le passé n'étaient-elles pas autant de fuites ? Le pensionnat, Antoine, l'avortement, ses amours avec Christian. Joachim avait été sa première volonté d'assumer une responsabilité et son bébé avait fait d'elle une femme nouvelle.

Mais la tendresse de Renaud angoissa soudain Françoise. Jusqu'où devait-elle s'abandonner et où cette confiance la mènerait-elle ? Ne la livrerait-elle pas au pouvoir d'autrui ? Et ce don réciproque les unissant étroitement aujourd'hui n'était-il pas facteur d'une future séparation ? Renaud faisait l'amour avec une douceur étrangère à Christian. Françoise sentait ses défenses s'effondrer l'une après l'autre. Ce qu'il lui offrait n'était pas une relation de pouvoir ou même d'appartenance, c'était un cadeau gratuit, délicieux, inutile et indispensable, un luxe qui la comblait.

Au loin des chiens aboyaient. Françoise pensa à Bel Amant. Il y avait bien longtemps qu'elle n'avait aperçu la silhouette fuyante du loup au détour d'une allée de chasse. Jamais elle n'avait eu peur de lui. Il était à Brières pour la protéger. Mais Laurent le craignait, souvent il rêvait de fauves lancés sur lui, de bêtes qui le traquaient, d'yeux jaunes l'observant fixement tandis qu'il dormait. Elle parlerait de tout cela à Renaud, lui livrerait sans conditions les secrets de sa mémoire comme elle lui offrait son corps.

La jeune femme percevait les battements de cœur de Renaud, humait l'odeur de sa peau. Imprégnés de la chaleur du soleil, les draps étaient tièdes. Dans la chambre voisine, Joachim dormait. « Si je détruis le mythe des Dames de Brières, pensa la jeune femme, Laurent pourra-t-il alors revenir ? »

20

De l'électrophone parvenait la voix grave et triste d'Ella Fitzgerald. Les yeux fixes, Laurent contemplait le rideau de verdure qui encerclait le bungalow du docteur Lejeune. Le ciel était lourd de nuages, l'air poisseux d'humidité. Au loin, on entendait le grondement des camions militaires qui fonçaient sur la grand-route. C'était dans cette maison qu'il se sentait le mieux, inactif, immobile, transparent. Paralysée, sa volonté le rendait dépendant de Lejeune, une dépendance qui parfois lui faisait haïr son protecteur.

Le jeune homme se laissa emporter par le lent balancement du fauteuil à bascule. De gros oiseaux sautaient d'une branche à l'autre du manguier. Partout sous les buissons, dans l'herbe courte et drue, grinçaient des insectes, certains délicats, gracieux, d'autres monstrueux avec leurs crochets, leurs dents, leurs bouches aux mandibules menaçantes. Au crépuscule, les crapauds mêlaient des cris aigus à leurs stridulations. L'ombre s'étendait jusqu'à la terrasse. Pour rien au monde, Laurent n'aurait parcouru le jardin à la tombée de la nuit, surtout quand les pluies tropicales tambourinaient sur les palmes, les feuilles vernissées des lauriers et des ficus, imbibant l'ombre d'humidité comme le souffle du vent sur le Bassin des Dames.

— En sortirons-nous un jour ? soupira le docteur Lejeune.

Une de ses infirmières congolaises venait de lui apprendre qu'en dépit de la présence des Casques bleus, les forces katangaises reprenaient leur offensive de sécession. Seize soldats italiens avaient été tués.

— Je rentre à la maison, Marie-Rose, poursuivit-il en passant sa veste de toile. En cas d'urgence, téléphonez-moi.

Fernand, le chauffeur, attendait au volant de la Frégate mille fois rafistolée. Dans un hurlement de sirènes, une ambulance quitta le parking.

Mais c'était surtout Laurent Dentu qui occupait les pensées du docteur. Ce soir, il allait crever l'abcès et lui apprendre en termes médicaux le pourquoi de ses névroses. Il souffrait de schizophrénie. Tous les symptômes étaient présents, trouble des relations affectives, préoccupations hypocondriaques, raisonnements extravagants, manifestations neurologiques et obsessionnelles. S'il acceptait ce diagnostic, le premier pas serait fait vers une difficile mais possible guérison. Les malades atteints de ces désordres mentaux étaient souvent impulsifs, comment Laurent réagirait-il ?

Alors que la voiture cahotait sur les routes défoncées, Lejeune ouvrit son agenda. Enfin, il possédait l'adresse de la famille de Laurent. Retrouver Brières dont il lui avait si souvent parlé sur une carte routière de la Creuse n'avait pas été une tâche difficile. Le soir même, il écrirait une lettre à madame Dentu pour lui apprendre que son fils était chez lui à Léopoldville, qu'il réapprenait doucement à vivre et, qu'un jour ou l'autre, elle le serrerait à nouveau dans ses bras. « Je ferai pour cette femme ce que j'aurais tant aimé que quelqu'un fît pour moi, pensa-t-il. Si on me parlait parfois de ma fille et de ses enfants, je me sentirais moins dépossédé de moi-même. »

— Vous avez des hallucinations, répéta Lejeune en se resservant du whisky. Il faut l'accepter, Laurent.

— Prétendez-vous que les hommes ayant vécu à Brières étaient tous des schizophrènes ?

— Des solitaires, des marginaux sans doute. Pas forcément des malades, j'en conviens. Mais, contrairement à vous, ces personnes n'ont pas cherché à se détruire.

— Qu'en savez-vous ? Mon oncle, Jean-Claude Fortier, s'est pendu, papa, j'en suis sûr, s'est suicidé. Pour ce qui est de mon grand-père, il a fait en sorte que quelqu'un d'autre prenne la décision de l'expédier dans l'autre monde, on n'a jamais su d'où était parti le coup de fusil qui l'a tué. Quant à l'enfermement dans un monde clos, l'incommunicabilité, je vois ces caractéristiques comme communes à tous les mâles de ma famille ayant élu domicile à Brières.

« Évasion de la réalité, pensa Lejeune, extraversion des fantasmes. À partir de données banales, d'événements malheureux ayant marqué la plupart des familles, ce pauvre garçon a besoin de construire des théories allant dans le sens de ses hantises. »

— Et le livre ? insista Laurent. Pierre-Henri de Morillon s'est-il suicidé à votre avis ?

— Il est tombé de la barque dans laquelle il se trouvait et ne savait pas nager.

— Jamais vous ne réussirez à me convaincre que tous ces drames ne sont que de simples coïncidences !

— Votre logique se base sur des jugements faux,

mon vieux. La comtesse de Morillon avoue clairement dans les deux feuillets que vous m'avez prêtés n'avoir que de sombres pressentiments, rien de plus. C'était une femme marquée par la mort de son mari, des années d'exil. Un être fragile.

— Elle avait compris la véritable nature de la malédiction jetée par Étiennette Récollé et connaissait enfin l'identité des Dames de Brières, la permanence de leur présence au-delà du temps, leur expectative.

Le docteur Lejeune acheva son verre et resta un moment silencieux. Après l'avoir rafraîchi, l'alcool accentuait maintenant la sensation de chaleur oppressante qui mouillait son front, son cou, la paume de ses mains. Lui qui s'était enterré au fin fond de l'Afrique parce que son fils s'était suicidé et que sa femme l'avait quitté, avait-il le droit de reprocher à Laurent son attitude psychotique ? Qui pouvait juger qui ?

— Comme preuve irréfutable de vos théories, vous brandissez cet ouvrage relatant l'histoire de femmes sacrifiées par des villageois haineux et stupides, déclara-t-il enfin en posant son verre. Ignorez-vous que ce genre d'autodafé a eu lieu dans maintes régions, le Berry, la Vendée, la Bretagne, la Normandie, l'Allier ? Et j'en oublie. Parcourez les villages de ces provinces, fouillez leurs bibliothèques, dépouillez les archives départementales et vous découvrirez cent cas identiques au procès des femmes Récollé. D'un côté des marginales, des rebelles, des êtres bizarres qui dérangent, de l'autre des petites sociétés ne survivant que dans le conformisme le plus absolu, dans un attachement superstitieux aux usages et croyances dictés par une religion mal comprise, et entretenu par les seigneurs. De toute part l'existence chiche de ces pauvres bougres est menacée : épidémies, guerres, sécheresse, inondations, bref, une misère latente à laquelle nul n'échappe. Ils ont besoin de victimes propitiatoires offertes en sacrifice au nouveau dieu qui punit les méchants comme aux anciennes déités exigeant que le sang coule pour se pencher sur le sort de leurs dévots. Qui est coupable ? Les femmes Récollé ? Les habitants de Brières ? Vous ? Allons donc, Laurent ! La méchanceté et la bêtise ont régné de tout temps sur le monde. Ne soyez pas votre propre bourreau, ne vous érigez pas en victime. Vos Dames sont bien des survivantes du passé, mais pas matériellement. Elles ne demeurent que dans quelques mémoires. Une ou deux générations encore et elles auront tout à fait disparu.

Laurent s'efforçait de ne pas bouger, de respirer sans faire de bruit. Les mots qu'il entendait l'apaisaient. Se pourrait-il que Lejeune eût raison ? Il se souvenait qu'enfant il lui arrivait de jeter violemment des cailloux dans l'étang. « Tiens, tiens ! » criait-il. Déjà il refusait le début d'emprise que les Dames exerçaient sur lui, leur inquiétante et invisible présence que sans cesse Solange évoquait. Interrogée, pressée de dire la vérité, sa mère elle-même ne niait rien. Oui, les Dames de Brières existaient, mais il ne fallait pas les craindre. Elles protégeaient le domaine. « C'est moi qui décide, martelait Françoise quand ils jouaient, parce que je suis une Dame de Brières. » Avait-on empoisonné son enfance ? Celles qui l'aimaient le plus l'avaient-elles acculé à la folie ?

L'odeur d'un feu de branchages se mêlait au parfum douceâtre des plantes en décomposition. Laurent ferma les yeux. Il devait se reprendre, continuer à écouter Lejeune.

— Il est temps de dîner, décida soudain le docteur.

Vous réfléchirez à ce que je viens de vous dire et nous en reparlerons.

Brusquement, Laurent se redressa sur son lit. La nuit était claire, ponctuée des craquements de la maison, des grincements d'insectes, de lointains aboiements de chiens. En dépit des pales du ventilateur, l'air était moite. Le jeune homme regarda autour de lui, scrutant les recoins de sa chambre. « Il n'y a personne, constata-t-il à mi-voix. Et si en réalité j'avais besoin des Dames, si je m'accrochais à cette présence pour expliquer et justifier ce qui m'a blessé tout au long de mon enfance ? » Il faudrait qu'il en parle à Lejeune. Peut-être tenait-il un début de réponse. « Ici, je peux dormir, se répéta-t-il. Je dois me sentir en sécurité. » Instinctivement il retrouvait dans cette maison les gestes anciens qui rassurent : se lover au creux de son lit, remuer lentement les doigts et les orteils, contrôler son souffle. Mais chez Lejeune, il n'y avait pas de mauvais réveils : son père assoupi devant la TSF, sa mère avec son visage fatigué, les garçons à l'école se moquant de lui et de son château branlant, le curé qui semblait toujours le soupçonner de lui cacher en confession ses véritables péchés, ceux qui méritaient d'être expiés durement. En dépit de la stricte discipline au Prytanée de La Flèche puis à Saint-Cyr, il avait pourtant été heureux. Là-bas, on le respectait. Il n'était plus le fils du notaire malhonnête, le neveu de la collabo, mais l'égal de ses condisciples, quelqu'un qui partageait leur idéal, construisait les mêmes plans d'avenir. « J'ai tout foutu par terre, pensa Laurent. Finalement, c'est vers mon passé que j'ai décidé de revenir. »

Lejeune avait gardé le livre. Il allait le lui laisser,

ne plus jamais le toucher, encore moins l'ouvrir. « Le livre de la comtesse de Morillon, avait suggéré son hôte au moment du dessert, a été pour vous une frustration supplémentaire dans un passé de frustrations et de peurs mal comprises. On guérit de cette paranoïa et de sa cohorte de délires hallucinatoires. Je le sais. Si vous avez confiance en moi, ne laissez plus des fabulations régner sur votre imagination. » À travers la table, Lejeune avait tendu une main dans laquelle il avait posé la sienne. Laurent sentait encore la pression chaleureuse de cette main, celle du père attentif et protecteur qu'il n'avait jamais eu et, pour la première fois depuis bien des années, une émotion heureuse l'avait submergé.

De loin venaient la rumeur d'un poste de TSF, puis le chant d'un coq. Dans quelques instants l'aube allait venir, le soleil commencer à monter à l'horizon, la chaleur peser avec une intensité qu'il avait appris à oublier en restant immobile des heures durant dans un fauteuil d'osier sous le ventilateur de la véranda.

Par la fenêtre, le jeune homme regarda le jour se lever. C'était le silence qui le tuait, celui qu'envers et contre tout il avait voulu garder : son mépris pour son père, ses ressentiments envers sa mère trop dominatrice, sa jalousie envers une sœur qui régnait sur Brières. Une larme roula sur sa joue. Il s'était voulu un soldat et il n'était qu'un pleutre, un déserteur.

Le soleil allumait de brefs éclats de lumière sur les feuilles vernissées du ficus dont les racines avaient défoncé une partie de la petite terrasse prolongeant la chambre du docteur Lejeune. Il avait planté cet arbre lui-même vingt ans plus tôt en arrivant dans cette maison, alors une élégante villa construite par un chirurgien bruxellois. Aujourd'hui la nature encerclait le bungalow et, sans Laurent, le docteur aurait laissé l'alcool le tuer tout à fait. Le Congo l'étouffait.

Au fond du jardin, Fernand ramassait des mangues dans un panier cabossé, la petite bonne préparait du café, des galettes de pain chaud qu'elle servirait avec du beurre rance, un doigt de confiture d'ananas. Le ravitaillement était devenu une gageure. Sur le marché indigène lui-même, les denrées se faisaient rares et exorbitantes. À l'hôpital commençaient à arriver des enfants sous-alimentés, des femmes enceintes maigres à faire peur.

Laurent devait dormir. De sa chambre ne parvenait aucun bruit. Son état s'améliorait. À présent il acceptait le dialogue, offrait des bribes de raisonnement sensé. Et, la veille au soir, il avait évoqué plus longuement ses parents, sa sœur, une vieille domestique. « Je croyais les aimer avec passion, avait-il constaté, aujourd'hui je ne sais plus. Surtout mon père. Je me souviens d'une silhouette voûtée, d'un regard résigné. Parfois pourtant nous faisions ensemble quelques pas dans le parc. Nous marchions en silence et ce furent les instants où je me suis senti le plus proche de lui. J'avais envie de prendre sa main et n'osais pas. Il est mort avant que j'aie pu le connaître, avant d'avoir tenté de lui parler de moi. »

« Depuis combien de temps ne m'a-t-on écouté ? » pensa Lejeune en nouant les lacets de ses chaussures. Sa femme était remariée, heureuse peut-être, sa fille mère de jumeaux déjà adolescents qu'il ne connaissait pas. Bénédicte avait pris le parti de sa mère et quand, après la mort de Justin, le divorce avait été prononcé, elle n'avait plus revu son père. Un jour Laurent Dentu le quitterait lui aussi.

Le café était amer, le pain moisi par endroits mais,

pour ne pas décevoir Hortense, Lejeune s'efforça de finir son petit déjeuner. Dans la basse-cour entretenue derrière le garage par la jeune Congolaise ne survivaient plus que quelques poules et un maigre coq. La chèvre et son chevreau avaient été volés. « Si Justin avait accepté de vivre, pensa Lejeune en posant sa tasse de café, nous serions tous ensemble en ce moment à Bruxelles pour fêter Noël. » Bien que médecin, il n'avait pas compris, ni même perçu les alternances d'agitation et de dépression de son fils.

— Dis à Fernand que j'arrive, demanda-t-il à Hortense.

Il avait perdu Justin, mais allait sauver Laurent et le rendre à sa famille. Alors peut-être pourrait-il tenter de rentrer en contact avec son ex-femme et avec sa fille.

Des jeeps de l'ONU encombraient la route menant à l'hôpital. Un nuage de poussière s'accrochait aux broussailles recouvrant les palmiers et les feuilles des tamariniers. Deux opérations l'attendaient dans la matinée, trois dans l'après-midi. Lejeune s'épongea le front avec son mouchoir. Absurdité de la lutte pour le pouvoir, règne de la terreur, de la folie. Le retrait de Laurent dans son monde onirique n'était-il pas, finalement, une issue acceptable ?

21

Une table décorée d'un gros bouquet de lilas blanc avait été dressée sur la terrasse du château. « C'est mon tour de t'entourer, avait insisté Renée, laisse-moi m'occuper de tout. » La célébration du mariage de Colette et de Michel avait eu lieu deux jours plus tôt à l'église Saint-Sulpice à Paris. En dépit de sa victoire sur le passé, Colette n'avait pu se décider pour l'église de Brières. Ce qui demeurait des Fortier s'était regroupé à Paris où Françoise avait ouvert ses portes : Renée et Solange avaient couché boulevard Beauséjour avec Joachim dont le lit pliant avait été disposé auprès de celui de sa mère. À quatorze mois, l'enfant marchait et, en quelques heures, le tranquille appartement s'était transformé en champ de bataille. Simple et émouvante, la cérémonie avait été suivie d'un déjeuner offert par Michel au Grand-Véfour.

Le lendemain, avant de reprendre la route pour Brières dans la Panhard de sa fille, Renée s'était promenée au Luxembourg. Le jardin n'avait guère changé, mais il lui avait fallu faire un effort de mémoire pour retrouver l'ombre de Henri du Four. Là, assis à côté d'elle, il s'était penché vers son oreille pour lui réciter quelques vers de Leconte de Lisle, puis ses lèvres avaient effleuré les siennes.

Pour retenir son frileux amoureux, aurait-elle dû oser des gestes plus hardis, des paroles explicites ? Mais, à cette époque de sa vie, elle en était incapable. Tout la bridait, la désorientait, sa mère, sa cousine, jusqu'à l'image qu'elle avait d'elle-même. En elle ne coexistaient que méfiance, doutes et ressentiments. Aucune harmonie intérieure, rien qu'incohérence, émotions, une série d'impulsions brutales et intenses. Affolé, l'oiseau s'était brisé les ailes.

À pas lents, Renée avait marché jusqu'au cimetière du Montparnasse où reposaient ses grands-parents Fortier et son oncle Raymond. En dépit de l'argent versé chaque année à un jardinier, la tombe était mal entretenue, les caractères tracés sur les pierres tombales à moitié effacés. Debout, elle avait murmuré une prière, tentant désespérément de revoir le souriant visage de sa bonne-maman, la masse neigeuse de ses cheveux rassemblés en chignon. Elle se remémorait les réunions familiales autour d'une tasse de thé, Simon, Julien et Céleste. Dans le petit salon, l'air sentait la poudre d'iris et l'encaustique. « Là où vous êtes, je sais que vous vous réjouissez du mariage de votre petite Colette, bonne-maman chérie. »

La jalousie ressentie autrefois envers sa cousine avait disparu. Bien qu'elle eût fait de constants efforts pour n'en rien laisser paraître, Renée avait toujours su que sa grand-mère aimait mieux Colette. Charmante, gaie, provocante, sa jolie poupée blonde était, de surcroît, la fille de Raymond, son fils préféré...

Renée s'était dirigée vers la sortie du cimetière. Jamais un seul instant, leur bonne-maman ne s'était doutée de l'infidélité de Madeleine, de la naissance bâtarde de Colette. Elle en serait morte de chagrin. « Les liens du sang ne créent pas les affections, c'est le cœur qui parle », pensa Renée en regagnant la rue.

Le sien n'avait guère battu pour Paul Dentu. Une résignation l'avait poussée vers le calme notaire, la certitude que nul autre homme ne pouvait la comprendre et accepter le domaine. Elle aurait pu, cependant, le rendre heureux, mais elle avait choisi la solution de l'indifférence et plus tard du dédain, exaspérée par des incertitudes qu'elle-même avait jetées en lui. Maintenant qu'il n'était plus, elle se rendait chaque dimanche sur sa tombe mais, même au-delà de la mort, elle ne savait quoi lui dire.

Dans son tailleur de soie grège, Colette buvait un doigt de champagne à côté de Michel de Méricourt. Aidée de Solange, Renée acheva de plier les serviettes, vérifia le menu que Françoise avait calligraphié sur les plaques de porcelaine décorées de fleurs des champs qui avaient appartenu à ses grands-parents.

Colette riait aux éclats. À près de cinquante-huit ans, elle avait gardé son charme, sa vivacité, une finesse de traits épargnée par les ans en dépit de quelques rides. « Dans la rue, envia Renée, les hommes la regardent toujours. Ai-je moi-même durablement séduit ? La vie vous affuble de déguisements dont on ne peut sortir, seul Antoine a su pour quelques minutes me les arracher. »

Assise sur une marche, Françoise bavardait avec Renaud. Bien qu'heureuse avec son nouveau compagnon, les soucis marquaient le visage de sa fille. D'abord à fleurets mouchetés, puis sans pitié, Christian et elle se livraient bataille. À Colette, elle avait confié qu'elle tenait enfin de quoi anéantir son ancien amant. « Christian est le père de Joachim, avait pensé Renée. Pourquoi ne pas lui pardonner ? »

— Juste un petit mal de tête, assura Françoise, sans doute le soleil et l'énervement. J'ai perdu l'habitude des réunions de famille.

Avec tendresse, Renaud entoura d'un bras les épaules de la jeune femme. À Brières, sa maîtresse changeait. On aurait dit qu'une présence physique la hantait.

— Faisons quelques pas en attendant les invités, proposa-t-il.

L'allée de Diane était tiède. À travers les branches des chênes, des châtaigniers et des pins, le soleil jouait sur les feuilles hivernales qui pourrissaient le long des talus.

— À quand notre mariage ? tenta d'ironiser Renaud. À quand le bouquet des lilas blancs de Brières sur la table du festin préparé par Solange et ta mère ?

— Patiente un peu, murmura Françoise.

Tant que sa vengeance contre Christian ne se serait pas accomplie, elle ne pouvait envisager de s'unir à Renaud. Elle voulait aussi attendre le retour de Laurent, espérait une amnistie. Bien que la terreur régnât toujours en Algérie, la guerre s'y terminerait dans quelques semaines avec les élections. Renée n'évoquait guère ce fils disparu, mais Françoise savait qu'il ne se passait pas un jour sans que sa mère pense à lui. La jeune femme avait approché Michel auquel ses nombreuses relations permettaient d'enquêter sur Laurent. Il avait promis de faire tout ce qui serait en son pouvoir pour retrouver sa trace.

Françoise serra la main de Renaud dans la sienne. Il était l'homme qu'elle aimait. Dans le silence, elle percevait le crissement des petits cailloux sous les semelles de ses escarpins italiens, un crissement sec, un peu inquiétant. Avec patience et humour, Renaud avait tenté d'anéantir la légende des Dames de Brières. Mais, bien que Françoise ne protestât pas, il avait deviné qu'elle refusait d'ajouter foi à ses argumentations : pour lui, au fil du temps on avait bâti des hypothèses douteuses sur des phénomènes plus ou moins bien compris entraînant toutes sortes de croyances absurdes.

Dans le sous-bois, tout au long de l'allée, poussaient des violettes, les premières campanules qui entouraient des troncs abattus verts de mousse.

— Je constate que des hommes acceptent à nouveau d'habiter Brières, se réjouit Françoise. Michel y semble heureux et j'ai l'impression que tu t'habitues à nos petits sortilèges.

— Joachim aussi y vit comme un poisson dans l'eau.

— Les enfants naissent dans le monde de Brières, ce sont les adultes qui les en arrachent.

Avec le soleil et le vin, la jeune femme se sentait la tête lourde. Au milieu de la table, côte à côte, Colette et Michel entamaient la pièce montée faite de petits choux caramélisés confectionnés par le pâtissier de La Souterraine. Tiré de sa sieste, Joachim trônait en bout de table, les joues barbouillées de crème fouettée.

— Il ressemble de plus en plus à oncle Jean-Rémy, s'amusa Colette. Tout y est, même l'expression faussement romantique.

Renée se contraignit à ne pas répondre. Le matin même, elle avait intensément ressenti la présence de son père. Était-ce parce que Colette, la fille de Madeleine, avait pris possession de Brières jusqu'à vouloir s'y marier ? Elle avait l'impression de l'apercevoir assis sur un des fauteuils d'osier, son panama posé sur la tête, observant le vol des martinets. Le brouhaha des convives s'éteignait et elle se voyait quittant la table pour le rejoindre. Son père tournait la tête vers elle et lui souriait. « Comme tu as été longue à venir, je désespérais à t'attendre. » « J'ai toujours été là, papa. Au prix de mon bonheur, tout ce que vous avez voulu que je fasse, je l'ai accompli. » Comme s'il ne comprenait pas, son père ne cessait de sourire. « Qu'est le bonheur, ma Renée ? Une erreur basée sur de fausses apparences. » « Maman ne vous a-t-elle jamais rendu heureux ? » Le sourire de son père s'effaçait, il semblait réfléchir : « Quelques semaines peut-être... quand elle n'avait pas encore ces yeux durs et froids, ce regard de dictateur exprimant l'inextinguible confiance qu'elle avait en elle-même et ses doutes à mon égard. Te souviens-tu ? » Renée fronçait les sourcils pour se remémorer, mais ne se rappelait que de plumes grises frissonnant sur un chapeau, de colliers de perles, de gants de chevreau, d'une ombrelle de soie et, plus tard, la canne en ébène à pommeau d'ivoire. « Maman était jolie, élégante. » « La beauté se juge au terme de la vie. Ta mère est morte dans la plus affreuse solitude. »

— Rêvez-vous, maman ? J'étais en train de proposer un toast pour le bonheur des jeunes mariés.

La voix un peu rude de Françoise fit sursauter Renée. Comment sa mère aurait-elle réagi si elle s'était adressée à elle sur ce ton ? « J'ai toujours craint maman, pensa-t-elle. Jamais nous n'avons eu un moment d'abandon l'une envers l'autre, de véritable affection. Ma politesse, sa retenue à mon égard exprimaient le désert de nos sentiments. »

Le soleil jouait sur la flûte de cristal, le vin blond qui moussait. Il sembla à Renée qu'elle étouffait un peu et elle dégrafa le col de la robe de soie verte achetée par Françoise chez Franck et Fils, rue de Passy.

— Au bonheur de Colette ! souhaita-t-elle à l'unisson avec ses hôtes.

L'émotion nouait sa gorge. Sa cousine allait vieillir aimée, gâtée tandis qu'elle-même resterait seule à Brières. Le destin les avait entraînées à l'opposé de leurs souhaits : rester célibataire pour Colette, s'épanouir au sein d'une famille pour elle. Elle n'était pas malheureuse pourtant. Même si elle l'avait trop brièvement goûté, l'amour ne lui avait pas fait défaut : amour de ses enfants, de sa terre aujourd'hui cultivée, prospère, l'amour de soi-même lui serait peut-être offert par surcroît.

Sa coupe de champagne à la main, Renée porta son regard sur les convives rassemblés autour de la table. Bien qu'elle fût liée à chacun d'entre eux par des rapports d'amour, d'affection ou d'amitié, ils lui semblaient irréels. Seules Colette et Françoise gardaient une présence, une chaleur humaine. Les autres peu à peu s'effaçaient, remplacés par Valentine et Madeleine dans la beauté d'une jeunesse où toutes deux croyaient encore que rien n'était impossible, qu'elles étaient libres, fortes, prêtes à vaincre le monde.

Les invités venaient de prendre congé. La soirée était douce, teintée de gris bleuté et de rose. Une irrésistible exigence avait poussé Colette vers le cimetière.

Un couple de fauvettes sautillait dans les graviers entourant la pierre tombale où s'épanouissait un rosier en pot. Pour la première fois, Colette avait pu longer sans crainte les murs du vieux cimetière. Les ombres qui la guettaient semblaient s'être évanouies. « Serait-ce parce qu'enfin j'aurais accepté d'aimer ? se demanda-t-elle en s'agenouillant sur le rebord de granit cernant la sépulture de sa mère. En disant oui à Michel, j'ai cessé de fuir pour me protéger. » Elle se souvenait d'Étienne de Crozet, de Dietmar, d'autres encore avec lesquels elle avait joué plus ou moins longtemps le jeu de la tendresse alors que son cœur restait muet et froid. Souvent après l'amour, allongée sur un lit, elle rêvait qu'elle devenait oiseau, passait la fenêtre pour se fondre dans la liberté infinie du ciel. Sa mère et ses bouteilles de gin cachées derrière des livres de la bibliothèque, Sebastiani et ses tics, son père que l'eau engloutissait, les larmes de sa bonne-maman quand elle avait appris qu'il lui fallait quitter sa chère maison devenaient de petits points inoffensifs, dépouillés de tout pouvoir d'émotion. Aujourd'hui, elle comprenait que ce sentiment de liberté était une mort affective.

— Même quand j'affirmais te détester, tu ne m'as jamais quittée, maman, chuchota-t-elle.

Colette revoyait l'appartement de la rue Raynouard, sentait encore l'odeur de « Mitsouko », le parfum préféré de sa mère, celle de « Pivert », un peu poivrée, de son père. Lumineuses, les pièces étaient toutes décorées avec l'exubérance, l'originalité que Madeleine affichait dans ses tenues, ses propos, son comportement. Dans un fauteuil de cuir poussé près de la fenêtre de son bureau, son père lisait tandis que sagement elle dessinait assise à ses pieds. En un instant, tout s'était désintégré.

— J'aurais tant aimé que tu connaisses Michel, murmura-t-elle.

Tôt le matin, Michel et Renaud étaient partis en excursion à Ahun et Aubusson. « Et si nous pique-niquions au bord du Bassin des Dames ? » avait suggéré Colette. Au-dessus des herbages et des bois, déjà le soleil était chaud. « Pourquoi pas ? s'était empressée d'acquiescer Renée, voilà longtemps que nous n'avons pas été seules toutes les trois dans notre domaine. » Solange avait refusé de participer à la promenade. « Quelle idée ! avait maugréé la vieille gouvernante. Les berges de l'étang ne sont guère un endroit réjouissant. Pourquoi ne pas choisir plutôt la clairière du bout du parc où nous avons installé un bon banc ? » Mais ni Colette ni Renée n'avaient voulu changer d'avis et Françoise, consultée, s'était déclarée séduite par un repas au bord de l'eau. « Je garderai Joachim à la maison, avait décrété Solange. Le petit trouverait moyen de se noyer. Cet étang maudit porte malheur. »

Dans la cuisine, Renée, Françoise et Colette disposaient dans un panier assiettes et gobelets, un poulet froid, une salade russe, un gâteau creusois et les premières cerises. « Nous oublions le vin », remarqua Renée. Françoise constatait que depuis la mort de Paul sa mère avait tendance à forcer sur l'alcool. Aux verres de vin qu'elle s'était toujours accordés durant les repas du soir se joignaient dorénavant un peu de whisky avant le dîner et un petit verre de chartreuse après la tisane. Cet excès, allié au manque de discipline alimentaire, accentuait ses rondeurs, gonflait son visage. Mais nul n'avait le courage de la blâmer. Avec une inépuisable énergie, Renée s'occupait du domaine, installée dès le petit matin sur son tracteur, parcourant l'après-midi ses herbages, ses bois, l'œil à tout. Et la ferme prospérait.

Entretenu par un homme du village, le chemin menant au Bassin était désormais un charmant sentier. Dans le sous-bois, des buissons d'azalées jalonnaient l'accès à l'étang de taches flamboyantes. « Depuis la jeunesse de maman, observa Renée, les chemins du parc n'ont jamais été si attrayants. Souvenez-vous des années de guerre quand il fallait une serpette pour progresser dans ce sentier ! » « Adolescent, Laurent avait décidé de mettre le feu aux ronciers, remarqua Françoise, mais aussitôt qu'il approchait de l'étang, sa bouteille de pétrole sous le bras, quelque chose d'inopiné survenait qui l'en empêchait : la pluie, un coup de vent, un animal réfugié dans les broussailles, des oisillons au nid. Un jour, il m'a raconté avoir été menacé par trois vipères et, superstitieux comme il était, il avait choisi de renoncer à son projet. »

La brise apportait l'odeur d'un feu de branchages. Le Bassin était proche. On entendait le coassement des grenouilles, le cri d'oiseaux pêcheurs dissimulés dans les arbres. Une couverture pliée sous le bras, Colette marchait en silence. Elle se souvenait de l'été 1945 quand, terrée dans le cottage, elle venait tenter de retrouver un peu de paix au bord de l'étang. Mais sur les berges, en face de l'étendue grise et immobile, l'angoisse la torturait. Alors elle rebroussait chemin, courant presque, jusqu'à l'abri de la maisonnette avec au ventre la terreur d'être prise et exécutée. À bout de souffle, elle s'asseyait sur le petit banc adossé à la façade sud du cottage. Robert de Chabin venait-il s'y souvenir de son bonheur enfui ? Entendait-il des applaudissements évanouis, revoyait-il le sourire aimant de Valentine tandis qu'il travaillait une partition sur son piano, sentait-il encore son parfum, la tiédeur de sa peau ? Devant elle, le sentier était vide.

D'où surviendrait l'ennemi ? Entouré d'arbres immenses, le cottage semblait étouffer. Dès quatre heures, il y faisait sombre, le vide la happait.

Renée et Françoise cheminaient en tête, Renée portant le lourd panier, Françoise une bouteille de vin, une autre de limonade. Colette hâta le pas et s'efforça de sourire. Elle était heureuse aujourd'hui et n'avait plus de cauchemars. Mais la terreur de perdre ce bonheur la hantait.

— Comme l'étang est beau ce matin ! s'écria Françoise. On dirait que le ciel vient s'y immerger.

Petit à petit la jeune femme se détendait. Elle avait mal dormi, sans cesse son esprit revenait à la lettre du juge expédiée deux jours plus tôt à Christian. L'enquête menée sur les irrégularités comptables de sa mairie avait abouti à une convocation. La jeune femme revoyait le visage de son ancien amant, son regard, la main qu'il posait volontiers sur son bras en un geste possessif. Avec un enthousiasme presque puéril, il lui avait confié ses projets d'avenir : décrocher un portefeuille dans un gouvernement, plus tard un siège de conseiller général, être jusqu'au terme de sa vie un notable, quelqu'un de respecté. Quoique peu bavard sur ses années d'enfance, Françoise n'ignorait pas qu'elles avaient été difficiles. Christian les évoquait en mots durs, coupants, éludait les questions : un père qui avait choisi de vivre avec une autre femme, une mère accablée, qui n'osait rien exiger, sa fièvre d'étudier pour fuir la maison. Le bac puis Sciences-Po en poche, il avait préparé l'ENA, rencontré de nombreuses filles avant d'épouser Marie-Christine. Un mois après le mariage, il la trompait avec une condisciple de l'ENA. « Les attaches m'étouffent, plaisantait-il. Malgré tout, tu es la première femme à laquelle je sois resté fidèle. Ne serais-tu pas un peu sorcière ? »

Avec soulagement Renée laissa tomber le lourd panier au pied de l'ancienne gloriette. À côté subsistaient quelques fragments pourris d'un tronc d'arbre où elle aimait s'asseoir autrefois. Tout se décomposait. Les insectes avaient eu raison de l'épaisse écorce, du bois de chêne. Une odeur douce de vase montait de l'étang, mêlée à l'odeur de pins que la chaleur du soleil rendait enivrante.

— C'est un endroit magique, décréta Françoise en s'étirant paresseusement. Ici, rien de mal ne peut arriver !

— J'ai eu cette impression autrefois, nota Colette, mais la peur, la haine m'ont cependant rattrapée.

— Pas au bord de l'étang, remarqua Renée.

Françoise songea au cottage où Robert de Chabin avait dépéri de souffrance et de solitude, où Colette avait été arrêtée par les hommes du village, où elle-même avait tenté de jouer avec Antoine un jeu trop dur et pervers pour son âge.

— Non, pas ici, murmura-t-elle.

Des nuages s'étiraient dans le ciel d'un bleu très pâle, un vent léger, comme un frisson, courait sur la peau des trois femmes, caressait leur chevelure.

— Tout s'efface au bord du Bassin, décréta Colette d'un ton joyeux. Étalons la couverture et ouvrons le panier, je meurs de faim.

Au poulet froid, Solange avait joint une terrine de lapin, quelques tranches de jambon en gelée et un pot de confiture de mûres pour accompagner le gâteau creusois.

— Voilà pourquoi je ne parviendrai jamais à perdre un seul gramme, plaisanta Renée.

— Ne change jamais, supplia Colette. J'ai été bien trop despotique à ton égard.

— Tu étais sûre de toi, possessive. Tu voulais l'affection des autres et repoussais leur appui. J'en ai souvent souffert.

« C'est la raison pour laquelle aucun homme ne m'a vraiment aimée, pensa Colette. Étienne était heureux avant notre liaison et mon égoïsme lui a rendu l'existence si pénible que lui, l'indifférent, le jouisseur, est quand même parvenu à souffrir. De retour en Allemagne, Dietmar ne m'a jamais donné de ses nouvelles, quant aux autres, ils ont dû comprendre que la voie était sans issue car, au-delà de quelques semaines, aucun n'a poursuivi de relation avec moi. » Mais aujourd'hui, elle avait reconnu ses torts, commencé le dur, le long apprentissage de l'amour. Michel ne s'en irait pas. Il moissonnerait le grain que les autres hommes avaient semé sans pouvoir parvenir à l'enraciner.

Un instant, Colette contempla son reflet sur la surface de l'étang. Était-elle toujours belle ? Michel le lui affirmait mais, chaque matin, elle voyait dans son miroir de nouvelles preuves de sa maturité, bientôt de sa vieillesse. De légers plis marquaient les coins de sa bouche qu'aucune crème ne pouvait effacer. Sous les yeux, les cernes demeuraient en dépit de nuits de bon sommeil, le teint si clair autrefois avait perdu son éclat, les cheveux peu à peu blanchissaient. Quel avenir l'attendait ? La sérénité comme elle l'espérait auprès de Michel ou le brouillard de ses souvenirs, l'ombre de ceux qui avaient disparu ?

— Et si nous commencions par ouvrir la bouteille de vin ? proposa Renée. Nous pourrions lever nos verres au retour de mon Laurent. Je prie Dieu tous les jours pour qu'il nous soit rendu.

— Laurent va bien, prononça Françoise d'un ton vibrant. S'il lui était arrivé quelque chose, nous le saurions. Bientôt nous aurons de ses nouvelles, j'en suis sûre.

Colette considéra le doigt de vin doré qu'elle avait permis à Renée de verser dans son verre. Sur le sort de Laurent, elle était moins optimiste que Françoise et Renée. Toujours son neveu avait été un rebelle, trop faible cependant pour aller au bout de ses révoltes. Aucune impulsion, aussi généreuse et courageuse soit-elle, ne remplaçait la fermeté. Laurent pouvait être passé à l'OAS ou, pire encore, s'être suicidé. Elle se souvenait de l'avoir vu pleurer à quinze ans pour un ami qui l'avait trahi au Prytanée. Sans nul doute, c'était un garçon fragile, tendre, livré aux émotions, malheureux de voir son père réduit à l'état d'ombre, sa mère despote et solitaire. Et même vivant, amnistié, Laurent aurait-il envie de retrouver la Creuse, de revoir sa famille ? S'il épargnait les femmes, le domaine traquait les hommes, les détruisait. Laurent avait dû le deviner.

— Levons également nos verres, proposa-t-elle, à notre affection. Trois femmes aussi proches les unes des autres sont un cas assez rare pour s'en réjouir.

Son verre à la main, Françoise contemplait la surface de l'étang. Sa mère et Colette vivaient dans leur passé. Quel était son avenir à elle ? Elle aurait voulu se déshabiller et plonger dans l'eau comme elle le faisait lorsqu'elle était enfant. L'eau froide débarrassait des mauvaises pensées, des ressentiments, des frustrations, apaisait. En nageant à la lisière des salicaires, elle oubliait les moqueries de ses camarades d'école, les allusions sournoises de ses maîtresses. Elle redevenait lisse et froide, insensible, neuve. En sortant de l'eau, elle s'asseyait sur le tronc de l'arbre mort, protégée par la forêt, offerte au soleil. Là, elle avait senti dans son corps d'adolescente les premiers troubles d'une sensualité encore diffuse. Antoine l'avait prise innocente. Comment avait-elle pu comprendre aussi vite le pouvoir qu'elle avait sur lui, jouir de l'utiliser, jouer avec son désir ? Il semblait que cette perversité fût en elle depuis toujours : dominer les hommes, les blesser. Même sincère, amoureuse, elle s'était comportée ainsi avec Christian.

— Veux-tu installer le couvert pendant que je découpe le poulet, ma chérie ? lui demanda sa mère derrière elle.

Françoise sursauta. Un instant, elle avait cru voir une forme qui avançait vers elle en ondoyant entre deux eaux.

Assises sur le soubassement de la gloriette, les trois femmes buvaient un café tiède tiré d'une bouteille thermos. Le reste des provisions à l'abri dans le panier, elles savouraient le soleil, la tiédeur de la brise qui faisait frémir la surface de l'étang. Renée songeait aux barques que son père amarrait un peu plus loin sur la berge le long d'un ponton dont il ne restait rien. Si souvent elle s'était laissé bercer par le clapotis de l'eau tandis qu'il ramait, à l'affût d'une sarcelle, d'une aigrette ou d'un héron qu'il lui désignait du doigt.

Colette alluma une cigarette.

— Franz Kline est mort, il y a deux jours, annonça-t-elle en tournant la tête vers Renée et Françoise. Michel possède trois ou quatre de ses œuvres dans sa galerie. Sans nul doute, sa cote va encore monter. Kline est un peintre qu'aurait apprécié tante Valentine, rêveur, un brin provocateur, intransigeant.

— Jamais personne ne parle de ma grand-mère avec le cœur, remarqua Françoise. On dirait qu'elle n'éprouvait aucune affection ou compassion pour quiconque.

— Maman ne confiait pas ses secrets, souffla Renée. Pas même papa ou Robert de Chabin n'ont pu franchir une certaine limite dans leur intimité avec elle. Quand on lui posait une question qu'elle jugeait trop personnelle, elle s'en irritait. Souvent j'ai été tentée de lui demander si elle pensait parfois à moi lorsqu'elle courait le monde, je lui ai même écrit des lettres que papa déchirait. Ma vie ne pouvait être heureuse tant que j'ignorais si elle m'aimait.

La voix de Renée tremblait. Elle revoyait ses longues stations devant le portrait du salon, les questions qu'elle posait la bouche close. Il lui arrivait d'entrer à pas feutrés dans le cabinet où Valentine avait laissé quelques robes. Du bout des doigts, elle les caressait, y enfouissait quelquefois son visage. Le silence, le parfum ténu qui avait dû être celui de sa mère l'étourdissaient.

— On évalue souvent mal l'amour des parents, observa Colette. Aux enfants, il semble un dû, une sorte de religion envers sa descendance, impossible à parjurer. Ce que donnent les parents n'est jamais assez, sans cesse les enfants leur reprochent mille petites choses, ce qu'ils font et ne font pas, la façon dont ils vivent, jusqu'à leurs pensées avouées ou inavouées. J'ai adoré papa qui n'était pas mon père biologique en enfant certaine d'être le centre du monde et aujourd'hui je pleure qu'il n'ait pas vécu assez longtemps pour qu'enfin, sortie de moi-même, je puisse aller vers lui en adulte.

— Je pense la même chose vis-à-vis de ma mère, remarqua Renée, mais me méfie des mots. C'est si facile d'avoir de bons sentiments envers les morts.

— Moi aussi, je vous jugeais avec sévérité, maman, avoua Françoise. Vous auriez dû rester à la cuisine, vous occuper sans cesse de nous. Pas un instant, je n'imaginais que vous puissiez avoir une existence propre où papa, Laurent et moi n'aurions nul rôle. Le choc de cette découverte m'a fait tomber de mon piédestal et cruellement meurtrie. Aujourd'hui, je réalise mon égoïsme.

Renée tendit la main et s'empara de celle de sa fille.

— Tout est oublié.

— Mais, cependant, je continue à juger et à punir, poursuivit Françoise d'un ton âpre. À cause de moi, Christian va devoir affronter ses pairs, et peut-être voir compromise sa carrière politique.

— Ne te soucie pas trop pour lui ! s'exclama Colette. S'est-il préoccupé de ton avenir ? Volontiers il t'aurait vue plier bagage de chez Leroy et Arnaud. Et aujourd'hui, avec le départ du gouvernement de tous les ministres MRP, il doit se réjouir d'avoir quitté le navire à temps. C'est un opportuniste.

— J'espère ne pas l'avoir tout à fait détruit, murmura la jeune femme.

Colette éclata de rire.

— La cruauté et la noirceur des Dames de Brières, n'est-ce pas ? Y crois-tu vraiment ?

22

« Quelle issue possible ? » se répéta Christian Jovart.

Les faux avaient été identifiés, les irrégularités comptables découvertes. Il était le dos au mur. Déjà son adjoint avait insinué qu'une démission de sa fonction de maire serait opportune. L'affaire éclaircie, il pourrait toujours solliciter à nouveau la confiance des villageois. À la Claire Source, l'association l'ayant poursuivi autrefois était en pleine ébullition. Un gastro-entérologue parisien, son challenger malheureux aux dernières élections municipales, avait accepté de constituer un dossier susceptible d'alerter les autorités médicales et l'opinion publique. À la SFIO, on lui faisait grise mine.

L'obsession de connaître son fils le hantait. Christian entendait encore le ton froid et décidé de sa maîtresse lorsqu'elle lui avait signifié sa rupture : « Jamais tu ne verras ton enfant. » Sur le moment, il n'avait pas voulu songer à la portée de cette condamnation arbitraire, tout à la colère d'être non seulement congédié, mais aussi menacé par une femme qu'il aimait encore.

Le temps était radieux. Une coulée de lumière dorée effleurait la façade de l'immeuble d'en face.

Christian avala difficilement sa salive. Il avait la bouche amère, la migraine le tenaillait depuis le matin. Les dernières nuits avaient été cauchemardesques. Incapable de trouver le sommeil, il n'avait cessé de remâcher des idées noires, se laissant envahir par de terribles images de tribunal, de condamnation, de solitude. « Je vais démissionner de la mairie, se résolut-il, et ne pas chercher à renouveler mon mandat de député. Il faut laisser passer le temps. » Mais attendre quoi ? D'être liquidé politiquement ? Sans fortune, il devrait chercher un emploi, quitter sans doute son appartement de la rue de Varenne, entraîner Marie-Christine et ses filles dans une vie qu'elles étaient mal préparées à affronter.

Christian contempla son reflet dans le miroir suspendu au-dessus de la commode de sa chambre. « Déjà je rapetisse », pensa-t-il. Un bref instant, il lui sembla apercevoir Françoise debout derrière lui. Il eut l'envie soudaine de téléphoner à sa femme partie rejoindre avec leurs filles des amis à Deauville pour les vacances de la Pentecôte. Son épuisement mental le remettait entre les mains de cette créature superficielle et exigeante, qu'il n'avait jamais vraiment aimée.

— Madame Jovart n'est pas dans sa chambre, annonça le réceptionniste du Royal. Dois-je laisser un message ?

— Dites-lui, je vous prie, que son mari a un empêchement et ne viendra pas la rejoindre à Deauville pour le week-end.

Le récepteur à la main, Christian se força à respirer avec calme. Pourquoi cette impulsion ? Où voulait-il aller ? « Dans la Creuse, murmura-t-il. Je veux voir mon enfant, régler mes comptes avec Françoise, la faire souffrir comme je souffre moi-même. » Il allait surgir à Brières, s'emparer par surprise de Joachim pour le mettre en lieu sûr chez une vieille tante qui vivait en Champagne. À genoux, Françoise implorerait son pardon.

Avec fébrilité, il fouilla un tiroir de sa commode dont il extirpa quelques cartes routières. S'il prenait la route à l'instant même, il serait dans la Creuse dès le lendemain matin. D'un geste machinal, Christian ouvrit une boîte d'amphétamines, avala une pilule. Il allait se faire du café fort, en boire tout de suite deux tasses et en remplir une bouteille thermos qu'il fourrerait dans la boîte à gants de la DS afin de ne pas s'endormir au volant et rouler jusque tard dans la nuit. Alors qu'il se dirigeait vers la cuisine, un vertige l'obligea à se tenir au mur, son cœur battait trop fort. Mais il tiendrait le coup. Maintenant ses pensées étaient toutes concentrées sur Brières, son fils, le moment où il l'installerait dans sa voiture pour filer vers la vallée de la Marne en faisant un crochet par Roanne, Chalon-sur-Saône et Chaumont afin de déjouer d'éventuels contrôles de gendarmerie. En un instant Christian rassembla quelques effets et entassa pêle-mêle dans sa trousse de toilette un flacon de whisky, des boîtes de pilules : calmants, euphorisants, antidouleurs. Alors qu'il tirait la fermeture éclair, une image de Françoise s'imposa à son esprit, si forte que sa main se mit à trembler. Ils se promenaient un soir d'automne dans le parc de Saint-Cloud, il sentait l'odeur de la terre mouillée, des chrysanthèmes en décomposition dans les massifs. Adossée à un marronnier, sa maîtresse levait la tête, laissant les gouttes de pluie éclabousser son visage. Sa fine silhouette semblait faire partie de l'arbre, un rameau souple et vivant. Soudain elle l'avait regardé. « Pourquoi nous sommes-nous aimés ? » avait-elle demandé d'une voix songeuse. « Veux-tu dire que nous ne nous aimons plus ? » s'était-il insurgé. « Tu m'as inspiré de la passion, avait-elle murmuré, la voilà tarie aujourd'hui. »

Dès la sortie de Paris, Christian sentit sa tension monter. Le long ruban de la route semblait le happer. Fasciné par les phares venant à sa rencontre, il fixait les pointillés de la ligne blanche centrale. Lorsque Françoise lui avait signifié sa grossesse et la fin de leur liaison, elle était sans larmes. Il n'avait pas osé s'approcher d'elle, la prendre dans ses bras, tenter de la faire revenir sur sa décision de rompre. « Si je l'avais épousée, ricana-t-il, quel beau couple nous aurions formé, cette garce et moi ! » À tâtons, il chercha le flacon de whisky, en absorba une gorgée. La nuit était presque tombée, des rafales de vent pliaient les branches des arbres plantés de chaque côté de la route nationale.

La circulation était de plus en plus fluide. Quelle heure était-il ? Dix heures du soir ? Christian refusait de consulter sa montre. Il voulait conduire jusqu'à l'épuisement, se savoir proche de Brières, prêt à sauter sur sa proie. Dans l'obscurité trouée par les phares de sa DS, des hameaux défilaient, des fermes solitaires surgissaient du néant pour y retomber. Un court instant la colère de Christian se dissipa. Quelle importance après tout avaient ses minables histoires au milieu de ce silence ? Tout autour de lui, des générations s'étaient succédé, heureuses ou éprouvées, qui n'avaient laissé nul souvenir. Peut-être devrait-il faire demi-tour, rentrer chez lui, téléphoner à sa famille, supplier Marie-Christine de le rejoindre à Paris, avouer enfin à sa femme qu'il était malheureux, que son avenir lui faisait peur, qu'il était atrocement seul. Marie-Christine éprouvait encore pour lui un peu d'affection, il en était sûr, et ses deux filles avaient besoin de leur père. Jusqu'à présent, trop absorbé par sa mairie, son siège de député, ses maîtresses, il s'était peu soucié de leur éducation. L'existence quotidienne de sa famille l'ennuyait. « Je n'ai plus rien à leur dire », constata-t-il à mi-voix. Comment avouer que l'homme fort, admiré, toujours un peu lointain et dominateur, était aujourd'hui à terre, un homme brisé ?

Une pluie fine mouillait la route. En zigzaguant, un cycliste bifurqua sur un chemin de terre menant à une ferme où un peu de lumière brillait toujours. Un chat fila le long d'un fossé. « Serai-je capable de repérer Brières, de m'y cacher pour m'emparer de Joachim ? », s'inquiéta Christian. Un rictus douloureux étirait sa mâchoire. À nouveau, il s'empara du flacon de whisky et en avala une longue gorgée. Il avait envie de vomir. Il devait s'arrêter, trouver un hôtel encore ouvert. La lumière de ses phares éclaira une plaque : « Châteauroux, cinq kilomètres ».

Le gardien de nuit avait les yeux rouges, un début de barbe roussâtre, la voix pâteuse.

— Nous n'avons plus qu'une chambre, grommela-t-il. Une double à deux cents francs, payable d'avance.

Christian sortit deux billets de sa poche. À peine tenait-il sur ses jambes. Il allait finir sa thermos de café, avaler deux cachets de Mogadon et reprendrait la route à l'aube. Depuis qu'il avait quitté Paris, rien de ce qui se passait ne semblait avoir de réalité. Que faisait-il dans ce modeste hôtel au milieu de la nuit, assis sur le rebord d'un lit à deux places recouvert d'un jeté en chenille de coton verdâtre, en train de boire un café froid mélangé de whisky ? Dans ses poches, il chercha en vain une cigarette. Il allait s'allonger tout habillé sur le lit, somnoler une heure ou deux.

Dehors la rue était déserte. Il pleuvait toujours. Aussitôt éveillé d'un sommeil sans repos, la tête lourde, Christian se traîna à la fenêtre, écarta le rideau de cretonne. Quelques mois plus tôt, il était entouré, sollicité. On chuchotait son nom pour un poste de ministre. Une sensation d'étouffement l'oppressa soudain. « J'ai besoin d'une cigarette, décida-t-il, et d'un café chaud. » Sur le trottoir d'en face, un bistrot était en train d'ouvrir ; avec des gestes machinaux, un homme installait des chaises, disposait sur le comptoir des coupelles de sucre, des cendriers. D'un pas hâtif, un individu passa sur le trottoir. Sans hésiter davantage, Christian boutonna sa veste et ouvrit la porte de sa chambre. Les fleurettes jaunâtres du papier peint, le parquet aux lattes disjointes la faisaient ressembler soudain à une prison ou, pire, à une tombe. Il allait boire son café et décamper au plus vite.

À peine le patron du bistrot lui prêta-t-il attention. Sans le regarder, il poussa devant son client une corbeille de croissants, alla chercher derrière le comptoir de la partie réservée à la vente des timbres et du tabac les deux paquets de gitanes demandés. Le liquide chaud fit du bien à Christian mais l'affreuse migraine subsistait. À pas lents, il regagna l'hôtel, grimpa difficilement l'escalier en se tenant à la rampe. Le flacon de whisky était vide, il rachèterait une bouteille en traversant Argenton-sur-Creuse et, moins d'une heure plus tard, serait à Brières. À l'étage en dessous, une femme riait aux éclats. À nouveau Christian pensa à Françoise. Par quelle étrange confusion des sentiments la voyait-il brosser ses magnifiques cheveux roux à côté de lui, chaude encore de leur nuit partagée ? Sa maîtresse était une ensorceleuse en amour, tantôt réservée, presque pudique, tantôt femelle, exigeante et savante, mais toujours secrète, mystérieuse, étrange. « Enfin, je vais être délivré d'elle », s'était-il réjoui lorsqu'elle lui avait signifié leur rupture. Mais, bien au contraire, elle avait continué à le hanter davantage. « Est-ce que je l'ai aimée, se demanda soudain Christian en montant dans sa voiture, ou ai-je aimé l'amour que j'éprouvais pour elle ? » Une grande lucidité se faisait en lui. L'amour était un acte solitaire. Qu'importait l'autre ? On avait seulement envie de tenter avec quelqu'un l'aventure amoureuse. Mais en dépit de la conscience de cette vanité, il avait voulu que Françoise l'admire, l'aime, lui soit dévouée. Il avait cruellement souffert de se voir congédié.

Les phares de la DS jetaient une lumière blafarde sur la route encore mouillée. Le jour allait se lever. Avec ténacité, Christian tenta de se souvenir à quel moment précis il était tombé amoureux de Françoise et quand elle avait commencé à lui échapper. Il alluma une cigarette, ouvrit toute grande la fenêtre du conducteur. La mémoire était impuissante à saisir la réalité ou l'illusion d'un sentiment, elle simplifiait, abaissait ou sublimait, oblitérant les méandres des sentiments amoureux, leurs éternelles oscillations entre soumission et domination. « Tu es trop confiant, l'avait taquiné Françoise un jour, tu devrais te méfier de moi. » Ils s'entendaient si bien alors. Que complotait-elle ? Quel terrible plan avait-elle déjà concocté pour l'anéantir ?

Sur le pare-brise, la pluie faisait un bruit très doux. Dans les villages, beaucoup de volets restaient clos, seuls quelques cafés étaient ouverts, des boulangeries qui jetaient des taches lumineuses sur les trottoirs. Un camion doubla la DS dans le crissement de ses pneus sur l'asphalte mouillé. Christian ralentit. Il sentait une douleur au centre de sa poitrine, comme une brûlure. « Me voici dans la Creuse », pensa-t-il. La douleur irradiait maintenant dans l'épaule gauche, le dos. Une nausée lui souleva le cœur. « Je dois m'arrêter, pensa-t-il, faire quelques pas pour me détendre. »

De chaque côté de la route, la forêt semblait s'étendre sans fin, une forêt mystérieuse, hostile dans les premières lueurs de l'aube. Christian s'assit sur un talus. À quelques centaines de mètres derrière lui se dressait une ferme derrière sa grange en granit bleuté. Aurait-il la force de s'y traîner ? Un coq chanta.

À côté de lui, la tête un peu en arrière, Françoise riait. Le soleil éclairait ses cheveux roux. Il aurait voulu se lever, la fuir mais il n'en avait pas la force. Toujours elle avait menti pour mieux l'amadouer et s'emparer de lui, l'attirer dans ce chemin sans issue pour qu'il y crève seul.

À grosses gouttes, l'eau tombait sur sa veste, trempait ses cheveux. Doucement Christian se plia en deux pour écraser la douleur. Sauf le martèlement de la pluie, tout était silencieux. Alors qu'il s'affaissait sur le bord de la route, il ne vit plus qu'un grand pin foudroyé, noirci par le feu, semblable à un squelette, les bras ouverts, qui l'attendait.

23

Un matin alors qu'il s'éveillait, Laurent sut qu'il désirait sortir de la maison, marcher dans les rues, se mêler à la foule d'un marché, humer des odeurs, entendre des voix. Semaine après semaine, Lejeune avait diminué les doses de tranquillisants qu'il lui administrait. Bien que faible encore, il se sentait capable de se lancer à nouveau à la découverte du monde.

Lorsque Fernand ouvrit les rideaux, l'éclat du soleil le remplit de joie. Longtemps après le départ de la voiture emportant Lejeune à l'hôpital, il resta le visage tourné vers le ciel encombré de gros nuages et le mur de verdure qui barrait le jardin. Il imagina leur course au-dessus de la forêt tropicale. Tout l'attirait. Comment, à moins de trente ans, pouvait-il rester sans énergie, se traîner de son lit à son fauteuil ? Une infinité de détails qu'il n'avait jamais notés s'imposaient soudain à lui : ici une boîte à cartes en parchemin boursouflé par l'humidité, là une vieille photographie encadrée montrant une église, une place où se serraient des maisons de briques. Laurent s'extirpa de son lit pour l'examiner. Une femme et deux enfants se tenaient debout devant le portail de l'église : la famille de Lejeune ?

À pas chancelants, le jeune homme se dirigea vers la cuisine. Hortense était absente, sans doute au ravitaillement. Un peu de lait de chèvre restait dans une casserole. Il le but, savourant chaque gorgée du liquide tiède à la saveur forte. Même le bourdonnement des mouches lui semblait joyeux. Par grappes, elles se rassemblaient sur les miettes de pain, les salissures collées à la table, taches de confiture ou de bouillie de manioc. Tout lui paraissait transparent, lumineux. Si longtemps il n'avait vu que du noir, avec sans fin l'impression de ramper dans un souterrain dont les parois se resserraient sur lui. Comment avait-il pu se laisser emmurer ? « Les choses sont arrivées sans que j'y prenne garde, pensa-t-il, pierre après pierre devenues éboulement. Sans Lejeune, elles m'auraient écrasé. »

Coiffé de son vieux chapeau de paille, le docteur pénétra dans la véranda, ajusta ses lunettes. Le couvert avait été mis selon ses ordres et les invités ne tarderaient pas à arriver. Laurent en convalescence, il avait décidé pour le distraire d'inviter un médecin tout juste installé à Léopoldville avec sa femme et sa fille. Fernand et Hortense s'agitaient depuis le début de l'après-midi. La maison revivait. Avec bonheur, Lejeune voyait Laurent reprendre goût à la vie. Il acceptait maintenant de faire quelques pas dehors, en revenait sans être oppressé par l'angoisse, parcourait à nouveau les journaux. Bientôt peut-être découvrirait-il son rire. Ce serait sa victoire. La lettre adressée à Renée était partie deux semaines plus tôt. Aujourd'hui, le bonheur devait régner dans ce lieu que Laurent estimait maudit. Ombres et lumière, larmes et rires, bienfaits et souffrances venaient au hasard, non décidés par une quelconque fatalité. L'important était l'espoir.

Lejeune s'empara d'une bouteille d'eau minérale et s'en versa un grand verre. Rétabli, Laurent partirait et il resterait seul. Mais il ne voulait pas y songer.

— Monsieur Laurent prend une douche, annonça Hortense radieuse. Le voilà sur pied, à ce que je crois.

— Un peu de patience encore.

Les mots lui avaient échappé. Il devait être vigilant, ne pas ralentir la guérison de Laurent afin de jouir égoïstement de sa présence.

— Je vais me doucher aussi. Sors une bouteille de whisky, le siphon d'eau de Seltz. N'oublie pas de bien fermer le couvercle du seau à glace.

Le rire clair de la bonne le dérida. La vie continuait. Il avait ses malades, quelques relations, beaucoup de souvenirs, il survivrait.

— Le couvre-feu va être levé, assura Jean-Marie Servais. Si le reste du monde aide le Congo à boycotter le cuivre et le cobalt katangais, le bon sens prendra le dessus et la paix reviendra.

Élisabeth Servais écoutait son mari tandis que Sylvie, leur fille, observait un vol d'oiseaux qui piaillaient dans un banian.

— Tschombé comprendra où est son intérêt. L'ONU fait de fortes pressions et il obtiendra de sa part un sauf-conduit personnel.

Une brise tiède gonflait les rideaux de toile séparant le salon de la véranda où se tenaient les invités. L'odeur d'un feu de bois sur lequel grillait de la viande de chèvre montait de la rue.

— Qu'allez-vous faire à Léopoldville ? demanda à brûle-pourpoint Laurent à sa voisine.

— Achever ma licence de lettres et, dès que possible, découvrir le Congo. Je n'ai pas suivi mes parents pour mener ici la même routine qu'à Bruxelles.

Lui rappelant celle de Françoise, la voix un peu moqueuse de la jeune fille plaisait à Laurent. Peut-être sa sœur était-elle aujourd'hui mariée, mère de famille. Décidé chaque jour à lui écrire, il y renonçait par peur d'attirer des ennuis à sa famille. Lejeune avait beau le rassurer, affirmer que nul ne s'intéressait plus à lui en France, il hésitait à le croire.

— Et vous, que faites-vous ici ? s'enquit à son tour Sylvie.

Le cœur du jeune homme se serra. Que répondre ?

— Vous avez été mercenaire, n'est-ce pas ? poursuivit-elle de son même ton moqueur.

— Si vous voulez.

Mais déjà elle se tournait vers Lejeune pour lui demander le nom d'un gros oiseau qui sautillait devant la terrasse.

— Un secrétaire. Avec le boucan des armes à feu, ces merveilleux volatiles vont chercher ailleurs des coins plus hospitaliers.

L'air radieux, Fernand servait un cuissot de cabri rôti accompagné de riz et de pois. Toujours aléatoire, le ravitaillement provenait la plupart du temps du marché indigène où Hortense excellait à dénicher les denrées que les Européens acceptaient de consommer. À la dérobée, Laurent observait Sylvie, ses mains fines posées sagement sur la table, la masse de ses cheveux châtains retenue par un cercle de velours rouge, la frange épaisse de ses cils. Sa ressemblance avec Françoise l'émouvait et lui faisait peur.

— Les choses se gâtent à Bruxelles, nota Élisabeth Servais. J'ai reçu ce matin un appel téléphonique de ma sœur. Les Flamands sont dans la rue pour exiger une représentation proportionnelle au parlement.

— Et leur propre territoire linguistique, ajouta son mari. Il semble que le monde va vers une unité internationale tout en se repliant de plus en plus sur ses particularités. Assez incohérent, n'est-ce pas ?

— Les grands aventuriers ont besoin de ports d'attache, intervint Sylvie. Plus le jardin est grand, plus l'homme a tendance à bichonner les alentours de sa maison.

— Pour certains, le jardin peut sembler trop mystérieux, prononça Laurent. L'homme craint ce qui échappe à sa compréhension. La peur le rend lâche ou agressif et, sans le vouloir, il en devient le jouet.

À nouveau le jeune homme regarda sa voisine. Il était tenté de caresser doucement son visage, de l'apprivoiser. Le tempérament passionné qu'il devinait chez cette jeune fille, son indépendance oblitéraient sa timidité. Il avait envie de se comporter en homme. Plus qu'une intrigue amoureuse, c'était la vie qu'il recherchait soudain. Avant la fin du repas, il demanderait à Sylvie de l'accompagner au marché le lendemain et de déjeuner avec lui dans une gargote indigène souvent vantée par Fernand.

La nuit était tombée dans la touffeur humide des pluies récentes et le coassement des crapauds. Quelques grosses fourmis noires allaient et venaient sur le sol de la véranda. Derrière le mur du jardin bêlaient des chèvres.

— Nos actes ne sont déterminés par aucune fatalité, affirma Sylvie. Inutile de s'épuiser à expliquer la vie avant d'avoir eu l'occasion de la vivre.

Dans l'épicerie-restaurant occupant une maisonnette peinte en bleu indigo, une vingtaine de personnes étaient attablées devant des calebasses tenant lieu d'assiettes.

— N'écoutez pas ceux qui vous exhortent à ne manger en Afrique que du riz bouilli et ne boire que de l'eau minérale, plaisanta Laurent, j'ai survécu à pas mal de bactéries que l'on jurait mortelles.

— Mais vous échappez mal à votre passé.

Laurent se raidit.

— Qui a pu vous raconter cela ?

— Personne, rassurez-vous. Il suffit d'avoir deux yeux et un cœur pour en avoir la certitude. J'ai été adoptée à l'âge de six ans par les Servais. Auparavant, je vivais dans une famille d'accueil, elle-même succédant à une première famille ayant hérité de moi après un an passé dans un orphelinat. Longtemps, j'ai été persuadée que la vie était injuste à mon égard et éprouvais une agressivité permanente. Les Servais sont de bons parents, je les aime, mais, tout au fond de moi, je garde l'impression de ne pas avoir eu ma chance, d'avoir été en quelque sorte manipulée par les uns puis par les autres. En vous, je discerne la même colère et la même tristesse.

Un vent humide pénétrait dans la pièce, fouillant les palmes des cocotiers. Laurent était suspendu au regard brillant, au ton passionné de la voix de Sylvie. Il se trouvait confronté à une femme ne semblant ni conquérante ni dominatrice, un être avouant ses blessures, une sorte de réfugiée comme il l'était lui-même, une sœur. Il avait fallu qu'il quitte Brières, traverse la Méditerranée, s'enfonce au cœur de l'Afrique pour la découvrir. Dans la rue, une poussière rougeâtre tourbillonnait. De gros nuages passaient au ras des plus hauts immeubles du quartier européen.

Leurs voisins de table dégustaient des quartiers de pastèque posés sur des feuilles de bananier. De la cuisine, une voix de femme invectivait la servante. Laurent contemplait Sylvie, ses bras minces déjà hâlés, son buste menu sous la robe fleurie, la bouche fraîche et ronde, le menton volontaire, les yeux ardents. Depuis longtemps il n'avait éprouvé un tel bonheur de pouvoir s'exprimer.

— Vous êtes arrivée dans la vie d'un homme malheureux qui rêvait de pouvoir croire à nouveau au bonheur.

Tirée par un couple de bœufs, une charrette chargée de courges passa devant le restaurant dans le grincement aigu de ses roues brinquebalantes.

— Le temps passe, s'arrête, revient en arrière. Si nous le désirons vraiment, nous pouvons en être maîtres. Mais beaucoup n'ont pas le courage de faire demi-tour. On préfère se révolter ou souffrir comme si ces émotions étaient nécessaires et indispensables pour se sentir vivant.

D'un geste, Sylvie écarta une mouche. Le cri d'un porteur d'eau passant dans la rue la laissa un instant silencieuse.

— Peut-on vivre sans émotions ? protesta Laurent. À se garder de tous et de tout, ne devient-on pas un mort-vivant ?

— Pour ma part, je serais plus heureuse si je considérais mon passé comme un aléa facile à oublier.

— Avons-nous le choix ? interrogea Laurent. Je crois qu'il faut accepter les boulets que nous traînons, les intégrer à nos vies puis y songer le moins possible.

La facilité avec laquelle Sylvie et lui communiquaient le remplissait d'aise.

Laurent et Sylvie s'attardaient au restaurant, observant des bandes d'enfants se disputant un ballon crevé, des femmes majestueuses portant sur leurs têtes des couffins chargés de victuailles, des cageots d'osier où se serraient de maigres poulets. Des odeurs âcres ou douces se dégageaient du sol, s'échappaient des portes et des fenêtres grandes ouvertes.

— Une ville n'a pas de limites, nota Sylvie en désignant du doigt une ruelle qui plongeait dans un mur de végétation. Si nous allions droit devant nous, nous arriverions sans doute au quartier européen qui encercle tout, domine tout. Il semble que la ville indigène ne représente plus que les tentacules d'une pieuvre moribonde.

— La population européenne a diminué de moitié en deux ans. Et même si une paix se conclut bientôt, la plupart des Blancs ne reviendront pas au Congo.

— Resterez-vous ? interrogea Sylvie.

Un convoi de camions bâchés passa devant les jeunes gens dans un nuage de poussière ocre. « Je pourrais reprendre du service, pensa Laurent, grimper dans un de ces camions et partir pour nulle part. » Que pouvait-il espérer à Léopoldville ?

— C'est possible, murmura-t-il en faisant un effort. Je ne veux pas encore penser à mon avenir.

Sylvie écoutait avec attention, le regardant de ses yeux bleu clair presque vert. Il discernait de petites gouttes de sueur perlant sur le visage de la jeune fille et retenait son désir de passer un doigt sur sa peau pour les recueillir. À quelques pas d'eux, un chien jaune, le pelage rongé de croûtes et de cicatrices, observait les assiettes d'un regard plein de convoitise et de résignation. Doucement Sylvie lui tendit un morceau de pain luisant de sauce. La bête hésita puis, à pas comptés, l'échine arrondie, l'oreille basse, progressa vers la table.

— Fiche le camp !

Une serviette à la main, le serveur fonçait vers le chien.

— Laissez-le tranquille ! s'écria Sylvie. Quel mal fait-il ?

L'animal n'osait lever les yeux.

D'un geste spontané, Sylvie posa sa main sur celle de Laurent.

— Prenons-le, demanda-t-elle. Sinon demain cette bête sera morte.

Après avoir levé les bras au ciel, Hortense avait déniché un coin libre dans la cabane de jardin où Fernand rangeait ses outils. Sans une velléité de fuite, la chienne s'y était installée.

— Cette bête est enceinte jusqu'aux babines ! s'était esclaffée la petite bonne en apportant une gamelle d'eau fraîche et une assiette de bouillon gras où surnageaient des lambeaux de viande. Le docteur Lejeune va être très en colère !

— Je m'arrangerai avec lui, la rassura Laurent.

Il avait insisté pour prendre soin de la chienne, pressentant que sa présence représentait l'assurance de revoir Sylvie.

La servante hocha la tête. Depuis que le jeune homme était installé dans la maison, le docteur avait beaucoup changé.

— Comment l'appellerez-vous ? interrogea-t-elle.

— Petite Fille Espérance.

Les yeux écarquillés, Hortense considéra un moment son interlocuteur.

— Mais ce n'est ni un nom de chrétien, ni un nom de bête ! s'exclama-t-elle. Et si nous l'appelions plutôt Fifille ?

— Tu attaches trop d'importance aux autres, remarqua Sylvie.

La main sur le pelage de Fifille, elle observait Laurent qui allait et venait dans la véranda. Après deux semaines de rencontres presque quotidiennes, face à son amie le jeune homme se montrait si décontracté qu'il avait même osé prendre l'initiative de la tutoyer.

— Je dois tout à Lejeune. Si j'envisage de partir, imagines-tu dans quelle solitude il retombera ?

— Ton départ n'est pas pour demain. Tu as tout le temps de faire des projets d'avenir. Envisagerais-tu vraiment de passer la fin de ta vie ici pour ne pas peiner ce bon docteur ?

— Où aller ? murmura Laurent.

— Un jour ou l'autre, tu devras affronter la réalité et rentrer chez toi.

Laurent s'imagina poussant la grille de Brières, remontant l'allée d'honneur, gravissant les marches du perron, appuyant sur le bouton de la sonnette, et il lui semblait que tout un coin de sa mémoire se déchirait, comme un viol, douloureux, terrifiant, inéluctable. Rien n'était tragique après tout, sinon le fait qu'il avait raté sa vie.

— Pour y faire quoi ? Je n'ai aucune place à Brières.

— Ton destin n'est pas de te fourrer dans les jupes de tes mère, tante et sœur, mais de retourner en France comme quelqu'un de libre. Ceux qui t'aiment le comprendront.

Sylvie souriait et, pour la première fois, Laurent sentit qu'il la désirait.

24

L'épuisement succédait à l'excitation et, pour se remonter, Françoise alluma une autre Pall Mall. Un instant auparavant, sa mère avait téléphoné de Brières. Laurent était à Léopoldville soigné par un médecin belge du nom de Lejeune. Bientôt il serait de retour. « Prêt pour une cour martiale ? » s'était inquiétée Françoise. « Ton frère a été très malade, on le graciera. » La voix de Renée était entre rire et larmes. « Jamais je n'ai douté qu'il revienne. » « L'espérance est comme une lumière, pensa Françoise en tirant sur sa cigarette, c'est ce qui existe de plus beau, de plus fondamental. Maman l'a toujours compris. » Quoiqu'elle-même ait repris confiance en la vie, quelque chose l'angoissait encore : le sentiment d'être passée à côté du véritable courage et que le pardon finalement accordé à Christian soit encore une sorte de vengeance.

Un jour viendrait où elle ne pourrait plus cacher à Joachim les circonstances de sa venue au monde, où elle devrait justifier sa décision de l'élever à Brières et évoquer la mort de Christian un an et demi plus tôt, foudroyé par une crise cardiaque sur une route départementale menant à Guéret. Qu'y faisait-il ? Pourquoi cette décision subite de surgir à Brières ?

Quelle que fût l'explication, elle sentait au fond de son cœur qu'elle l'aurait meurtrie. Novembre jetait un crachin triste sur la perspective des arbres du Ranelagh déjà presque effacée par la nuit tombante. Derrière la voie ferrée, avenue Raphaël, on construisait de nouveaux immeubles, tout se transformait. Brières également, « trop vite », se lamentait sa mère. On avait installé des réverbères au néon sur la place et des maisonnettes en parpaings parées de leurs hideuses antennes de télévision cernaient désormais le sud du village. Bientôt, craignait Renée, on verrait ces bicoques jouxter le domaine. Devait-elle se décider à prendre des responsabilités à la mairie ? Le temps était révolu où on l'humiliait sans qu'elle ait le courage de riposter. Aujourd'hui elle était prête à se battre pour que Brières, son Brières, reste ce qu'il avait toujours été.

Comme Don Quichotte, sa pauvre maman se battait contre des moulins à vent. Des coopératives, des usines peut-être pouvaient s'installer aux alentours et ce serait tant mieux pour le département. Le Brières d'antan n'existait plus. La plupart des anciennes familles s'étaient éteintes et le village ne survivait que grâce à l'arrivée d'« étrangers » comme on les nommait, des gens du Limousin, du Berry, quelques Parisiens en quête de pittoresque.

Le téléphone sonna à nouveau. Renaud, sans doute, qui aimait la joindre à tout moment, le temps de lire un bout de poème, de lui confier ce à quoi il pensait.

— Il faut que je te voie, Françoise. Puis-je passer d'ici une demi-heure ? demanda Édith de sa voix un peu forte, au débit rapide, comme si elle vivait en permanence sous pression.

— Je m'apprêtais à dîner. Viens, j'ajoute une assiette. J'ai une bonne nouvelle à t'annoncer.

Lorsque Édith avait appris que Renaud était amoureux de sa meilleure amie, elle avait cessé durant quelques semaines de voir Françoise puis, un matin, l'avait appelée comme si de rien n'était pour lui demander un service. L'une comme l'autre évitaient d'évoquer leur amant commun. La paix signée avec l'Algérie, Édith s'était impliquée corps et âme dans la lutte pour le droit des femmes à disposer de leurs maternités, faisant le siège des femmes célèbres intéressées à sa cause, collectant des rapports alarmants sur le taux de mortalité des mères qui avortaient en cachette, les confidences anonymes des malheureuses. Si, au fond de son cœur, Françoise approuvait les efforts de son amie, elle s'était toujours sentie impuissante à lui confier son passé. À quarante ans, Édith avait définitivement renoncé au mariage et à la maternité. « J'ai fini, avouait-elle, de m'investir dans les illusions des autres et serais bien aise que soit interdite aux petites filles la lecture de *Blanche-Neige* ou de *Cendrillon*. Si elles attendaient moins le prince charmant censé prendre soin d'elles, les femmes se remueraient davantage pour faire changer les lois en leur faveur. » Françoise se revoyait âgée de seize ans débarquant à Casablanca, Colette à ses côtés. Déjà l'enfant d'Antoine Lefaucheux n'existait plus pour elle, elle l'avait chassé de son esprit avant de le chasser de son corps. Si elle s'était résignée à le mettre au monde, il aurait fait son malheur et elle le sien, deux morts affectives, deux amputations.

— Les femmes devraient parler davantage entre elles de ce qui est essentiel à leur existence, avait admis la jeune avocate. Au lieu de cela, elles papotent à propos de rien et de tout, leurs amants, la mode, les événements auxquels il faut à tout prix participer. Nous ne sommes pas assez subversives !

Édith était vêtue de bric et de broc d'un long chandail et d'une paire de pantalons à carreaux noirs et blancs. Elle trinqua avec Françoise au retour espéré de Laurent et d'un trait avala le verre de champagne que Françoise lui avait versé.

— Il y a état d'urgence, déclara-t-elle en rajustant l'élastique rassemblant ses cheveux mi-longs déjà grisonnants.

— Une réunion où tu as besoin de ma présence ou une autre pétition que tu veux me faire signer ?

Les yeux d'Édith brillaient. Elle hésita à se resservir un verre de champagne et finalement y renonça.

— Il faut que tu plaides.

— Tu sais bien que depuis un an je suis une avocate au placard. On n'attache plus guère d'importance à mes modestes talents.

Jamais Françoise n'avait voulu être en contact avec les droits-communs, hanter les parloirs des prisons, porter la responsabilité de la vie ou de la mort d'un client, d'un internement sans fin ou d'une prompte relaxe. C'était au-dessus de ses forces.

— Sans ton aide, trois malheureuses risquent de passer la fin de leurs jours en prison ou, pire, d'être exécutées, martela Édith.

À peine Françoise écoutait-elle son amie. Sans cesse ses pensées revenaient vers Laurent, sa mère dont elle imaginait le bonheur.

— Laisse-moi te donner les noms de confrères très compétents, prononça-t-elle sans réfléchir.

Édith sembla ne pas entendre.

— Il s'agit, poursuivit-elle, de trois femmes soupçonnées d'avoir pratiqué des avortements : la grand-mère, la fille et la petite-fille, trois marginales vivant dans une roulotte au milieu d'un terrain vague dans la banlieue nord. C'est l'hallali. Tous les hommes sont contre elles : le maire, les voisins et bien sûr le curé. On les a arrêtées hier, elles sont à la Petite-Roquette. Alertée par une militante, je suis passée les visiter ce matin. Elles sont tassées dans leur cellule, silencieuses, hagardes, mauvaises. « Trois méchantes sorcières », a osé ricaner la matonne en refermant la porte à clé derrière moi.

Soudain Françoise eut froid. Quelque chose d'oppressant, de vague et d'amer comme une goulée de bile lui remontait dans la gorge. Édith la regardait.

— Tu es la femme la plus forte que je connaisse, assura-t-elle d'une voix froide comme un silex. Beaucoup auraient été brisées par ce que tu as vécu mais toi, que tu le veuilles ou non, tu es sortie plus forte de ce que je sais de ton passé. Les frustrations que tu as accumulées, ta révolte contre l'injustice, tu dois enfin les exprimer à haute voix pour sauver ces trois malheureuses.

Françoise s'écarta d'un pas. Les figures de sa grand-mère, de Madeleine Fortier, de Colette et, d'une certaine façon, de sa mère s'imposaient à elle. Toutes avaient eu le courage d'affirmer leur personnalité, prêtes à tout perdre plutôt que de renoncer. Pouvait-elle se dérober, se réfugier éternellement derrière ses échecs, son égoïsme, son mépris de la société ?

— Je vais réfléchir, promit-elle. Laisse-moi vingt-quatre heures.

Laurent se réveilla en sursaut. Avait-il prononcé les mots « Françoise, sauve-moi » ? Il se souvenait d'un cauchemar, de femmes à l'expression sauvage tassées dans une cabane le regardant fixement avec cruauté et défi. Il avait reculé pour s'enfuir quand sa sœur était apparue, la Françoise adolescente de leur jeunesse avec ses poings serrés, sa volonté de survivre, de rendre coup pour coup. Dehors le vent tourbillonnait. Le jeune homme entendait le froissement des palmes, le crissement du toit de tôle ondulée recouvrant l'abri de jardin. La tête sur l'oreiller, Laurent referma les yeux. Le lendemain, il avouerait à Sylvie qu'il l'aimait, la supplierait de lui donner sa chance. Il savait qu'il pouvait guérir, reconstruire sa vie morceau par morceau. Tous les jours, ils discutaient dans la véranda, Fifille couchée à leurs pieds. Le monde n'avait pas de limites, il n'avait plus peur, prenait sa main, en savourait la chaleur. Elle parlait de ses lectures, évoquait ses projets. Avant de faire un choix de vie, Sylvie voulait découvrir le monde, visiter l'Asie, l'Amérique du Sud, les États-Unis. Elle souhaitait aussi écrire un livre, rencontrer des gens. « Où me mets-tu ? » avait interrogé Laurent. « Accompagne-moi », avait-elle chuchoté en effleurant sa bouche de ses lèvres.

Dans quelques heures, Sylvie viendrait le rejoindre. Ils avaient prévu une excursion en jeep. Le soulèvement des rebelles katangais connaissait une pause et, à nouveau, on pouvait circuler sur les artères principales. « Je dois oser la prendre dans mes bras, lui dire que je l'aime, résolut Laurent. Je n'ai plus droit à la lâcheté. » « Tu es presque guéri, assurait Lejeune, à toi maintenant de décider ou non de vivre. Tu es libre et toutes les soi-disant malédictions de Brières sont prétextes pour refuser d'affronter la vie. Ne laisse pas des chimères devenir tes seules amours. »

25

La veille, Françoise était allée visiter les inculpées à la Petite-Roquette. Trois êtres sur la défensive, apeurés, l'avaient jaugée, toisée. Qui était cette femme venue d'une autre planète avec sa redingote de lainage gris, son allure décidée ? Venait-elle en amie ou en ennemie ? Avec des bribes de phrases hachées, des mots crus, elles l'avaient questionnée. Qu'allait-on faire d'elles ? Elles étaient innocentes. La violence avec laquelle la plus jeune avait prononcé le mot « innocente » ne l'avait pas convaincue mais, plus que leurs actes, comptaient leurs regards sur les autres et celui des autres sur elles.

— N'hésite pas à me mettre à contribution, assura Édith.

— Je veux faire seule ce travail.

— Tu vas bénéficier du statut d'avocate commise d'office et recevoir un petit salaire.

— Je ne veux rien. La seule chose qui me sera indispensable, c'est beaucoup de travail et un peu de talent. Quant à la foi, je l'ai déjà.

— Il t'en faudra, opina Édith. Les avorteuses renvoient une lumière qui incommode.

Dans la salle bondée de l'Opéra, le silence se fit peu à peu. Mise en scène par Maurice Béjart, la première de *La Damnation de Faust* avait attiré une foule de personnalités. « Peu s'en faut que nous apercevions des gilets rouges, avait plaisanté Renaud. Nous risquons d'assister à une nouvelle bataille d'*Hernani*. Si beaucoup sont ici pour huer le travail de Béjart, d'autres plus nombreux le porteront aux nues. » Françoise était tendue. Elle avait l'impression que le spectacle auquel elle allait assister avait un rapport avec les événements qu'elle vivait.

Aux applaudissements succédaient des huées : « C'est indécent, quelle honte ! » Debout, des spectateurs mettaient leurs mains en cornet autour de la bouche pour conspuer les danseurs. À côté de Renaud qui s'amusait, Françoise restait glacée. « Allons-nous-en ! » supplia-t-elle. Dans l'état d'esprit où la jeune femme se trouvait, les séductions de Satan, les illusoires désirs de Faust, le malheur de la naïve Marguerite, emportés par la chorégraphie, les voix, la musique, le bruit de la salle, la cernaient comme les sorcières d'un sabbat cherchant à se saisir d'elle pour la jeter dans la ronde. « Comme tu es bizarre, la taquina Renaud. On dirait que tu as peur de te divertir et finalement d'être heureuse. »

À petits pas, Colette parcourut son jardin, arrachant par-ci, par-là une mauvaise herbe, redressant des branches d'arbustes qu'une récente ondée avait ployées. Sa terre des Lavandins embaumait. Déjà le printemps faisait mousser les orangers et le gros citronnier tandis que les mimosas répandaient leurs dernières fleurs en larges flaques de soleil. Une main au-dessus des yeux, Colette observa la mer, la manœuvre d'un voilier qui hissait son spi. De temps à autre, elle embarquait avec Michel sur le *Raymond III*, non plus comme autrefois pour se mesurer au vent, mais pour jeter l'ancre dans un port où ils déjeunaient sans hâte au soleil sur la terrasse d'un bistrot.

Les valises étaient bouclées, la maison prête à être fermée pour un mois. « Plus de cinquante ans après, pensa Colette, je vais enfin faire le voyage que papa m'avait promis. » Ses aquarelles ayant des amateurs à New York, un marchand de tableaux, ami de Michel, les avait pressés de venir passer quelques semaines là-bas. C'était la première fois qu'elle quittait l'Europe.

Un instant, Colette s'immobilisa, cherchant à retrouver dans sa mémoire l'instant où son père avant de partir pour Le Havre était venu l'embrasser dans son lit place Saint-Sulpice. Elle revoyait ses yeux, la moustache ourlant la bouche mais le reste de son visage lui échappait. Portait-il un chapeau gris ou bleu marine ? Avait-il déjà passé son manteau ? Longtemps elle avait pensé que ce matin-là elle aurait dû s'accrocher à son cou, le contraindre à l'emmener avec lui. Il aurait été alors obligé de survivre au lieu de se laisser engloutir par l'eau glacée dans laquelle sombrait le *Titanic*. « Jamais nous n'avons eu de rapports lui et moi qui ne soient chargés d'émotions, pensa Colette, trop d'amour puis trop de rancœur. La paix des sentiments m'est venue tardivement. J'espère que maman l'a éprouvée aussi à la veille de sa mort. Il a fallu qu'elle aime beaucoup papa pour vouloir le punir ainsi. On ne prend un type comme Sebastiani pour amant que pour se venger de grandes désillusions. »

— Rentre vite ! la pressa Michel, nous allons rater notre avion.

D'un geste tranquille, Colette alluma une cigarette et se dirigea vers la maison. Combien en avait-elle fumé nerveusement dans la fièvre des collections ? Elle revoyait les mannequins, la première anxieuse, elle-même à bout de nerfs tandis qu'Étienne de Crozet, dans un détachement princier, lisait son journal paisiblement installé dans un fauteuil. « Et si je le revoyais à New York ? » se demanda-t-elle. Il devait avoir près de quatre-vingts ans aujourd'hui ! Se reconnaîtraient-ils seulement ? Dans le flux et reflux de ses passions, la succession de ses batailles pour survivre, elle ne lui avait pas donné sa chance. D'elle, il n'avait eu que des lambeaux d'attention, des lambeaux d'amour. Elle le revoyait, grand, mince, élégant, aristocratique, décidé à ne pas se laisser malmener par cette petite femme rousse toujours dressée sur ses ergots qui, finalement, l'avait séduit bien plus qu'il ne se l'était promis. « Parce qu'on aime qui ne vous aime pas, pensa Colette. C'est le sentiment d'être malheureux qui fait comprendre qu'on est amoureux. » Mais, à cette époque de sa vie, elle n'avait ni à se justifier ni à s'excuser. On devait la prendre telle qu'elle était. C'était ce qu'avait fait Renée. « Finalement, plus solide que moi, constata Colette, elle a réussi à faire souffrir les siens sans trop de mauvaise conscience. »

Dans l'encadrement d'une des portes-fenêtres du salon, Michel lui adressait un signe de la main. À cet endroit précis, alors qu'elle déjeunait sur la terrasse, elle avait vu surgir Sebastiani pour la première fois. D'emblée, elle avait flairé un danger. Il l'épiait, accroché comme un parasite à sa vie. Des années plus tard, elle en éprouvait encore du dégoût.

— Donne-moi le temps d'achever ma cigarette, pria-t-elle.

Michel était le seul être à connaître sa vie. Peu à peu, par bribes, elle avait tenté de lui représenter la Colette qu'elle avait été. « Tout ne tient pas dans les mots, avait-il un jour déclaré. Aucun être ne peut s'expliquer. Il manque l'air du temps, des émotions évanouies, des personnages disparus. La Colette que tu me décris n'est plus, ces événements que tu me racontes, cette femme qui les a parfois provoqués, souvent subis, habitent désormais l'ombre du passé. Ne les en tire pas, nous souffririons. »

D'un geste précis, Colette écrasa la cigarette sous le talon d'un de ses richelieus de daim taupe. Trop âgée, estimait-elle, pour porter du Courrèges dont elle admirait le culot et le sens de l'architecture, elle restait fidèle à Dior et Marc Bohan auquel elle commandait une robe ou un tailleur de temps à autre. Bien gérée, sa fortune lui permettait de vivre confortablement alors que Renée tirait toujours le diable par la queue, reine impécunieuse de son domaine enchanté. Mais, la main de son petit-fils dans la sienne, sa cousine était épanouie, radieuse depuis qu'elle connaissait enfin le sort de son Laurent. Peu avant la lettre de Lejeune, par un ami auquel il avait demandé de conduire une discrète enquête, Michel avait appris qu'un jeune homme correspondant au signalement du lieutenant Laurent Dentu avait passé en compagnie d'un autre homme plus âgé la frontière tunisienne durant l'été 62 et cette implication de son mari dans leurs histoires de famille l'avait émue.

D'un mouvement affectueux, Michel passa le bras autour des épaules de sa femme. Ce voyage à New York, il le devinait, remuait des souvenirs douloureux dans sa mémoire. « Colette Fortier prend l'amour ou l'amitié et ne rend rien », insinuait autrefois la première de Chanel, une femme mûre et perfide demeurée célibataire pour se consacrer à la Grande Mademoiselle. Toujours il avait douté de ce jugement sévère.

    La voiture attendait devant le portail. Avec un peu de tristesse, Colette ferma la porte. Janine avait pris sa retraite, mais elle passerait régulièrement aux Lavandins, pour ouvrir les fenêtres et laisser entrer le soleil dans la maison. Un de ses neveux assurerait l'entretien du jardin. En rentrant de New York, Colette avait promis à Renée de s'arrêter quelques jours à Brières avant d'y prendre en juillet ses quartiers d'été. Joachim lui manquerait trop pour qu'elle diffère jusqu'au début de l'été la joie de l'embrasser. Une brise légère soufflait de la mer. Colette, une dernière fois, jeta un coup d'œil à ses vignes, ses oliviers, ses lavandes. De ce voyage outre-Atlantique, elle le devinait, elle reviendrait différente, enfin mûre, prête au lent déclin de la vieillesse. Une autre image de son père l'attendait dans cette Amérique qu'il admirait, celle d'un homme qui, au-delà d'hypothétiques liens du sang, avait été non pas son dernier amour comme longtemps elle l'avait cru, mais celui qui lui avait appris ce que signifiait le mot aimer, même s'il lui avait fallu un demi-siècle pour le comprendre.

26

Françoise avait parcouru des dizaines de recueils, consulté d'innombrables rapports, dépouillé d'arides statistiques. Si sa plaidoirie avait désormais une colonne vertébrale, il lui manquait une âme. « Elle viendra d'elle-même à Brières », se convainquit-elle.

La veille encore, la jeune femme était retournée à la Petite-Roquette. Comme des animaux en cage, les trois femmes sommeillaient. Leur agressivité s'émoussait et, dans le regard de la plus jeune, l'éclat dur qui l'avait tant frappée lors de la première visite avait disparu.

— Elles refusent de se doucher et mangent à peine, avait constaté une gardienne. Toute la journée, la vieille se balance comme un ours sur le rebord de son lit. On va leur administrer des calmants.

— Voulez-vous en faire des épaves ? s'était insurgée Françoise.

— Elles nous font peur, avait avoué la gardienne, elles jettent le mauvais œil. Tenez, depuis qu'elles ont débarqué ici, ma collègue Évelyne que vous connaissez ne se sent pas bien. Elle a mal au ventre, des nausées et, croyez-moi ou non, mes règles viennent en caillots. Ces bonnes femmes m'ont tourné le sang, je ne comprends pas comment vous pouvez les défendre.

Comprenant sans doute qu'elle était une alliée, le regard des deux plus jeunes inculpées acceptait désormais de croiser celui de leur avocate.

— Vous sortirez bientôt d'ici, les avait rassurées Françoise, mais il faut m'aider, me raconter vos vies, avoir confiance en moi.

Françoise consulta sa montre. Si elle bouclait son sac en vitesse, elle aurait le temps d'attraper le dernier express pour Limoges et de la gare téléphonerait à sa mère pour qu'elle vienne la récupérer en 2 CV. Plus que sur l'innocence ou la culpabilité de ses trois clientes, son réquisitoire devrait s'articuler autour de l'ambiguïté des procès modernes intentés aux avorteuses, leur similitude avec la violence exercée à l'encontre des sorcières dès le haut Moyen Âge.

Renaud participait à un congrès de psychologues en Italie. Françoise avait renoncé à l'accompagner. Comment savourer une semaine de détente à Florence alors que ce procès l'obsédait ?

Avec soin, la jeune femme sélectionna des dossiers, des piles de papiers rassemblés dans des chemises multicolores. Après son licenciement de chez Leroy et Arnaud un an plus tôt, elle avait décidé de travailler chez elle, convertissant en bureau l'ancienne chambre de Colette. Les clients étaient peu nombreux et elle se donnait le droit de refuser les dossiers ne lui plaisant qu'à moitié.

Renaud restait sur ses positions : la malédiction de Brières était née de l'imagination de femmes désœuvrées qui avaient transmis à leurs filles les germes de cette superstition comme on lègue un remède, une recette ou un motif de broderie. C'était une identité familiale, une sorte de point de repère, comme partager une tare génétique. « La bizarrerie des femmes qui ont habité Brières, toi y comprise, ma chérie, insistait-il, est un défi : celui d'être à la hauteur ou même de dépasser en singularité la génération précédente. Alors que les hommes restent tout bonnement ce qu'ils sont, des créatures ordinaires avec leurs petites ambitions, leur recherche d'un bonheur tranquille, les femmes de ta famille se toquent d'être sorcières, affirment converser avec des fantômes, cajolent un loup imaginaire et, ce faisant, arrivent à persuader leurs compagnons qu'ils sont victimes de maléfices. Les malheureux en développent des névroses qui font d'eux des zombies ou les poussent au suicide. » « Tu oublies la souffrance des femmes de Brières, rétorquait-elle, leur solitude, leur courage de vouloir rester fidèles à elles-mêmes au milieu d'une société qui au mieux, les juge, au pire les élimine. Ta science ne peut tout expliquer. Nous, les Dames de Brières, sommes des survivantes. Quelque part au cœur de ce qui te semble défis ou simples incohérences existe une harmonie avec d'autres êtres qui ont vécu il y a bien longtemps au bord du Bassin des Dames et dont le message demeure, même si nous ne le déchiffrons que par bribes. Petite fille, j'ai compris que le domaine me donnait beaucoup, mais exigeait en retour quelque chose. J'en étais consciente jusqu'à la panique. Que devais-je faire et, si je me dérobais, quel serait mon châtiment ? Partout autour de moi, dans ma chambre derrière les volets clos, dans mon cabinet de toilette, entre les pages de mes livres, au milieu de mon sommeil et, plus tangibles encore, sur les berges du Bassin des Dames, je sentais des âmes en peine, non pas hostiles mais exigeantes. Là, elles occupaient les eaux, la végétation, la vase. Je leur parlais et elles ne me répondaient pas, mais je savais que j'étais au cœur de leur domaine, là où elles avaient vécu, souffert, là peut-être où elles étaient mortes. Ce cercle où rien ne poussait avait-il été le lieu de leur supplice ? Laurent en avait peur. Un jour, par cruauté, je l'ai poussé au centre de cette zone aride. Il eut des convulsions et papa pour me punir m'enferma tout un après-midi dans un cabinet noir. Dans ce lieu exigu et sombre, je me souviens être restée calme, comme si le châtiment reçu me donnait le bonheur ambigu de l'expiation. La certitude d'être entourée d'entités invisibles qui avaient souffert plus que moi me réconfortait. »

En voulant la libérer de Brières, Renaud faisait son métier de psychologue. Un homme têtu qui refusait d'ouvrir la fenêtre pour laisser entrer le vent.

Le 2CV roulait sur les graviers de l'allée d'honneur. Le rouge aux joues, Renée éteignit les phares.

— Je ne conduis presque plus, soupira-t-elle. Pardonne-moi si je me traîne comme un escargot.

Du bout du doigt, Françoise caressa la joue de sa mère. Aussitôt qu'elle avait aperçu sa silhouette sur le quai de la gare de Limoges, la sérénité l'avait gagnée. Sa mère vieillissait bien. Les rondeurs qui l'avaient complexée dans sa jeunesse lui conféraient aujourd'hui une dignité sereine qu'accentuait la masse des cheveux gris argenté rassemblés en chignon.

— Vous conduisez avec prudence et c'est ce que je souhaite. Pas question d'avoir un autre accident.

Renée sentit son cœur se serrer. Depuis le jour où Paul avait donné le fatal coup de volant, elle, si hardie, était devenue timorée. Elle escaladait les échelles avec précaution, redoublait de vigilance sur son tracteur, ne se hissait plus sur les toits pour remplacer des tuiles ou déboucher les gouttières.

— J'ai bénéficié d'une protection, je crois, murmura-t-elle. Peut-être celle de maman, à moins que ce ne soit de tante Madeleine ou de bonne-maman.

— Vous ne pensez pas à grand-père ?

— Papa avait déjà bien du mal à se défendre lui-même. Je le laisse tranquille. Dans l'Au-delà, il doit pouvoir enfin composer des odes sur un nuage ou inventer de belles histoires pour les anges. Je l'ai adoré, mais il a été incapable de comprendre mes révoltes, mes ambiguïtés. Pour lui, je détestais maman une fois pour toutes. Les choses n'étaient pas si simples.

La voiture s'immobilisa devant le perron où les attendaient Solange et Joachim qui lui donnait la main. Un instant méfiant, incrédule, le visage du petit garçon s'illumina soudain en un radieux sourire.

Après le petit déjeuner, Françoise avait demandé à s'enfermer dans la bibliothèque. « Une plaidoirie à préparer, avait-elle expliqué du bout des lèvres. Pour la première fois de ma vie, j'ai accepté un délit de droit commun. C'est une lourde responsabilité. »

Assise devant le bureau qui avait été celui de son grand-père et de son père, la jeune femme laissait de temps à autre errer son regard au-delà de la terrasse sur la perspective de l'allée de Diane. Les dossiers qu'elle avait consultés jusqu'alors avec fébrilité semblaient porter un message simple qui ne la heurtait plus. La persécution subie par ses trois clientes, la lourdeur de la peine encourue ne la révoltaient pas. Elle devait exposer aux jurés non pas l'histoire de ces trois femmes, mais celle de toutes les femmes qui les avaient précédées, celles qui s'étaient soumises, celles qu'on avait humiliées, celles qu'on avait assassinées.

À midi, Françoise rejoignit sa mère, Solange et son fils à la cuisine. Une pluie fine commençait à tomber, faisant se lever des vapeurs translucides au-dessus des prairies. Déjà les premières jonquilles parsemaient la pelouse qui s'arrondissait derrière la terrasse, de minces violettes pointaient le long des allées à côté de bouquets de primevères. Solange sortit du four un jambon cuit avec des pommes de terre. Les yeux mi-clos, Françoise retrouvait son enfance, les sensations familières, banales mais douces qui avaient ponctué toutes ces années passées dans un domaine dont elle avait cru pouvoir s'éloigner. Aujourd'hui, il avait pris possession de Joachim. Quel destin y attendait son petit garçon ? « En rendant à la cohorte des femmes torturées, massacrées leur dignité, puis-je sauver en même temps les hommes qui les ont haïes ? se demanda soudain la jeune femme. Pourrais-je libérer leurs descendants de la malédiction qu'ils font peser sur eux-mêmes ? Et si là se trouvait le message des Dames de Brières ? » Elle devait parler à sa mère, exiger qu'elle lui avoue ce qu'elle savait du domaine, ce que sa propre mère et Bernadette Genche lui avaient appris. Tout deviendrait alors plus facile.

La pluie clapotait sur les vitres de la cuisine. Il faisait bon. Françoise éprouva soudain une grande sérénité. Dans l'après-midi, elle marcherait jusqu'au Bassin des Dames. Seraient-elles présentes comme au temps de son enfance quand, furieuse ou triste, elle venait leur chanter une comptine ? Toujours elle repartait en paix. « Nous sommes là, nous sommes avec toi, semblaient-elles chuchoter. Tu n'as rien à craindre, aie confiance. »

— Vous promèneriez-vous avec moi jusqu'à l'étang quand Joachim fera sa sieste ? demanda-t-elle à sa mère, en se resservant une tasse de café.

Tout en cheminant à côté de Renée, Françoise décrivit avec des mots vibrants les trois accusées qu'elle avait accepté de défendre, exposant le motif d'inculpation, la peine qu'elles encourraient si elles étaient reconnues coupables d'avortement, au pire la perpétuité, au mieux vingt ans de détention. Sexagénaire, la plus âgée mourrait en prison. Quant à la plus jeune, elle n'en sortirait qu'à l'âge de la maturité avec une mère vieillissante.

— Pauvres femmes en effet, murmura Renée. Mais es-tu bien sûre de leur innocence ?

— Quelle importance, maman ! Dans un monde où des femmes se découvrant enceintes peuvent être précipitées du jour au lendemain dans l'angoisse la plus terrible, ces faiseuses d'anges sont leurs ultimes alliées. Celles qui viennent réclamer leur aide sont des adolescentes, des épouses accablées d'enfants, des filles violées ou qui ont simplement fait confiance à un homme prétendant les aimer. Pouvez-vous imaginer un instant qu'elles prennent aisément la décision de ne pas garder leur enfant ? Que deviendraient-elles sans ces avorteuses ? De mille façons, toutes plus horribles les unes que les autres, elles tenteraient de parvenir à leurs fins, prêtes à risquer leur vie.

— Ces femmes sont aussi responsables de la mort d'innocents, ne l'oublie pas, remarqua Renée d'une voix douce.

Françoise se revoyait, son sac de voyage à la main, embarquant avec Colette pour Casablanca. Sans l'argent, sans le soutien de sa tante, elle aussi aurait été livrée à une avorteuse.

— Tes protégées savaient ce qu'elles risquaient, poursuivit Renée en coupant avec son sécateur un rejet de roncier.

— Ce sont des indigentes, des marginales rejetées par la société. Les accusations sont vite étayées de mille témoignages. Ceux-là mêmes qui ne les ont jamais rencontrées ont leur petite histoire malveillante à débiter aujourd'hui. Jusqu'à l'assistante sociale chargée de les aider qui a déposé contre elles. Imaginez-vous, maman, dans quelles conditions misérables vivaient ces malheureuses ?

Renée garda un moment le silence. Rarement sa fille avait montré une telle émotion. Pourquoi cet engagement passionné, sans restrictions, dans une cause aussi discutable ?

Les deux femmes étaient arrivées sur les berges de l'étang. La pluie avait cessé. La terre embaumait.

— Rien ne change autour du Bassin des Dames, observa Françoise. La gloriette de grand-mère n'existe plus et de l'observatoire que Laurent et moi avions construit ne reste qu'un bout de corde pourrie. On dirait que l'étang refuse tout apport nouveau.

— Les Dames ne souffrent aucune intrusion dans leur royaume.

— Parlez-moi d'elles, maman !

La lumière était douce, un peu trouble comme à l'approche de la nuit, donnant des teintes nacrées aux herbes d'eau.

— Oublions-les, tenta de protester Renée. Ces fantasmagories ont occupé une place trop grande dans nos vies.

— Pourquoi cette emprise d'êtres imaginaires sur des femmes réelles ? insista Françoise.

— Bernadette affirmait que les Dames étaient les fantômes de femmes ayant vécu à Brières il y a très longtemps et qui attendaient depuis des siècles de pouvoir enfin reposer en paix. Pour une raison qui nous échappait, les maîtresses du domaine étaient nécessaires à ces entités, elles en prenaient possession.

Renée se forçait à sourire. Par bouffées, son enfance, son adolescence refaisaient surface : les rites magiques pratiqués par Bernadette, l'attente angoissée de l'apparition de ces ombres mouvantes qui semblaient jaillir de l'étang à la pleine lune, l'atmosphère lourde, sonore des nuits d'été avec l'appel rythmé des crapauds, le crissement des insectes. La brise faisait frémir les roseaux. Attentives, les nerfs tendus, sa nourrice et elle étaient convaincues d'apercevoir des silhouettes, percevaient des murmures, des chuchotements, à moins qu'elles n'entendissent des craquements secs comme du bois dévoré par le feu qui les faisaient sursauter.

— Même si je n'ai cessé de me moquer de moi-même, je crois aux Dames de Brières, avoua Renée avec émotion. Maman en était proche, tante Madeleine aussi, même si elle refusait d'en convenir. Comment t'expliquer ? Cette présence invisible, je l'ai toujours perçue comme amie alors que papa et Paul, même s'ils ne l'avouaient pas, en avaient peur. Lorsque le domaine était à l'abandon, avant que mes parents ne l'achètent, Bernadette Genche venait y errer quand jamais ses frères n'auraient osé franchir le mur. Brières était le domaine des chats faméliques mais aussi de Bel Amant, ce grand chien sauvage qui ressemblait à un loup. Il est apparu maintes fois à maman, je l'ai vu moi-même de temps à autre, ou ai cru le voir. Pour une raison inconnue, cette bête semble liée au destin des Dames de Brières.

— Je l'ai aperçu moi aussi, chuchota Françoise, la

veille du jour où Antoine Lefaucheux est venu s'installer chez nous.

Le cœur de Renée se serra. Se pouvait-il que les légendes de Bernadette disant que Bel Amant se manifestait aux maîtresses de Brières pour les avertir d'un danger fussent vraies ?

L'étang exhalait une odeur d'humus et de vase que retenait captive la brume légère caressant la surface de l'eau.

— Sans les Dames, observa Renée, le domaine perdrait son âme.

— Nous sommes l'âme de Brières, objecta Françoise. Si nous appartenons aux Dames, elles nous appartiennent tout autant. C'est ce que j'ai ressenti lors de mes visites à la Petite-Roquette. Le sort de ces trois malheureuses dépend de moi, mais je suis liée à elles aussi. Face à elles, je suis submergée d'émotions. J'ai la conviction que le seul hasard ne m'a pas désignée comme l'avocate de ces trois prévenues. Notre rencontre était une fatalité ou un aboutissement.

Renée observait sa fille. Jamais elles ne s'étaient parlé aussi librement. Elle avait l'impression de découvrir une femme inconnue émouvante et singulière, bien éloignée de la Françoise orgueilleuse, agressive et entêtée à laquelle elle s'était souvent heurtée. Elle prit la main de sa fille qu'elle serra avec tendresse dans la sienne.

— Tu convaincras les jurés, assura-t-elle. Les Dames de Brières seront avec toi.

27

Serrées les unes contre les autres, les trois femmes semblaient à peine avoir entendu le réquisitoire de l'avocat général, une accusation sans complaisance réclamant la perpétuité. Remuée par les implacables arguments, l'assistance se taisait. Si la société n'exigeait pas un respect absolu de la vie, les pires excès déferleraient sur elle, enfants à naître et, pourquoi pas, malades comme personnes âgées seraient bientôt offerts à l'holocauste. « Ces femmes nous empoisonnent, avait tonné l'avocat général. Elles ont le mal chevillé au corps. Ont-elles éprouvé la moindre pitié envers les petits êtres sans défense auxquels elles refusaient la vie ? Dans notre société, la notion du Bien et du Mal doit être claire, comprise, acceptée par tous sous peine de la voir périr. » Quoique la salle fût surchauffée, Françoise avait froid, un peu mal au cœur. À la barre étaient venus témoigner des voisins, une assistante sociale. L'accusation avait pu mettre la main sur une des femmes soupçonnées d'avoir avorté, une simplette accompagnée par sa mère en larmes dont le juge avait abrégé le témoignage par peur que les jurés ne viennent à sympathiser avec le malheur de cette pauvre fille. En scènes rapides et douloureuses, Françoise revivait son propre avortement : le sourire amical du médecin, les mots gentils de l'infirmière, la main de Colette dans la sienne jusqu'au moment où elle avait perdu conscience puis, au réveil, la gerbe de fleurs, le parfum léger de sa tante assise à son chevet. Et cependant, au milieu de ces attentions, de ces délicatesses, elle éprouvait un chagrin immense. Pendant longtemps, elle avait eu des crises de larmes, des moments d'anxiété, de découragement que Colette avait su comprendre et respecter. Comment imaginer la détresse de femmes enceintes n'ayant nul autre issue à leur drame qu'une roulotte à la lisière d'un terrain vague, une banquette de moleskine, la solitude et l'insupportable souffrance physique ? Qui était coupable ? Les trois accusées, leurs clientes ou l'hypocrisie qui faisait se draper les honnêtes gens dans leurs principes inhumains ? Les femmes supportant stoïquement l'ordre des choses ou les faibles par avance soumises et vaincues étaient-elles les seuls modèles possibles et acceptés ?

— Maître, interrogea le juge en la dévisageant, avez-vous quelque chose à déclarer pour la défense des prévenues ?

Rassemblant ses papiers, Françoise se leva. Elle n'avait plus froid, plus mal au cœur, ne voyait personne dans le prétoire hormis les trois femmes qui maintenant l'observaient désespérément.

— La culpabilité collective de la liquidation physique des femmes qualifiées de sorcières ne pourra être abolie que lorsqu'on en parlera fort, haut et souvent. À certains moments de son histoire, la société se tourne vers des groupes de femmes afin de les éliminer. Cette perversion est un fait irréfutable. De multiples arguments légaux, religieux, politiques, ou de fonctionnement social, ont été avancés pour en donner les raisons. Angoisse collective, misère, refus de toute différence, volonté divine sont certes quelques explications, mais il en existe d'autres, en particulier une interprétation sexuelle qui, elle, n'est mentionnée qu'avec beaucoup de réticence. Les « sorcières » ? Des êtres retardés, bizarres, affirment certains historiens, devenus malfaisants parce que sans mari, sans enfants, vivant à l'écart de la société. Ces psychologues de l'Histoire regrettent, certes, qu'on les ait jetées au feu mais, tentent-ils d'expliquer, on ne comprenait guère à cette époque les maladies mentales. Des femmes donc, et c'est la conclusion que j'en tire, frustrées, aigries, envieuses. Ce qui est sûr, c'est que les femmes étaient persécutées en tant que femmes. À un moment déterminé, la société en choisissait quelques-unes afin de les transformer en boucs émissaires. Les holocaustes ne se font pas fortuitement, la société dénigre d'abord puis attaque physiquement ceux qu'elle juge menaçants. Quelle nuisance exerçaient les femmes accusées de sorcellerie ? Elles se faisaient, affirmait-on, chevaucher par des démons, empoisonnaient les puits, décimaient les troupeaux, sacrifiaient des nouveau-nés au prince des ténèbres. Empoisonneurs, jeteurs de sorts, avorteurs étaient en réalité, à quatre-vingt-treize pour cent des femmes. Accusées par des hommes, les femmes étaient arrêtées par des hommes, jugées par des hommes, torturées par des hommes, brûlées vives par des hommes après avoir été confessées par des hommes. Quelques-unes, il est vrai, se firent accusatrices, mais ne pensez-vous pas que ce fut poussées par les mâles de leur entourage pour être laissées en paix ? L'opprimé attaquait plus vulnérable que lui. Si l'horrible exécution publique terrorisait, n'était-ce pas pour que les petites filles et les femmes qui y assistaient puissent en tirer de bonnes leçons qui, même de nos jours, marquent toujours à un certain degré nos contemporaines ?

« À quoi ressemblaient ces fameuses sorcières ? Un historien anglais, Reginald Scott, les décrit comme sales, bornées, laides, médisantes. Péchés capitaux. Et qui pourrait les apprécier sinon les démons encore plus répugnants qu'elles ? Inspirées par leur infernal amant, ces misérables tuaient les enfants, empoisonnaient les maris, disloquaient les familles, bravaient la société, les hommes en particulier. Certaines femmes venaient consulter les sorcières pour un retour d'amour, la paix dans leur ménage, un désir d'enfant ou le refus d'en mettre un au monde. Mais, à la première occasion, par peur de partager le sort de celles qui les avaient secourues, elles les abandonnaient à leur terrible destin. Quel piètre protecteur se faisait Satan ! Plus de cent mille femmes furent torturées et mises à mort en Europe entre les quatorzième et seizième siècles seulement. Des archives révèlent qu'aux pires moments de la chasse aux sorcières, il ne restait plus dans certains villages que les épouses des gens nantis et influents. Les sorcières restaient les pauvres d'entre les pauvres. Tout en ayant besoin ici et là de leurs bons offices, chacun les méprisait et les craignait. Et si, par malveillance, elles livraient des noms aux inquisiteurs ? Le plus grand pouvoir de ces femmes était d'inspirer la terreur. Traînée devant ses juges, l'accusée souvent ne prononçait mot et cette absence de confession, même sous les plus cruelles tortures, courrouçait ses juges qui attendaient des aveux pour la paix de leur propre conscience. En reconnaissant ses crimes, la sorcière aurait reconnu la menace qu'elle représentait et accepté sa punition comme exemplaire. Qui, dans ces temps pas tellement lointains, ne considérait ces êtres comme diaboliques ? Qui ne pense encore aujourd'hui que des femmes comme mes clientes le sont ? Comme autrefois, elles sont censées défier le monde chrétien, le monde bien-pensant, le mettre en danger. Dans l'Europe primitive du début du millénaire, pourtant, la justice était rendue non dans un but d'élimination, mais de réconciliation. L'accusateur était responsable de ses charges et un mauvais procès se retournait contre lui. Il subissait alors le châtiment prévu pour le coupable. À cette justice humaine fut substituée celle des magistrats payés pour la rendre, eux-mêmes soumis à des personnages plus puissants qu'eux. Le juge devint l'initiateur des charges réunissant les évidences contre les suspects, agissant au nom de l'État, changement révolutionnaire qui fut funeste aux démunis. De quoi accuse-t-on ces trois femmes ? D'avortements, cela sur le seul témoignage de voisins, celui d'une enfant violée que la justice a intimidée. Des femmes en détresse seraient venues implorer le secours de mes clientes. Enceintes, elles ne désiraient pas garder leur enfant. Qui pourraient-elles être ? Des jeunes filles abusées à la sortie du bal par un ou plusieurs garçons ivres, à moins que ce ne fût par un membre de leur propre famille, des épouses accablées, enceintes d'un énième enfant, des femmes désespérées, violées, persécutées, seules, pauvres, sans relations. Toujours le même profil, les mêmes accusateurs, les mêmes accusées. La méchanceté, le besoin de nuire transmis de mère en fille à travers le temps. Ennemies *sui generis* de la société comme l'ont été les juifs ou le sont encore les homosexuels, ceux-là mêmes qui diffèrent de la majorité et qu'on hait, éradique par des pogroms ou des autodafés. Mais les infanticides restent les ennemies suprêmes, non parce qu'elles suppriment des fœtus — l'Histoire relate plusieurs cas de sorcières torturées et brûlées vives quoique enceintes —, mais parce qu'elles bravent le pouvoir des hommes, maîtres absolus de leur descendance et leur propriétaire légal puisqu'un homme qui rosse sa femme enceinte et provoque une fausse couche n'est guère poursuivi, pas plus que ne le furent les décideurs de guerres ayant envoyé au combat et à la mort des générations de jeunes gens. Le produit du ventre de la femelle appartient au mâle comme lui appartient ce ventre. Libres de leur sexualité et de leur fécondité, les femmes se font dangereuses, ennemies. Que convoiteraient-elles ensuite ? la place des hommes dans la société ? leur habileté à commander, à gouverner ? De cette peur diffuse naquit la décision plus ou moins consciente d'écraser, de broyer, de réduire à néant celles qui osaient prétendre être libres en projetant sur elles les désirs masculins les plus refoulés : possession collective, femmes d'une insatiable lubricité ayant le pouvoir de commander au désir, à l'amour, à la fécondité.

« Examinons la façon dont ces sorcières exercent leur magie. Elles tuent bien sûr, elles envoûtent, elles déciment le bétail, rendent la terre et les êtres infertiles. La nuit, elles se changent en démons, en loups-garous, en bêtes répugnantes. L'imagination masculine a-t-elle donc si peur des belles apparitions, des femmes capables de guérir, de faire le bien qu'elle mette la science des sorcières à se complaire dans le mal et la laideur, l'une provenant bien sûr de l'autre puisque tout ce qui est réprouvé par l'ordre social, moral ou religieux est fatalement ignoble ? Qu'advient-il de celle qui est différente, mais possède des dons extraordinaires ? Sorcière, Jeanne d'Arc, sorcière, la mystique Marguerite Porete, toutes deux brûlées vives ?

« Nous avons besoin de ces femmes méprisées et nous les persécutons parce qu'elles nous connaissent trop bien, savent tout de nos petitesses, de nos faiblesses. Vous, messieurs les jurés, qui allez juger mes clientes, êtes-vous si sûrs que vos femmes, vos sœurs, vos filles n'ont pas un jour ou l'autre été complices de ce crime dont vous les accusez ? Complices, avec ou sans votre connivence, comme dans certaines sociétés où l'on traite encore en parias les fossoyeurs, les bouchers, et tous ceux qui sont classés comme exerçant des métiers immondes mais nécessaires que personne ne veut faire à leur place, sauf peut-être le diable. Lorsqu'une jeune fille ou une femme était violée au Moyen Âge Satan était accusé du crime, étant bien entendu que la victime avait très probablement provoqué le prince des ténèbres. Toujours la femme est mise par ses juges au pilori et c'est à elle de prouver qu'elle est innocente.

« Ces trois femmes sont des victimes. La plus âgée est veuve et sans ressources depuis l'âge de vingt ans, la seconde fut mère à quinze ans, la plus jeune se prostitue de temps à autre pour survivre sans espoir en l'avenir. Oui, elles correspondent bien à ce que nous murmurons du bout des lèvres, la lie, ce qu'il y a de plus bas dans notre société, et le crime dont on les accuse convient parfaitement à leur mauvaise réputation. Les êtres comme elles ne commettent pas de crimes de sang, presque trop nobles, elles rampent dans l'ombre, sont adultères, portent des enfants illégitimes, pratiquent des avortements ou des infanticides quand elles ne sont pas des incestueuses. Voilà les délits collant à la peau des femmes depuis la nuit des temps et voilà ce qui a suscité les plus violentes répressions. Sorcières, putains, ribaudes, ces qualificatifs finissent par désigner la même chose : la femme sur laquelle on peut tout se permettre car nul ne la défendra.

« Réfléchissez, mesdames, messieurs les jurés, à ce contexte trouble qui a survécu dans notre société moderne d'où le racisme et la misogynie n'ont guère disparu. En voyant les trois accusées, ne les avez-vous pas déjà jugées à l'intérieur de vous-mêmes parce qu'elles vous font peur ou vous rebutent, parce qu'elles ne savent pas s'exprimer ? Elles n'ont pas été à l'école, sont mal vêtues, sales, hirsutes, peuvent être agressives et se suffisent à elles-mêmes dans leur roulotte. La jeune fille dont vous avez entendu le témoignage était visiblement troublée et, à plusieurs reprises, comme vous l'avez constaté, s'est contredite. Des preuves irréfutables, il n'y en a pas, hormis quelques potions, du sérum physiologique, des seringues trouvées chez les accusées. Traînerait-on une femme respectable en justice à partir de ces soi-disant preuves ? Peut-on accepter une condamnation sur de si fragiles dépositions ? Allez-vous ajouter un nouveau maillon à cette chaîne d'opinions préconçues, de sentences arbitraires ? Allez-vous éliminer de la société ces femmes parce que vous ne souhaitez pas les voir vivre près de vous, parce qu'elles vous dérangent ? Car si l'avortement vous fait horreur c'est à cause de la terrible interrogation qu'il vous pose : "Pourquoi cette femme a-t-elle refusé son enfant ?" Si c'est l'avortement que vous voulez aujourd'hui juger, ne faites pas des trois accusées vos boucs émissaires. Arrêtez toutes les femmes que vous soupçonnez d'y avoir eu recours, condamnez-les. Mais sachez que d'autres et d'autres encore décideront d'exercer le contrôle sur leur propre corps et il n'y aura pas assez de tribunaux ni de prisons pour les juger et les incarcérer. Les femmes n'acceptent plus d'être jetées au feu par des inquisiteurs. Elles veulent des enfants selon leur propre désir.

« Récemment, j'ai pu lire dans la presse une histoire édifiante. Violée à treize ans par son père, une jeune fille, avec l'accord de sa mère, chercha désespérément un médecin acceptant de l'avorter. Mais avant qu'elle ait trouvé de l'aide, le père ayant appris sa décision et la mauvaise publicité qui risquait de retomber sur lui l'abattit d'un coup de fusil. Il bénéficia de circonstances atténuantes. Est-ce ce genre de justice qui vous satisfait ? Elle semblerait valider l'hypothèse que seul le fœtus est un être humain et que la mère n'est qu'un lieu d'accueil, une sorte d'abri anonyme, une maison hantée où a lieu la mort tragique d'un enfant. Quand poursuivra-t-on en justice les mères qui ne se présentent pas à des contrôles médicaux durant leur grossesse ? Quand les femmes enceintes se feront-elles insulter si elles boivent du vin en public ou ont une conduite qui puisse sembler dangereuse pour un fœtus aux yeux de leur entourage ? Cependant, au moment même où l'opinion publique affiche une vigilante attention aux soins accordés à l'enfant à naître, les femmes enceintes incarcérées sont laissées pratiquement sans soins, comme celles vivant en deçà du seuil de pauvreté.

« Je vous demande, messieurs, mesdames les jurés, de ne pas ajouter trois autres victimes à la longue liste de femmes sacrifiées à des opinions imposées par le milieu, l'époque, l'éducation. Il est temps de rompre cette fatalité sous peine de voir les femmes arracher les droits qu'on leur refuse. Grâce à votre acquittement, la chasse aux sorcières sera aujourd'hui abolie. La dignité qui sera rendue à ces trois femmes sera en même temps restituée à toutes celles qui furent sacrifiées dans le passé. Alors leur âme pourra reposer en paix. »

La salle était silencieuse, Françoise n'entendait que le bruit de son propre cœur qui martelait sa poitrine. Mais elle se sentait forte, libérée, heureuse.

— Acquittées ! répéta la jeune femme en se serrant contre Renaud.

Elle pleurait et riait en même temps. Sentiments, émotions, tout se nouait et se recomposait. Jamais plus après cette journée elle ne serait la même. Autour d'elle, des gens se pressaient, une journaliste tendait un micro, mais Françoise avait hâte de rentrer chez elle, d'appeler sa mère à Brières, de lui dire que les Dames l'avaient inspirée et qu'elle avait gagné. Il n'y avait plus de mauvais souvenirs en elle, plus de regrets. Que lui importaient Antoine Lefaucheux et Christian Jovart ? La vie était simple et belle.

— Laisse-moi téléphoner à maman, demanda Françoise à Renaud, et pendant ce temps débouche une bouteille de champagne.

Dehors la nuit tombait. Le vent se levait, poussant des nuages menaçants. Un lointain coup de tonnerre gronda. Les réverbères du boulevard Beauséjour s'allumaient. La ligne téléphonique du château étant coupée, la jeune femme composa le numéro de la ferme.

« Françoise ? haleta la voix de Renée. Il faut que tu viennes aussitôt que possible. Le feu a pris inexplicablement au château tout à l'heure et les pompiers ont beau faire ce qu'ils peuvent, l'incendie semble impossible à maîtriser. »

Devant les décombres encore fumants, Françoise trouva sa mère, Solange et Joachim main dans la main. Longtemps Renée serra sa fille sur son cœur.

— Peu avant que le feu ne se déclare, chuchota-t-elle, j'ai entendu Bel Amant, un aboiement presque joyeux qui s'éloignait.

— C'était un adieu, une délivrance, maman.

— Solange, Joachim et moi allons nous installer à la ferme, poursuivit Renée. Jamais je ne quitterai Brières, jamais je n'abandonnerai ceux qui y sont morts avant moi. Là où je suis née, j'achèverai mes jours. La terre, nul ne peut la réduire en fumée.

Au bout de l'allée d'honneur, le facteur approchait sur sa bicyclette, et ce menu événement quotidien sembla tout à coup à Françoise comme un ultime signe du destin. « Une lettre d'Afrique, murmura le vieil homme, et le nouveau numéro de *Jours de France*. » Il parlait bas, comme respectueux du drame qui frappait ces femmes pourtant si critiquées au village. Certains parlaient de venir les réconforter, de leur apporter quelques objets nécessaires à la vie quotidienne. La femme du maire avait même proposé de prendre le petit Joachim dans la journée tant que les décombres ne seraient pas déblayés.

La main tremblante, Renée s'empara de l'enveloppe.

— Laurent, balbutia-t-elle.

Je vais revenir à Brières, ma chère maman, avec Sylvie, la jeune fille qui partage ma vie et m'a aidé à guérir. Vous l'aimerez certainement comme je l'aime. Nous serons dans la Creuse en mai. Dites à Françoise que je n'ai cessé de penser à elle comme je pensais à vous.

Votre fils affectionné,
Laurent.

Renée tendit le feuillet à sa fille. Elle était bouleversée, épuisée. Au-dessus des ruines tournoyaient les premières hirondelles dans un joli soleil de début de printemps.

— Rien de mal ne nous atteindra plus, assura soudain Françoise. Désormais les Dames de Brières reposent en paix. Nous reconstruirons le château, ce sera une demeure heureuse, vivante, une vraie maison de famille comme ma grand-mère Valentine et vous l'avez toujours rêvé.

Du même auteur :

Aux Éditions Albin Michel

LES DAMES DE BRIÈRES (t. 1)
L'ÉTANG DU DIABLE (t. 2)

Chez d'autres éditeurs

LE GRAND VIZIR DE LA NUIT
Prix Fémina 1981
L'ÉPIPHANIE DES DIEUX
Prix Ulysse 1983
L'INFIDÈLE
Prix RTL 1987
LE JARDIN DES HENDERSON
(Gallimard)

LA MARQUISE DES OMBRES
UN AMOUR FOU
Prix des Maisons de la Presse 1991
ROMY
(Olivier Orban)

LA PISTE DES TURQUOISES
LA POINTE AUX TORTUES
(Flammarion)

LOLA
L'INITIÉ
L'ANGE NOIR
(Plon)

LE RIVAGE DES ADIEUX
(Pygmalion)

Composition réalisée par NORD COMPO

Imprimé en France sur Presse Offset par

BRODARD & TAUPIN

GROUPE CPI

La Flèche (Sarthe).
N° d'imprimeur : 22979 – Dépôt légal Éditeur : 45337-06/2004
Édition 02
LIBRAIRIE GÉNÉRALE FRANÇAISE – 31, rue de Fleurus – 75278 Paris cedex 06.
ISBN : 2 - 253 - 15210 - 2

31/5210/5